KB153183

교육 회고록

저 푸른 별들에
제자들의 아픔과 소망이

교육 회고록

저 푸른 별들에
제자들의 아픔과 소망이

초판 1쇄 인쇄일 2022년 8월 20일
초판 1쇄 발행일 2022년 9월 5일

지은이 허만길
펴낸이 양옥매
디자인 송다희 표지혜

펴낸곳 도서출판 책과나무 Book & Tree Publisher
출판등록 제2012-000376
주소 서울특별시 마포구 방울내로 79 이노빌딩 302호
　　　#302, Inobuilding, 79 Bangullae-ro, Mapo-gu,
　　　Seoul, Republic of Korea
대표전화 02.372.1537　**팩스** 02.372.1538
이메일 booknamu2007@naver.com
홈페이지 www.booknamu.com
ISBN 979-11-6752-190-3 (03810)

교육 회고록

저 푸른 별들에

· 허만길 ·

· 그림 박지전(1965년)

The Memoirs of Hur Man-gil's Education,
The Pain and Hope of the Disciples in Those
Blue Stars

September 5, 2022

제자들의
아픔과 소망이

This is about 36 years ago from 2022. This book includes the story that a teacher led more than 130 students of the night special classes who left Daewoo Apparel company in 1985 due to the labor-management dispute and about 30 students who lost their jobs and beds due to the severe recession to the honor of graduation, as well as the story that he guided the students who left their hometown far away and attended the night special classes while working in the Korea Export Industry Corporation (or called 'Seoul Guro Industrial Complex') in a difficult environment.

책과나무

머리말

제자들을 위한 교육자 정신으로

나는 교육과 학문과 문학 활동과 깨달음이 내 삶의 주요 부분이었다. 그리고 나는 인생을 푸르게 살고자 노력했다.

나의 아버지 허찬도(許贊道. 이전 이름: 허기룡 許己龍. 1909. 6. 17.~1968. 12. 21.) 선생은 일제 강점기에 한국과 일본에서 독립운동을 하였다. 광복 후 나의 가족은 가난한 생활을 하였다. 그런 가운데서도 나는 3살 때부터 한문을 가르치는 서당에 다녔다. 나는 1955년 3월 경상남도 의령군 칠곡면 칠곡초등학교를 졸업하면서 의령교육감이 수여하는 학업 우수상을 받았다. 나는 경상남도 진주에서 진주봉래초등학교 구내 이발소에서 일하는 아버지를 도우면서 진주중학교(1958년 3월)와 진주사범학교(1961년 3월. 초등학교 교원 양성 고등학교)를 각각 수석으로 졸업했다.

나는 17살 1960년에는 진주사범학교 학생회위원장 겸 학도호국단 운영위원장으로서 진주의 4.19혁명에 앞장서고, 진주극장 앞 광장에서 시민들에게 선언문을 낭독하였다. 나는 이와 관련된 논문 '진주의 4.19혁명 상황과 허만길의 선언문 회고'를 〈한국국보문학〉 2020년 4

월호(서울)에 발표하였는데, 여러 신문과 방송에서 인용 보도하였다.

나는 1961년 3월 20일 진주사범학교를 졸업하고, 곧이어 3월 31일 (18살) 부산에서 초등학교 교사로 근무하기 시작했다.

나는 진주사범학교 3학년 재학 중 1960년(17살) 9월 국가 시행 중학교교원자격검정고시에 응시하여 수석 합격으로 18살(1961년 4월 10일)에 최연소 중학교 국어과교원자격증을 받고, 1962년 국가 시행 고등학교교원자격검정고시에 응시하여 수석 합격으로 19살(1962년 12월 6일)에 최연소 고등학교 국어과교원자격증을 받았다. ('기네스 북'의 '한국 편'에 수록).

나는 부산에서 초등학교와 중학교 교사로 근무하면서 동아대학교 국문학과 야간부를 졸업하였다. 그 뒤에 서울대학교에서 교육학 석사 학위(국어교육학 전공)를 받고, 홍익대학교에서 문학 박사 학위(국어국문학 전공)를 받았다.

나의 본격적인 문학 활동 시작은 1971년(28살) 9월 1일 '복합문학'(複合文學. Complex Literature)을 창시함과 동시에 그 첫 작품 〈생명의 면동을 더듬어〉를 월간 〈교육신풍〉(教育新風) 1971년 9월호부터 그 일부를 연재하고, 1980년 4월 교음사(서울)에서 그 전문을 단행본으로 출판한 것을 바탕으로 한다. 나는 복합문학 창시 2년 뒤 월간 〈현대문학〉 1973년 9월호에 수필 '말버릇 체험'을 발표하고, 또다시 2년 뒤 1975년 수필집 〈빛이 반짝이는 소리〉를 발행하고, 1989년

〈한글문학〉에서 시 추천 당선을 하고, 1990년 〈한글문학〉에서 소설 추천 당선을 하면서 문학 활동을 확장해 갔다.

나는 1967년(24살)부터 서울에서 영등포여자고등학교, 경복고등학교, 선린상업고등학교 교사로 근무한 뒤, 1983년(40살) 다시 영등포여자고등학교 교사로 발령받았다. 영등포여자고등학교에는 1979년 3월부터 낮에는 산업체에서 일하고 밤에 학교에서 공부할 수 있는 체제인 야간 특별학급이 부설되어 있었다.

나는 1983년과 1984년에 영등포여자고등학교의 일반 학급(주간 학급) 학생들을 가르친 뒤, 같은 학교 울타리 안에서 어려운 환경에서 공부하는 학생들과 함께 생활하면서 그들에게 용기를 주고 싶어, 1985년 3월 1일부터 1987년 2월 28일까지 2년간 야간 특별학급 학생들을 가르쳤다. 내가 지난날 가난한 환경에서 학창 시절을 보낸 것을 생각하면서, 학교장에게 야간 특별학급 학생들을 가르치겠다고 자진하여 희망하였던 것이다. 내가 임용시험을 거쳐 문교부(교육부) 연구사(국어과 편수관)로 임용되기 직전까지 그들을 가르쳤던 것이다.

야간 특별학급 학생들은 낮에는 주로 한국수출산업공단(서울 구로공단) 산업체에서 일하고 밤에는 영등포여자고등학교 야간 특별학급에서 공부하는 학생들이었다.

학생들은 우리나라 수출품 생산의 최일선을 담당하고 있는 국가 경제 발전의 실질적인 일꾼들이었다. 1985년 1,370여 명의 학생 가운데 자기 집에서 숙박하는 학생은 12.6%인 173명에 지나지 않고, 대부분 시골에서 서울로 와서 회사에서 기숙사 생활(53.3%)을 하거나 자취(31.0%)를 하거나 친척집(3%)에서 살고 있었다.

그들이 일반 고등학교 주간 학급 학생들이라면, 가족과 함께 지내면서 어머니가 지어 주는 밥을 먹고 편하게 학교에 다닐 나이였다.

법령에서는 이 특별학급을 '산업체의 근로 청소년의 교육을 위한 특별학급'이라고 했는데, 줄여서 일반적으로 '특별학급' 혹은 '산업체 특별학급'이라 했다. 또 사람들은 흔히 서울에 있는 한국수출산업공단을 서울 구로공단이라고 불렀다.

1985년과 1986년은 심한 불경기를 겪던 시기였다. 그래서 1985년 6월 중순 회사(업체)의 휴업, 폐업, 회사의 지방 이전으로 말미암아 미취업 상태에서 어려움을 겪으며 학교에 다니는 학생이 26명이었고, 그 뒤에 또 1명의 학생이 회사의 폐업으로 미취업 상태가 되었다.

특별학급 학생들이 미취업 상태가 된다는 것은 우선 잠잘 곳과 먹을 것과 회사에서 납입해 주는 공납금이 문제가 되는 것이었다.

이런 상황에서 1985년 6월 24일(월요일) '주식회사 대우어패럴'에서 회사와 노동조합의 갈등으로 근로자들의 파업 농성이 일어났다. 대우어패럴의 5공장 가운데 제1공장에서 파업 농성이 일어났으며, 제2공장 소속 근로자들도 파업에 가담했던 것이다.

그때로서는 아직 일반인들이 '파업'이라는 용어에 그리 익숙지 않던 시절이었고, 교육에만 전념했던 나 역시 그러했다. 학생들은 대부분

비정규직 사원이었기 때문에 노동조합에 가입한 학생들은 몇 안 되었다고들 했는데, 제1공장과 제2공장에 소속된 학생들은 노동조합원이 아니더라도 파업 농성에 가담할 수밖에 없었다고 했다.

6월 24일 저녁 학급모임 때 담임교사들은 대우어패럴 소속의 많은 학생들이 등교하지 않았음을 알고, 긴급 교직원회를 열어 파악한 결과 대우어패럴 소속 학생 180명 가운데 제1공장과 제2공장 소속 학생 137명(2학년 88명. 3학년 49명)이 출석하지 않았고, 제3공장과 제5공장 소속 학생 43명은 모두 등교하였음을 알았다. 제4공장에는 학생 사원이 아예 없었다.

언론 보도들은 주식회사 대우어패럴에서 일어났던 그때의 노동쟁의를 일반적으로 '대우어패럴 사태'라고 했다.

대우어패럴 사태가 있은 뒤, 시설이 파손된 제1공장과 시설 파손이 없었던 제2공장은 폐쇄되고, 학생들이 생활하던 제1공장과 제2공장 기숙사도 폐쇄되었다. 대우어패럴 사태 약 1달 뒤 1985년 7월 주식회사 대우어패럴은 세계물산으로 이름이 바뀌었다. 대우어패럴 제1공장과 제2공장에 소속되었던 학생 137명 가운데 2명만 세계물산에서 계속 근무하게 되었다.

대우어패럴에 근무했던 135명의 학생들은 일시에 일자리를 잃었으며, 그 가운데서도 기숙사 생활을 하던 학생들은 잠자리마저 잃어야 했다. 게다가 대우어패럴이 아닌 다른 회사(업체)들의 휴업, 폐업, 회사의 지방 이전으로 말미암아 미취업 상태에서 어려움을 겪는 학생이 27명이었으므로, 모두 162명의 학생이 미취업 상태가 되었다.

　이들은 먹을 것과 잠잘 곳과 학비와 일자리 찾기와 생활비로 이루 말할 수 없는 어려움을 겪게 되었다. 대우어패럴 퇴사자 135명 가운데 2학년 1학생만 1985년 말에 가정 사정으로 학교를 그만두고 고향으로 갔다.

　나는 대우어패럴 퇴사자 134명, 다른 회사 퇴사자 27명, 모두 161명의 퇴사 학생들을 졸업의 영광으로 이끌어 가기 위해 그들과 아픔을 함께 나누면서 온갖 노력과 정성을 다하였다. 대우어패럴 사태가 일어났던 1985년 6월 24일부터 3학년 학생은 약 8개월 동안, 2학년 학생은 약 1년 8개월 동안 온갖 고통을 겪으며, 멀고 먼 졸업의 길로 가야 했다. 나는 그들 가운데 한 학생의 낙오자도 없이 졸업의 영광을 안을 수 있도록 헌신적인 제자 사랑과 교육자 정신을 발휘했다.

　나는 그들이 재취업할 수 있도록 현기증을 느끼면서 수많은 업체를 방문했다. 겨우 재취업한 학생들일지라도 임금을 제대로 못 받는 경우가 많았다. 어떤 학생은 대우어패럴에서 조금 받은 퇴직금조차 악덕업자에게 사기당하기도 했다. 그런 가운데서도 나는 그들 모두에게 서울특별시에서 장학금을 지급해 주기를 간절히 요청하여 성과를 거두기도 했다.

　나는 직장을 잃은 학생들뿐만 아니라, 모든 야간 특별학급 학생들을 위해 여러 가지 방법으로 자신감과 용기를 불러일으켰다. 그들을 위해 '일하며 배우며' 노래도 만들어 주었다. 나는 처음으로 다양한 프로그램의 문예 발표회를 지도하여 학생들과 교사들과 업체 관계자들이 눈물 어린 감동을 받게 했다. 고향의 부모를 떠난 미성년 학생들이 업체에서 어려움을 겪을 경우 업체 관리자와 협의하여 그들의 인격과 권익을 보호하는 데 힘썼다.

그들이 수업을 마치고 교문을 나선 뒤에는 혹시나 몸이 아프거나 말 못할 사정으로 학교 안에 남아있는 경우가 있지는 않나 염려하여 모든 교실은 물론 모든 화장실까지 샅샅이 살폈다. 그리고는 학생들이 어두운 밤길을 안전하게 걸어 버스를 잘 탔는지를 파악하기 위해 여러 버스 정류장과 학교 주변을 순회했다.

학생들은 고민이 있을 때 주저하지 않고 나에게 상담을 하였다. 학생들은 나를 몹시 따르고 의지했다. 나 역시 그들을 성심성의껏 지도하는 것이 행복했다.

나는 1985년 3월부터 1987년 2월까지 2년 동안 영등포여자고등학교 특별학급 교사로서 제자들을 위해 애타게 노력했던 일들을 모아 둔 자료를 불태우기 전에 그 주요 내용을 원고로 정리하였다. 제자들이 학교를 졸업한 지 35년이 지난 즈음에 〈저 푸른 별들에 제자들의 아픔과 소망이〉이라는 이름으로 책을 출판하게 되었다. 걷잡을 수 없는 많은 생각과 느낌에 사로잡히게 된다.

2022년 9월 5일

시인 · 문학박사 **허만길**

Preface

With a Mind of the Educator for Disciples

Education, research, literature, and meditation were the major parts of my life. And I tried to live a green life.

My father, Hur Chan-do (the previous name: Hur Gi-ryong. June 17, 1909 – December 21, 1968) did an independence movement in Korea and Japan when Japan colonized Korea. After the liberation of Korea, my family lived a poor life.

I received the Uiryeong Superintendent's Award as top honors graduating from Chilgok Elementary School in Chilgok-myeon, Uiryeong-gun, Gyeongsangnam-do, Korea in March 1955. Helping my father who worked at the barber shop in Jinju Bongnae Elementary School, I graduated from Jinju Middle School receiving the Academic Encouragement Award given to the top of about 470 students in the mock high school entrance exam in March 1958. I graduated from Jinju Normal School (a national high school to train elementary school teachers) in Jinju−si, Gyeongsangnam−do as valedictorian in March 1961.

At age 17, in 1960, I led the April 19 Revolution as the president of both Student Council and Steering Committee of the Student National Defense Corps at Jinju Normal School. I read the declaration in front of the citizens leading the protesters. The April 19 Revolution is mass protests in South Korea against the president and the First Republic in 1960.

Right after I graduated from Jinju Normal School on March 20, 1961, I started my teaching career, working as an elementary school teacher in Busan from March 31, 1961, at the age of 18.

I passed the state−run middle school teacher qualification examination for Korean Language Arts major with the highest score, and the state−run high school qualification examination for Korean Language Arts major with the highest score. I obtained the Certificate of Middle School Teacher for Korean Language Arts major as the youngest at the age of 18, in 1961, and the Certificate of High School Teacher for Korean Language Arts major as the youngest at the age of 19, in 1962. I was listed in 'Korean Part' of 'The Guinness Book of Records' published as Korean version with translating the English original into Korean and addition of 'Korean Part' as the youngest middle school teacher certificate acquirer and the youngest high school teacher certificate acquirer (Sinasa Publisher, Seoul, Korea. 1991).

I graduated from Dong-A University's Korean literature department (night class) while working as an elementary and middle school teacher in Busan in 1967. I received a Master's degree in education (with Korean Language Arts major) from Seoul National University in 1979 and a doctorate in literature (with Korean Linguistics and Literature major) from Hongik University in 1994.

My literary career is based on 'Complex Literature' I founded on September 1, 1971, when I was 28 years old. On the same date, I published a part of 'Searching for the Dawn of Life', the first work in this genre, to a monthly magazine 'Gyoyuk Sinpung' (the meaning: New Trend of Education). Parts of this work were published serially from the September 1971 issue of 'Gyoyuk Sinpung' to the November 1971 issue, until the magazine publication was discontinued. Later, this work was published as a book by Gyoeumsa Publisher (Seoul, Korea) on April 26, 1980.

Two years after I founded 'Complex Literature', I published an essay 'Experience of Speaking Habits' in the September 1973 issue of 'Hyundae Literature' (the meaning: Contemporary Literature), and again two years later in 1975, I published the collection of essays 'The Sound of the Brilliant Light'. I made debut as a poet in 1989 and as a novelist in 1990 through the recommendation from a literature magazine 'Hangeul Literature'.

In the mean time, from March 1st in 1985 (at age 42) to February 28th in 1987, I taught students who worked for the companies in the Korea Export Industry Corporation (or called 'Seoul Guro Industrial Complex') during the day and studied in the night special classes at Yeongdeungpo Girls' High School in Seoul.

These students were factory workers who were manufacturing products for exports and contributing to the national economy development. In 1985, among these students only 173 students (12.6%) out of 1,370 were commuters who were living with their families, while most of other students who came to Seoul to work from the countryside were living in the company dormitories (53.3%), living on their own (31.0%), or living with relatives (3%).

If they were regular high school daytime students, they were at the age of staying with their families, eating meals cooked by their mothers, and going to school comfortably.

In the law, these special classes were called 'special classes for the education of working youth in the industrial companies', but it was generally referred to as ' special classes' or 'special classes for industrial companies'. People also commonly referred to the Korea Export Industry Corporation in Seoul as 'Seoul Guro Industrial Complex'.

In 1985 and 1986, there was a severe economic recession in Korea. So, in mid-June 1985, there were 26 students who attended school with difficulties in the state of being unemployed due to the closure of the companies, closure of the business, and the relocation of the companies to provinces. Subsequently, another student was unemployed due to the company's closure. The fact that special class students were unemployed was that first of all, the place to sleep, food, and tuition paid by the company were problematic.

In this situation, on June 24, 1985 (Monday), a strike of workers took place at Daewoo Apparel Co., Ltd. due to a conflict between the management and the labor union. Among Daewoo Apparel's five factories, a strike occurred at the 1st factory, and workers from the 2nd factory also joined the strike.

At that time, ordinary people was still not very familiar with the term 'strike', and so was I, who have been devoted to education and research. Since most of the students were non‑regular workers, it was said that only a few students joined the labor union, but the students belonging to the 1st and the 2nd factories had no choice but to participate in the strike even if they were not union members.

At a class meeting in the evening on June 24, teachers found out that so many students belonging to Daewoo Apparel did not attend school, and they held an emergency faculty meeting. As a result of the meeting, it was found that out of 180 students belonging to Daewoo Apparel, 137 students belonging to the 1st and 2nd factories (88 students in 2nd grade, 49 students in 3rd grade) did not attend. 43 students belonging to the 3rd and 5th factories all were present. The 4th factory had no student employees at all.

After the labor-management dispute at Daewoo Apparel, the 1st factory where the facilities were damaged and the 2nd factory where had no facility damage were closed. The dormitories of the 1st and 2nd factories where students lived were also closed.

In July 1985, about a month after the Daewoo Apparel's labor-management dispute, Daewoo Apparel Co., Ltd. was renamed Segyemulsan. Of the 137 students who belonged to Daewoo Apparel's 1st and 2nd factories, only 2 students continued to work at Segyemulsan.

The 135 students who worked at Daewoo Apparel lost their jobs at once, and among them, the students who lived in dormitories had to lose their beds. In addition, and there were other 27 students who had difficulties in the state of being unemployed due to the closure of the companies, closure of the business, and the relocation of the companies to provinces.

They faced unspeakable difficulties with food, places to sleep, tuition, finding jobs, and living expenses. Only one student out of 135 students that left Daewoo Apparel left school at the end of 1985 due to family reasons. I shared my pain with them with all my efforts and sincerity to lead 161 students of Daewoo Apparel leavers (134 students) and other company leavers (27 students) to the glory of graduation.

From June 24, 1985, when the Daewoo Apparel's labor-management dispute occurred, the 3rd grade students suffered a lot of pain for about 8 months, and the 2nd grade students for about 1 year and 8 months, and they had to go on a long road to graduation. In order to lead them to the glory of a difficult and distant graduation without a single student left behind, I devoted myself to disciples with a mind of the educator.

I visited numerous companies feeling dizzy and tried to help students get re-employed. Even students who barely re-employed did not receive wages often. Some students were defrauded by the bad businessman with a small amount of severance pay from Daewoo Apparel. In the meantime, I earnestly proposed to the Seoul Metropolitan Government so that all of them could receive scholarships and pay tuition fees to the school. And such efforts were successful.

I inspired confidence and courage in many ways for all night special class students, as well as for all students who lost their jobs. I made song 'Working and Learning' for them, For the first time, I guided literary presentations consisting of various programs, and it impressed all students, teachers, and company managers with tears. When underage students living far away from their hometown parents had difficulties in their companies, I tried very hard to protect their human rights in consultation with company managers.

After they finished class and left the school gate, I checked all the classrooms as well as all the toilets worrying that they might remain inside the school due to illness or unspeakable situations. Then I toured several bus stops and around the school to see if the students walked on the dark road safely and got on the bus well.

The students did not hesitate to consult me when they had concerns. The students followed me well and relied on me. I was also happy to guide them with all my heart.

I compiled the main contents into a manuscript before burning the materials that I had worked for my students as the night special class teacher at Yeongdeungpo Girls' High School in Seoul for two years from March 1985 to February 1987. 35 years after my students graduated from school, I publish a book under the name of 'The Pain and Hope of the Disciples in Those Blue Stars'.

I get caught up in a lot of uncontrollable thoughts and feelings.

September 5, 2022

Poet / Ph.D. in Literature Hur Man-gil

차 례

제1부

저 푸른 별들에
제자들의 아픔과 소망이

허만길

1. ✍ 어려운 학생들이 필요로 하는 스승이 되리라

나는 고등학교 국어과 교사였다. 1983년 3월 1일부터 2년간은 서울 영등포여자고등학교의 일반 학급(주간) 학생들을 교육했다. 그리고 학교장에게 간곡하게 희망하여, 1985년 3월 1일부터 1987년 2월 28일까지 2년간, 낮에는 주로 한국수출산업공단(서울 구로공단) 산업체에서 일하고 밤에는 영등포여자고등학교 야간 특별학급에서 공부하는 학생들을 교육했다.

법령에서는 이 특별학급을 '산업체의 근로 청소년의 교육을 위한 특별학급'이라고 했는데, 줄여서 일반적으로 '특별학급' 혹은 '산업체 특별학급'이라 했다. 또 사람들은 흔히 서울에 있는 한국수출산업공단을 서울 구로공단이라고 불렀다.

참고로, 1986년도 중학교 특별학급은 전국에서 24학교 81학급에 3,419명이 재학하고 있었다. 1986년도 고등학교 특별학급은 전국에서 95학교 1,036학급에 57,481명이 재학하고 있었다. 1986년도 산업체 부설 중학교는 전국에서 4학교 11학급에 449명이 재학하고 있었다. 1986년도 산업체 부설 고등학교는 전국에서 37학교 744학급에 41,736명이 재학하고 있었다. 〈'일하며 배우며' 제7호(발행 문교부. 1986. 10. 31.)에 나타난 문교부 보통교육국 통계〉

1986학년도 서울 지역 근로 청소년을 위한 특별학급 및 산업체 부설학교 현황은 다음과 같았다.

⊙ 중학교 특별학급 현황: 17학급 649명(남 26명. 여 623명)

　연희여자중학교: 2학급(여 50명). 화곡여자중학교: 2학급(여 58명). 장충여자중학교: 5학급(남 7명. 여 164명. 계 171명). 대방여자중학교: 8학급(남 19명. 여 351명. 계 370명).

⊙ 고등학교 특별학급 현황: 140학급(남 1,375명. 여 6,414명. 계 7,789명)

　성동공업고등학교: 9학급(남 422). 금옥여자고등학교: 12학급(여 690명). 서울기계공업고등학교: 12학급(남 636명). 영등포여자고등학교: 19학급(여 1,017명). 서울여자고등학교: 6학급(여 393명). 영등포공업고등학교: 6학급(남 317명). 광영여자고등학교: 16학급(여 882명). 명성여자고등학교: 18학급(여 1,051명). 영등포여자상업고등학교: 29학급(여 1,740명). 신정여자상업고등학교: 13학급(여 731명)

⊙ 산업체 부설 고등학교 현황(*부설 중학교는 없음): 40학급(남 20명. 여 1,878명. 계 1,906명)

　태양공업고등학교(설립자 태양금속주식회사): 1학급(남 28명). 방림여자실업고등학교(설립자 방림방적주식회사): 15학급(여 847명). 한강실업고등학교(설립자 한국지퍼주식회사): 15학급(여 658명). 경방여자실업고등학교(설립자 경방주식회사): 9학급(여 373명)

나는 영등포여자고등학교 야간 특별학급 교사로서 첫해 1985년도에는 2학년 24반(학생 수 58명)을 담임했고, 다음해 1986년도에는 3학년 18반(학생 수 56명)을 담임했다. 각 학년별로 1반부터 15반까지는 일반 학급(주간)이었으며, 야간 특별학급은 16반부터 시작되었다.

1985학년도 영등포여자고등학교 야간 특별학급 학급 수는 1학년 6학급, 2학년 9학급, 3학년 9학급, 모두 24학급으로서 1985년 4월 1일 기준 학생 수는 1학년 333명, 2학년 515명, 3학년 524명, 모두 1,372명이었다.

1986학년도 영등포여자고등학교 야간 특별학급 학급 수는 1학년 4학급, 2학년 6학급, 3학년 9학급, 모두 19학급으로서 1986년 11월 30일 기준 학생 수는 1학년 200명, 2학년 305명, 3학년 492명, 모두 997명이었다.

야간 특별학급(산업체 특별학급)의 교육과정은 일반 고등학교의 교과목 중 적합한 것을 총 이수 시간의 3분의 2 정도 이수하는 것으로 했으며, 산업체에 근무하는 시간을 현장 실습 시간으로 보아, 총 수업 시간의 3분의 1 이내에서 인정했다.

특별학급은 일반 학급(주간)과 마찬가지로 매년 3월부터 새 학년도가 시작되었다. 특별학급에는 교감이 따로 배치되어 있었다.

영등포여자고등학교 특별학급의 교직원회는 오후 5시에 시작되었다. 그러나 교사들은 4시 이전에 출근하여 수업 준비와 교직원회 준비를 하고 일반 사무를 보았다. 저녁식사도 교직원회 이전에 해야 했다.

학급 담임교사들은 오후 6시에 각 교실로 들어가 학급모임을 시작했다. 1교시 수업은 오후 6시 20분에 시작되었다. 40분 단위(일반 학급은 50분 단위)로 수업이 진행되었는데, 오후 9시 15분에 4교시 수업이 끝났다. 이어서 학급 종례가 대체로 9시 25분까지 진행되었다. 각 수업 시간 사이의 쉬는 시간은 5분간이었는데, 일반 학급의 쉬는 시간보다 5분 적었다.

1985년 4월 1일 기준으로 특별학급 전체 학생 1,372명 가운데 회사의 휴업 혹은 폐업으로 말미암아 직장을 잃은 일부 학생을 제외한 나머지 학생들은 114개 업체(회사)에서 근무하고 있었는데, 학생들에게 통학버스를 제공하는 업체는 몇 개 회사에 불과했다. 학생들은 대부분 시내버스를 이용하여 등교하였다.

참고로 학생들이 근무하던 업체들을 소개해 본다. 〈영등포여자고등학교 특별학급 1985학년도 학교 교육 계획서〉에 따르기로 한다.

거상공업, 경인전자, 고려대 부속병원, 광교산업사, 광동제약, 광력건업, 국제보세, 국방부조달본부, 금강무역, 금성컴퓨터, 금성사, 남영나일론, 남지전자, 대도통상, 대동상사, 대림전자, 대선산업, 대성전기, 대성전자, 대우어패럴, 대한광학, 대한항공, 대한노블전자, 동일공업, 대웅교역, 동남전기, 동남전자, 동명수지, 로옴코리아, 미미산업, 미화산업, 문화합성, 보영전자, 빅스타, 범한정기, 범한전기, 삼경물산, 삼경섬유, 삼덕전자, 서통, 신도섬유, 성도섬유, 상경물산, 서도섬유, 신주산업, 세진전자, 신한전자, 삼화주철, 싸니전기, 신애전자, 삼성통상, 성산실업, 삼성공업, 삼화완구, 성미전자, 삼성물산, 신일기계, 삼성화스나, 새한정기, 새한전기, 성원교역, 삼흥사, 영진파일직물, Y.B.Lee상사, 일성신약, 양지사, Y.K.K., 오성기업사, 오트론, 영일공업사, 우성제지, 오아시스 인터내셔널, 요업개발, 일신통신, 일야산업, 진도, 중원전자, 중일섬유, 청양, 코오롱, 크라운전자, 코리아하이텍, 태광산업, 태광전업, 태림전자, 태창전기, 태성, 태원전기산업, 태성제책, 풍한전기, 한국슈어프러덕츠, 훼어차일드 세미콘닥터, 한국광학, 한국트랜스, 협진양행, 화성기업, 한양대 부속병원, 혜성전자, 한창전기, 한양교역, 합성계공, 한국마벨, 한국트라콘, 한국메디칼사푸라이, 한도전자, 효성, 한국음향, 한륙전자, 한국 T.D.K., 한국지퍼, 한국중원전산, 한신상사 등.

내가 학생, 학부모, 동료 교직원, 학교장의 만류를 무릅쓰고 야간 특별학급 학생들을 교육하겠다고 나선 것은 내가 중학교 시절부터 농촌 고향(경남 의령군 칠곡면)에서 도시(경남 진주시)로 나가 어렵게 공부했던 일을 생각하면서, 같은 학교에서 낮에는 산업체에서 일하고 밤에는 피곤함을 달래며 특별학급에서 공부하는 학생들에게 진심으로 용기와 격려를 주면서 가르치고 싶었기 때문이다.

나는 경남 의령군 칠곡면 칠곡초등학교를 졸업하고, 가족이 진주로 이사하였다. 진주중학교(1958년) · 진주사범학교(1961년. 초등학교 교원 양성 고등학교)를 졸업했는데, 비봉산 아래서 셋방을 옮겨 가며 살았다.

나는 아버지와 함께 진주봉래초등학교 구내 이발소에서 일을 하며 생계를 유지했다. 비가 내리면 밤새도록 하늘이 보이는 구멍 뚫린 양철 지붕을 쳐다보며 물을 받아내기도 했다. 중학교 졸업식에서 선생님들과 친구들의 극찬을 받으며 고등학교 입학 모의고사 1등 학업 장려상, 학업 우등상, 초대 도서위원장 공로상, 3년 개근상을 받은 나는 진주사범학교 3학년(1960년) 때에는 학생위원회 위원장(학생회장) 겸 학도호국단 운영위원장으로서 진주시의 4.19혁명에 앞장섰다.

동트기 전 의곡사 뒷산 비봉산 봉우리에 올라 봉래초등학교 뒷산 봉우리까지 능선을 달리며 청보리와 꽃을 사랑하였으며, 멀리 남강 위의 아침 안개를 바라보았다. 그리고 뒷산 봉우리에서 봉래초등학교까지 뛰어 내려가 물지게로 이발소에서 쓸 물을 길어 날랐다. 방하나에 다섯 식구가 지냈는지라 비봉산 기슭 의곡사 절 입구 정자와 비봉산 중턱에서 책을 읽고 비봉산 곳곳을 누비며 인생 이상을 다짐하고 진리를 추구하곤 했다.

이렇게 어려움 속에서 학창 시절을 보낸 나는 피곤함을 무릅쓰고 영등포여자고등학교 야간 특별학급에서 공부하는 학생들에게 진심으로 용기와 격려를 주면서 가르치고 싶었다. 그때 나의 나이는 42살이었다. 진주사범학교를 졸업하고 18살에 교직에 처음 들어섰으니, 교육 경력도 상당히 쌓았던 시기였다.

정부에서는 근로 청소년들의 교육 기회를 마련해 주기 위해 1977년 3월 1일부터 중학교 및 고등학교에는 야간 특별학급을 두고, 산업체에는 부설 중학교 및 부설 고등학교를 설치 운영할 수 있도록 했다. 그 법적 근거는 1977년 2월 28일 제정된 대통령령 제8462호 '산업체의 근로 청소년의 교육을 위한 특별학급 등의 설치 기준령'과 1977년 3월 16일 제정된 문교부령 제406호 '산업체의 근로 청소년의 교육을 위한 특별학급 등의 설치 기준령 시행 규칙'에 있었다.

영등포여자고등학교 야간 특별학급은 이 법적 근거가 마련된 2년 뒤 1979년 3월 1일 처음 설치되었다.

특별학급에는 업체(회사)에 근무하는 사원들에 한하여 업체의 추천을 받아 입학할 수 있었다. 영등포여자고등학교 야간 특별학급 학생들은 대부분 시골에서 서울로 온 학생들로서 대부분 서울특별시 구로구에 위치한 한국수출산업공단(서울 구로공단)의 여러 업체에서 생산직 노동자로 근무했다.

수출 산업의 전진 기지로서 만들어진 한국수출산업공업단지는 서울특별시 구로구에 최초로 세워지고, 뒤이어 인천시에도 세워졌다.

영등포여자고등학교 야간 특별학급 학생들은 우리나라 수출품 생산의 최일선을 담당하고 있는 국가 경제 발전의 실질적인 일꾼들이었다. 학생들은 자기 집에서 숙박하는 경우는 매우 적었고, 주로 회사의 기숙사에서 숙박하거나 자취를 하고 있었다.

학교 소개 자료로도 활용하는 〈영등포여자고등학교 특별학급 1985학년도 학교 교육 계획서〉에는 1985년 4월 1일 기준의 통계에서 특별학급 전체 학생 1,372명 중 자기 집에서 숙박하는 학생은 12.6%인 173명에 지나지 않고, 회사의 기숙사에서 생활하는 학생이 절반이 넘는 733명(53.3%)이었다. 친척 집에서 먹고 자는 학생이 40명

(3%), 자취하는 학생이 426명(31.0%)이었다.

특별학급 학생들은 일반 고등학교 학생들이라면, 가족과 함께 지내면서 어머니가 지어 주는 밥을 먹고 편하게 학교에 다닐 나이였다.

특별학급 학생들은 일반 고등학교 학생들과는 달리 고향의 어려운 가정 형편에 있는 부모 형제를 일찍 떠나 제대로 두텁게 의지할 곳 없고 미덥게 마음 터놓을 데 없이 지내는 학생들이 대부분이었다. 뿐만 아니라 직장에서 받은 얼마 되지 않은 급료를 고향의 가족들에게 보내야 하는 딱한 처지의 학생들이 대부분이었다.

나는 이 어려운 처지의 학생들이 꼭 필요로 하는 스승이 되리라 다짐했다.

2. 한가한 낮이면 공단거리 거닐며 제자들의 건강을 빌었다

1985년 3월 2일 토요일 밤, 영등포여자고등학교 특별학급 새 학년 개학식이 강당에서 있었다. 개학식에서 나는 2학년 24반 담임교사로 소개되었다. 학급 학생 수는 58명이었다. 1학년(6학급)은 공통과정을 이수하여야 하고, 2학년(9학급), 3학년(9학급)은 과정 선택에서 모두 상과 과정을 이수하게 된다. 물론 상과 과정이라 해서 상업에 관한 교과목만을 공부하는 것이 아니라 상업에 관한 교과목이 특성 있게 포함된다는 뜻이다. 일반 고등학교에서 2학년이 되면 인문과정(인

문반), 이과과정(이과반)으로 나뉘어 교과목이 편성되던 것을 연상하면 될 것이다.

야간 특별학급의 교직원은 교장(주간 일반 학급 겸임), 교감 외에 교사 27명, 양호교사 1명으로 구성되어 있었다. 특별학급 전담교사 27명만으로는 학생들의 교과 학습을 다 감당할 수 없었으므로, 시간강사 27명을 위촉하고 있었다. 일반 행정 업무는 서무과(행정실)에서 처리했다.

나는 2학년 국어과 및 한문과 수업을 맡았다. 교무분장은 교무부와 학생부 두 부서로 나뉘었는데, 나는 학생부 소속으로 장학금계를 맡았다.

새 학년 개학일의 일과는 1교시(첫째 시간)에는 개학식, 2교시에는 학생들이 지난 학년의 학급에 모여 새 학년 학급 편성 안내받기, 3교시와 4교시에는 새 학년 담임교사와 인사 나누기 및 새 학년 준비 등의 순서로 진행되었다.

특별학급의 첫날은 무척 바빴다. 학생 출석 번호 정하기, 학급 반장 및 부반장 선거 예고, 새 학년 교과서 나누어 주기, 임시 시간표 알리기 등 많은 일들이 있었다.

나는 2학년 24반 담임교사로서 반가운 마음으로 학생들과 첫인사를 나누었다. 학생들은 표정이 순진하고 눈이 맑았다.

나는 학급 운영과 관련하여 학생들에게 특별한 당부를 했다. 먼저 학급 학생들에게 학급 주제를 제시했다. '이상의 강한 추구와 실현'을 학급 주제로 내세웠다. 이어서 학급 주제를 실천하기 위해 학생들이 유의해야 할 것을 강조했다. 이러한 것은 학생들이 어려운 환경에서도 꿈과 희망을 품고 꿋꿋이 생활하고 발전해 가기를 바라는 마음에서였다.

- 강인한 체력과 강인한 정신을 지니자.
- 인고(忍苦: 괴로움을 참음)와 고진감래(苦盡甘來: 고생이 다하면 즐거움이 옴)를 자주 마음에 새기자.
- 좌절하지 말자. 지금 좌절하면 일생이 연약해지며, 지금 꿋꿋이 실현하면 일생이 강한 자신감으로 성공을 거두게 될 것임을 알자.
- 밝은 마음을 가꾸자.
- 끝까지 학업을 포기하지 말자.
- 늘 건강에 유의하자. 적당한 운동, 끼니 거르지 않기, 적당한 양의 수면 취하기에 노력하자.
- 수첩을 활용하면서 계획적인 생활에 충실하자.

며칠 뒤 학급회의에서 학생들은 학급 반장, 부반장, 총무를 선출했다. 2학년 24반 58명의 학급 학생들은 '한국트랜스', '와이비리상사'(Y.B.Lee상사), '대우어패럴', '대성전기', '신주산업', '미미산업', '대한광학', '서통', '미화산업사', '오트론', '협진양행', '한국광학', '오아시스 인터내셔널', '광동제약' 등의 업체에서 근무했다.

나는 특별학급 교사로 근무하면서 내 담임 학급 학생들뿐만 아니라 모든 특별학급 학생들과 기쁨과 즐거움과 슬픔과 아픔을 함께했다. 그들을 위해서라면 발이 부르트는 줄도 모르고 뛰었다. 그들은 자신이 생명으로 체험하고 있는 인생을 진하고도 절실하게 나에게 토로했다.

그들은 학교 안에서 때로는 라일락 향기, 때로는 아카시아 향기, 때로는 장미의 향기가 가득 서린 달빛 그림자를 밟으며, 나에게 꿈과 세월과 신비와 우주를 말하면서 행복해했다. 그리고 나는 낮에 조금 한가한 때가 있으면, 그들의 대부분이 근무하는 한국수출산업공단(구로공단)의 거리를 거닐며, 부지런히 일하고 있을 그들의 건강을 빌어 주곤 했다. 혹시나 그들에게 감당하기 어려운 일이 있다면 내가 도와주어야 할 것이 무엇일까도 상상했다.

나는 특별학급 모든 학생들의 일상 안전에도 힘을 쏟았다. 그들이 가족을 떠나 지내는 미성년 여성이라는 약점을 미끼로 그들을 괴롭히는 사람이 있으면 어쩌나 하는 염려가 들었다. 나는 밤마다 학생들과 다른 교직원들이 모두 교문을 나가고 난 뒤에 최종적으로 모든 교실과 화장실과 건물의 구석구석을 돌았다. 학생 모두가 학교를 잘 나갔는지를 살피기 위해서였다. 그런 다음 나도 교문을 나와서는 골목길을 유심히 살피고, 학생들이 이용하는 버스 정류장을 두루 점검했다.

나는 모든 학생들에게 어려움이 있으면, 즉시 나의 집으로 전화를 하라고 일러 주었다.

그들이 밤공부를 마치고 각자의 숙소로 돌아가고 난 뒤에도 나는 그들이 잠들기 전 피곤한 몸으로 오죽이나 고향을 그리워할까를 생각하면서, 제발 포근한 잠 속에서나마 미소 짓는 어머니와 개구쟁이 동생들을 만나기를 바랐다.

어떤 사정으로 결석한 학생의 교실 의자가 텅 비어 있을 때면, 그 책상에 비치는 형광등 빛이 유난히도 궁금하고 쓸쓸해서, 나는 스산한 마음으로 그 책상을 쓰다듬었다. 그때의 그 감촉은 오래도록 내 손바닥에 생생히 남아 있곤 했다.

나는 가끔 내가 담임하는 학급으로 건빵, 강엿, 얼음과자 등을 들고 가서 학생들과 함께 나누어 먹었다. 하루는 시작모임 때부터 학생들이 사탕을 사 달라고 조르는 것이 아닌가. 그러마고 했다.

"오늘은 선생님께서 직접 나누어 주시지 않으면 안 먹을 거예요."

하기에, 나는 학생들에게 일일이 사탕을 나누어 주었다.

"선생님, 오늘이 무슨 날인지 아세요?"

"무슨 날인데?"

"화이트 데이예요."

"화이트 데이가 무슨 날인데? 바깥에 눈이라도 내리니?"

학생들이 와아 웃었다. 영문을 모르던 나는 그들의 웃는 모습을 보고 함께 웃었다.

특별학급에는 학생들의 연령차가 많은 편이었다. 나는 1985년에는 2학년 9학급 전체 학생 515명 가운데서 높은 연령층에 속하는 만 23살 이상의 학생들끼리 별도로 대화의 시간을 가지면서, 서로의 문제를 이해하고 해결하는 데 도움이 되도록 했다. '위또래 모임'을 조직해 주었다.

위또래 모임의 학생 수는 29명이었다. 나는 가끔 그들을 대상으로 집단 상담을 했다. 그때 몇 학생은 고향의 부모님은 나이가 들어가는 딸이 결혼 시기를 놓칠까 봐 학업을 중단하고 당장 혼인할 것을 독촉하고, 본인의 여건은 거기에 따를 수 없어 무척이나 고민스럽다고도 했다.

아직 덜 성숙한 고등학생들이기에 그들의 말과 행동이 어찌 회사 관리자들의 마음에 다 들 리가 있으리오. 또한 회사 관리자가 어찌 학생 사원들을 충분히 잘 이해할 수 있으리오. 그래서 학생들은 회사 관리자와의 문제로 괴로워하는 수가 많았다. 그런 문제가 심각할 때면, 나는 곧장 회사로 달려가 서로가 원만한 이해로 새로운 활력을 다짐할 수 있도록 애썼다.

자신의 삶을 일찍부터 스스로 일어서고 걷는 특별학급 학생들이야말로 용기를 잃은 많은 청소년들에게 거울이 되고, 풍족하면서도 시간과 경제를 무의미하게 낭비하는 세상 사람들에게 현실로 존재하는 미담의 주인공이 아닐 수 없었다.

1985년 5월 15일 스승의 날에 나는 그들이 용기와 의지와 인내로 세상을 버티는 그 삶을 진심으로 기리고, 그들을 비롯하여 이 세상 어디서나 모름지기 일하면서 배우는 청소년들을 위해 '일하며 배우며' 노랫말을 지어 화성태 고등학교 음악과 교사에게 작곡을 의뢰하여 노래를 만들었다.

　나는 그것을 전체 학생들에게 유인물로 나누어 주고, 교내 방송으로 노래를 흘려 보냈다. 그리고 며칠을 두고 나의 수업이 든 교실마다에 가서, 그 가사를 내 입으로 직접 읊어 주며 격려했다. 그때 그들의 눈망울은 보송보송 내리는 함박눈을 바라보듯 부드러움과 안락과 윤기가 어리었다.

일하며 배우며

허만길

알차게 배워서 스스로를 밝히려
일손으로 다짐하며 부지런히 익힌다.
어려움도 외로움도 지금은 생각 말며
착하게 쌓아 가면 축복은 오리라.
어둠도 건져 주리, 눈보라도 녹여 주리.
일하며 배우며 푸른 꿈을 가꾼다.

좋은 일 알아서 세상을 밝히려
일손으로 다짐하며 부지런히 익힌다.
괴로움도 고달픔도 지금은 생각 말며
닦으며 실천하면 행복은 오리라.
은혜에 감사하리, 진리를 사랑하리.
일하며 배우며 푸른 꿈을 가꾼다.

일하며 배우며

허만길 작사
화성태 작곡

1985년 5월 15일

알-차 게배 워 서 스 스로 틀밝 히 려 일손
좋-은 일알 아 서 세-상 을밝 히 려 일손

으 로다 짐하 며 부지 런 히익 힌 다 어 -
으 로다 짐하 며 부지 런 히익 힌 다 괴 -

려 움도 외-로 움도 지 금 은생 각말 며 착하
로 움도 고-달 픔도 지 금 은생 각말 며 닦으

게 -쌓아가 면 축복 은오 리 라 어둠
며 -실천하 면 행복 은오 리 라 은혜

도 -건져주 리 눈보라도 -녹여주 리 일 -
에 -감사하 리 진-리를 -사랑하 리

하 며배 우 며 푸른꿈 을가 꾼 다

3. 대우어패럴 사태로
많은 학생들의 불안

특별학급 학생들에게는 회사가 휴업이나 폐업이 되면 큰 어려움을
겪게 된다. 일자리를 잃게 되고 기숙사 생활을 하던 학생들은 잠자리
도 잃게 된다. 당장 자고 먹고 입을 것이 문제가 된다. 뿐만 아니라

학생들에게는 공납금(수업료) 납입 문제도 있게 된다.

관계 법령에서 특별학급 학생에게는 수업료와 입학금, 기타의 공납금을 징수하지 아니하고, 학생(근로 청소년)이 소속된 산업체가 특별학급의 운영에 소요되는 경비 중 인건비를 부담한다고 규정하고 있었다. 그런데 학생이 고용된 산업체가 폐업된 때에는 그 경비를 학생이 부담함을 원칙으로 하되, 국가가 필요하다고 인정할 때에는 그 경비의 일부를 부담할 수 있다고 규정하고 있었다.

내가 특별학급 교사로 근무하던 첫해 1985년도 전후는 극심한 불경기의 시기였다. 내가 특별학급 교사로 근무한 지 4개월째 되던 때, 1985년 6월 특별학급의 많은 학생들이 한순간에 엄청난 어려움에 부딪혔다. 이 일을 당한 학생들은 졸업할 때까지 3학년은 약 8개월간, 2학년은 약 1년 8개월간 방황하면서 그 어려움을 견뎌내고 이겨내야 했다.

구로공단에 있는 '주식회사 대우어패럴'에서 매우 불행한 사태가 일어났던 것이다. 회사와 노동조합의 갈등으로 근로자들의 파업 농성이 일어났던 것이다.

아직 일반인들이 '파업'이라는 용어에 그리 익숙지 않던 시절이었다. 이것은 나에게도 마찬가지였다. 그리고 언론 기사를 비롯해 많은 사람들은 그때 주식회사 대우어패럴에서 일어났던 노동쟁의를 일반적으로 '대우어패럴 사태'라고 이름했다.

나는 오랜 세월이 지난 뒤에 우리나라 노동운동의 역사를 기록한 어느 글에서 이 대우어패럴 사태를 언급하고 있음을 보았다. 주식회사 대우어패럴은 의류 봉제 생산 및 수출업체로서 약 2,000명의 종업원이 일한다고 알려지고 있었다. 그 시기로서는 큰 규모의 회사였다.

대우어패럴에는 영등포여자고등학교 특별학급 학생 1,372명 중 180명(2학년 116명. 3학년 64명)이 근무하고 있었다. 대우어패럴은 1985년 영등포여자고등학교 특별학급 학생들이 근무하는 114개 업체 가운데 상대적으로 학생들에게 잘해 준다는 평을 받고 있었다.

학생들이 저녁에 학교에 올 때면 그때로서는 쉽지 않은 통학버스를 운영해 주기도 한 회사였다. 물론 대우어패럴 외에도 몇 업체는 학생들이 등교할 때 통학버스를 운영해 주었다.

1985년 6월 24일(월요일) 저녁이었다. 하루 일과를 시작하기 위해 학급모임을 마치고 교무실로 돌아온 담임교사들은 일제히 대우어패럴에 근무하는 많은 학생들이 등교하지 않았다고들 했다. 나의 담임학급도 마찬가지였다.

긴급 교직원회가 열렸다. 교사들은 대우어패럴에 근무하면서 일부 출석한 학생들의 이야기도 들어 보고, 가까스로 회사에 전화도 해 보았다. 대우어패럴의 다섯 공장 중 제1공장과 제2공장의 노동조합원(노조원) 중심으로 파업 농성이 일어났다는 사실을 알았다. 파업 농성 장소는 제1공장 작업장이며 파업 농성은 밤에도 계속되고 있다고 했다. 그래서 제1공장과 제2공장에 근무하는 학생들이 등교하지 못했던 것이다.

영등포여자고등학교 특별학급 학생 중 제1공장, 제2공장에서 근무하는 학생 수는 137명(2학년 88명. 3학년 49명)이었는데, 이들 모두가 등교하지 못했다. 제4공장에 소속된 학생은 아무도 없었다. 제3공장과 제5공장 소속 학생 43명은 모두 등교하였다.

특별학급 학생들은 회사에서 일반적으로 학생 사원으로 불리곤 했다. 회사의 사원을 일반 사원(정규직 사원)과 임시사원(비정규직 사원)으로 구분할 경우 학생 사원은 대부분 임시사원에 속했다. 학생 사원은 대부분 정규직 사원이 아닌 비정규직 사원이었다. 임시사원으로서의 학생 사원은 일반 사원과는 달리 하루를 단위로 계산되는 급료를 한 달씩 모아 받는 것이 일반적이라고 했다.

대우어패럴의 파업 농성은 노동조합에 가입한 일반 사원이 주도하였지만, 제1공장과 제2공장에 근무하는 사원들은 노동조합에 가입하지 않았더라도, 농성에 대부분 가담한 것으로 알려졌다. 그래서 학생 사원들도 등교하지 못했던 것이다. 학생 사원도 노동조합에 가입한 경우가 있다는 말을 들었지만, 그 자세한 사항은 학교에서 굳이 알아야 할 일이 아니었다.

그전부터 특별학급 교사로 근무해 왔던 동료 교사들은 2년 전 1984년 6월에 결성된 대우어패럴 노동조합은 회사 측과 가끔 갈등 관계에 있었다고 했다. 이런 일은 언론에 보도된 적도 있다고 했다. 그러나 그러한 갈등으로 말미암아 학생들이 학교에 나오지 않는 경우는 이번이 처음이라고 했다.

파업 4일째 되는 6월 27일에는 농성장에 물과 음식이 차단되어, 농성 노동자들이 많이 줄었다는 언론 보도가 있었다. 파업 첫날 6월 24일에 결석했던 학생 중 대부분은 파업 5일째인 6월 28일 저녁에는 등교했다. 극소수의 학생은 6월 29일 저녁에도 등교하지 않았다.

6월 28일 저녁에 등교한 학생들의 말을 들으니, 농성장으로 사용된 제1공장의 작업장은 많이 파손되어 작업이 계속될 수 없는 상황이라고 했다. 뿐만 아니라, 제1공장 기숙사가 폐쇄되어, 기숙사에서 생활해 온 학생들은 당장 잠잘 곳의 문제로 어려움을 겪고 있다고 했다. 제2공장도 작업을 중단하였으며, 제2공장의 기숙사도 곧 폐쇄될 것이라는 소문이 돈다고 했다.

나는 당장 대우어패럴의 제1공장과 제2공장에 근무하는 학생들의 잠자리가 걱정되었다. 나의 담임 학급 2학년 24반에서는 11명의 학생이 제1공장과 제2공장에 근무하고 있었다. 나는 6월 28일 밤에 틈틈이 그들과 개별 상담을 하였다. 11명 중 자기 집에서 회사에 출근하는 학생이 2명, 자취하는 학생이 1명, 나머지 8명의 학생은 기숙사 생활을 하고 있었다.

기숙사 생활을 해 온 학생들은 얼마 동안은 임시로 친구 집이나 친척 집에서 잠자리를 해결할 수 있겠지만, 그 이후는 어떻게 해야 할지 막막하다고 했다. 잠자리뿐만 아니라, 일자리마저 잃게 된 학생들을 어떻게 지도해야 할지 나는 걱정이 클 수밖에 없었다.

나는 18일 전 6월 6일(현충일) 대우어패럴 학생사원운동회에 초대받아 학생들에게 격려 시를 낭독해 주었던 일이 생각나면서, 어려움을 당한 제자들이 더욱 안타까웠다.

대우어패럴 학생 사원은 영등포여자고등학교 특별학급 학생 외에
도 다른 학교 특별학급 학생들도 있었는지라, 그 전체 인원은 약 500
명이었다. 그 가운데 영등포여자고등학교 특별학급 학생이 180명을
차지했던 것이다. 대우어패럴 학생사원회의 회장은 영등포여자고등
학교 특별학급 총학생회 강광희 회장이 맡고 있었는데, 강광희 회장
이 나를 초청하여 오후에 운동회 장소로 갔던 것이다.

운동회 진행 도중에 강광희 회장이 확성기로 "영등포여자고등학교
허만길 선생님께서 오셨습니다."라고 하자, 남녀 학생 사원들이 크
게 환호하였다.

그리고 나는 운동회 폐회식에서 '대우어패럴 학생사원운동회를 보
고'라는 제목으로 격려 시를 낭독했다.

대우어패럴 학생사원운동회를 보고

허만길

1985년 6월 6일
대우어패럴주식회사 학생 사원
즐거운 운동회
오백 가까운 학생 사원들이 뛴다.
신나게 열심히 뛴다.

대우어패럴이 뛴다.

신나게 열심히 뛴다.

집도 가족도 멀리 떠난

학생 사원에게는

회사는 또 하나의 따스한 집

또 하나의 집 큰마당에서

학생 사원들이

뛰고 달리고 숨김없이 웃는다.

고향 집 같은 곳이 서울에도 있어

아파도 쉬 아물고

투정하면서도 기댈 곳이 있다.

사랑이 넘친다.

우애가 물씬하다.

학생 사원들이 의논하며 달리고

서로 잘하라 잘하자

우렁차게 즐겁다.

이래서 대우어패럴도 큰다.

4. 동료 교사들 만류에도
대우어패럴 파업 현장 방문, 학생 안전 파악

처음으로 노동 현장의 어려운 사태를 알게 된 나는 교육자로서 회사와 노조와 제자에 대해 어떤 입장이 되어야 할 것인가가 쉽게 판단되지 않았다. 동료 교사들은 한결같이 걱정스러운 표정을 지으면서도 이는 회사 내부의 문제이므로, 교사가 가까이 다가가면 오해를 받을 염려가 있다고 했다.

파업 6일째인 6월 29일 이른 아침, 몇 학생이 나에게 전화하여 보이지 않는 친구들이 있어 걱정이라는 말을 했다. 학생들은 내 학급 학생이든 다른 학급 학생이든 자신들의 어려운 처지를 거리낌 없이 나에게 말하며 의논하는 편이었기에 학생들이 이른 아침에 나에게 전화하여 친구들이 걱정된다고 했던 것이다.

나는 학생들이 안전한지 안전하지 않은지를 파악하는 것이 시급하다고 판단했다. 학생들은 대부분 학부모와 떨어져 있으므로, 교사는 적어도 제자가 겪고 있는 심각한 문제에 대해 그 상황을 파악하는 것이 당연한 도리이며 책무라고 여겼다.

학교의 처지에서 보면 학생들은 회사에 몸담고 있고, 회사가 학생의 공납금(교육비)을 학교에 납입하고 있으므로, 회사는 학생의 가정과 같다고 생각했다. 제자를 위한 순수한 마음이라면, 내가 교육적인 의미에서 회사 현장을 방문하지 못할 이유가 없고, 그 누구와도 이야기 나누지 못할 바가 없다고 생각했다.

나는 부랴부랴 버스를 탔다. 오전 9시경 대우어패럴의 농성 현장인 제1공장 앞에 이르렀다. 거리에 늘어선 경찰은 내가 회사에 들어가는 것을 막았다. 회사 안에서 충돌이 있기 때문이라고 했다. 어쩔 수 없이 발걸음을 돌렸다.

나는 이날 밤 학교 수업을 마치고, 밤 10시 30분경 다시 대우어패럴로 갔다. 경찰은 오전과 마찬가지로 외부인이 회사의 제1공장으로 들어가는 것을 막고 있었다. 내가 학교 교사임을 밝히자, 경찰은 친절히 제1공장의 사무실로 안내해 주었다. 밤에는 회사 출입이 허용되는 것으로 보아, 파업 농성은 6월 29일 낮에 끝난 것으로 짐작되었다.

회사의 인사과장을 만났다. 내가 근심스러운 표정으로 인사를 했다. 인사과장은

"학교 선생님께서 이렇게 찾아 주시니, 감사합니다."라고 했다.

내가 회사가 어서 정상화되기를 바란다고 하자, 인사과장은 공장의 내부를 여기저기 보여 주었다. 깨어진 유리들, 파손된 작업장의 온갖 시설들은 그리 쉽게 복구될 것 같지 않았다.

인사과장은 이 모든 것을 제자리로 돌리자면 엄청난 예산과 시일이 필요할 것이라고 했다. 인사과장은 마지막까지 농성에 참여했다가 오늘 강제 해산된 사원이 86명 정도라고 했다. 여기에는 학생 사원도 포함되어 있다고 했다. 10명 안팎이라는 인상을 받았다.

나는 인사과장에게 오늘 밤에도 우리 학교 학생 중에 몇 학생이 출석하지 않았다고 하는데, 혹시 회사에서 그들의 행방에 대해 알고 있는지를 물었다. 그들은 지금 조사를 받고 있다고 했다. 나는 학교와

소식이 끊긴 학생들이 있는 곳을 알았으니, 그나마 다행이라는 생각
이 들었다.

나는 인사과장에게 우리 학교 학생 중 어느 누구라도 좋으니 한 학
생을 만날 수 있게 해 달라고 했다. 인사과장은 나의 요청을 들어 주
었다. 나는 사무실에서 3학년 한 학생을 만날 수 있었다. 학생은 허
리를 움켜쥐고 사무실로 들어왔다.
나를 보자마자,
"선생님!" 하고 울먹였다.
나는 2학년 국어 수업을 담당하고 있었지만, 다른 학년 학생들도 나
를 가까이 하는 편이었기에, 그 학생도 내가 몹시 반가웠던 것이다.
내가 근심스럽게
"만날 수 있어서 다행이다. 힘들어 보이는구나. 허리가 아프냐?"고
했다.
학생은 강제 해산의 과정에서 있었던 일 때문이라고 했다. 지금은
회사에서 제공해 주는 죽을 먹고 기운을 차리는 중이라고 했다. 그
학생은 특별학급 다른 학생들도 신체적으로 큰 어려움이 없다고 했
다. 나는 그 소리를 들으니, 어느 정도 안심이 되었다.
나는 인사과장에게 학생 사원은 일반 사원과는 달리 특수한 처지에
있으므로, 그들에게 일자리를 마련해 주고 학업을 계속할 수 있도록
애써 주기를 바란다고 간곡히 말했다.

밤 11시 30분경 회사에서 나오자니, 온갖 근심이 찾아왔다.

"일자리와 잠자리를 잃게 된 학생들은 하루 이틀도 아닌 기약 없는 나날을 어디에서 먹고 자야 할 것인가.

학생들이 번 돈으로 생계에 도움을 받아 오던 고향 가족들은 어떤 상황이 될까.

만약 대우어패럴이 휴업이나 폐업을 하게 되면, 이 불경기에 많은 학생들이 어디서 어떻게 생존을 지탱해 갈 것인가.

그들은 어려운 환경에서도 공부에 대한 열정으로 피곤을 무릅쓰고 특별학급에 다니고 있다. 어떤 경우에도 그들이 학업을 중도에 포기함이 없이 모두가 고등학교를 무사히 졸업하도록 해야겠는데, 그 방법이 무엇일까."

5. 대우어패럴 폐업으로 일자리와 잠자리 잃은 135명 제자들

6월 29일 파업 농성이 끝난 지 3일째 되는 7월 2일(화요일)이었다.

나에게 상담하러 온 제2공장 소속 학생이 제1공장뿐만 아니고 제2공장도 완전히 폐쇄된 상태이고, 제1공장 기숙사는 물론이고 제2공장 기숙사도 이용할 수 없다고 했다. 곧 기숙사가 공식적으로 폐쇄될 것이라는 이야기를 들었다고 했다.

그는 파업 농성 이후 기숙사에서 나와 회사 친구 집에서 잔다고 했다. 고향에서는 어머니가 몹시 편찮고, 자신도 장기적인 눈병 치료를 받고 있는데 치료비가 문제라고 했다. 아르바이트 할 곳을 알아보아야 하겠다고 했다.

7월 3일 나에게 상담하러 온 또 다른 학생은 회사에서 파업 농성에 가담했던 학생 사원에 대해서 사표를 받고 있다고 했다. 학생들이 회사 기숙사에 물건을 가지러 가면 사표 쓰기를 권한다고 했다. 그도 이날 기숙사에 물건을 가지러 갔다가 사표를 썼다고 했다.

결국 대우어패럴의 제1공장과 제2공장은 작업을 다시 시작하지 않았다. 얼마 지나지 않아, 대우어패럴의 제1공장과 제2공장이 공식적으로 폐업했다는 소식이 들려왔다. 게다가 주식회사 대우어패럴은 대우어패럴 사태가 있은 지 약 1달 뒤 1985년 7월 '주식회사 세계물산'으로 바뀌었다는 소식이 들렸다. 대우어패럴의 제3공장과 제5공장에서 근무하던 학생들은 세계물산 사원의 자격으로 일한다고 했다.

학교에서는 대우어패럴 제1공장과 제2공장에서 근무하던 영등포여자고등학교 특별학급 137명 중 2명(2학년 1명, 3학년 1명)만이 세계물산 제3공장으로 옮겨 일하는 것으로 파악했다. 따라서 나머지 135명(2학년 87명. 3학년 48명)의 학생은 실직자가 되고 만 것이다. 이 숫자는 전교생 1,372명의 약 10%에 해당하는 많은 숫자였다.

나는 교무 분장(맡은 사무)으로서 장학금 업무를 담당하고 있었다. 그때까지 업무의 중심 내용은 3개월에 한 번씩 회사의 휴업이나 폐업으로 말미암아 미취업 상태에 있는 학생들을 담임교사를 통해 파악하여 그 명단과 미취업 사유를 적어 노동부 서울관악지방노동사무소에 알리어, 서울특별시로부터 장학금(교육비 보조)을 받을 수 있도록 하는 것이었다.

내가 특별학급 교사로 근무하기 직전 1985년 1월 이전에 휴업, 폐업, 회사의 지방 이전으로 1985년 3월 현재까지 안정적인 재취업을 하지 못하고 있는 학생들은 18명이었다. 그 18명 중 1명은 대우어패럴에 재취업하자마자 대우어패럴의 폐업으로 다시 미취업자가 되기도 했다.

내가 특별학급 교사로 근무한 1985년 3월 이후에 휴업이나 폐업을 한 회사도 있었다. 각 담임교사들이 4월 23일자로 조사하여 4월 27일 내가 노동부 서울관악지방노동사무소에 보고한 바로는, 휴업, 폐업, 회사의 지방 이전이 6개 업체였다.

휴업이나 폐업 업체로 '동남전기', '신애전자', '민우실업', '삼경섬유', '영준실업'이 있었고, '청양'이 서울에서 인천으로 이전했다. 이들 업체에서 퇴사하여 미취업 상태로 지내는 학생은 43명이었다. 6월 중순에 조사한 통계로는 26명이 미취업 상태에 있었다. '영준실업'(휴업), '민우실업'(폐업), '청양'(인천으로 회사 이전)에 근무하던 학생들이었다.

이러한 상황에서 대우어패럴에서 일하던 135명의 학생이 갑자기 일자리를 잃었다. 미취업 학생이 161명으로 늘어난 셈이었다. 이는 전교생(1,372명)의 약 11.7%에 해당했다. 무엇보다 심각한 문제는 이들 가운데 많은 학생들이 생존에 필수적인 잠자리마저 잃었다는 것이다.

이들이 고등학교의 일반 학급에 소속된 학생들이었다면, 부모의 수입으로 부모가 지어 주는 밥을 먹으며 학교에 다닐 나이가 아닌가. 그런데 특별학급 학생들은 자신의 노동으로 자신의 학업을 이루어 가고 가족의 생계를 도와 왔다.

대우어패럴 사태는 학생들이 소속했던 회사도 이들을 외면하고, 파업을 주도했던 노동조합도 이들에게 아무것도 챙겨 주지 못하는 상황을 낳았다.

가련한 135명의 여학생들을 돌보아 주려는 이는 아무도 없었다. 이들은 그야말로 거리로 쫓겨난 신세나 다름없었다. 이들은 한 끼의 식사 해결을 위해 갈피를 잡지 못하고, 기숙사 생활을 했던 많은 학생들은 하룻밤 잠잘 곳을 찾기 위해 이리저리 기웃거려야 했다. 이들에게는 어찌 세상이 슬프고 외롭고 두렵지 않겠는가.

6. 이른 여름방학에도 고향 못 가는 안타까움

학교에서는 7월 1일부터 7월 8일까지 1학기말 고사를 치렀다. 대우어패럴에 근무했던 학생들은 매우 불안정한 상황에서 학기말 고사를 치렀다. 학교에서는 학생들의 채점 결과 확인 및 성적 통계를 빨리 끝냈다.

그때는 어느 학교에서나 7월 하순에 여름방학에 들어가곤 했는데, 그해 영등포여자고등학교 특별학급 여름방학 시작은 원래의 계획 7월 22일을 앞당길 수밖에 없었다. 7월 16일에 방학식을 하고, 7월 17

일부터 여름방학에 들어갔다. 기숙사를 잃은 학생들이 하루라도 빨리 고향으로 가서 잠자리만이라도 걱정하지 않도록 해 주기 위해서였다.

학교에서는 학생들이 어서 고향으로 돌아갈 수 있도록 일찍 여름방학에 들어갔으나, 대우어패럴 퇴사 학생들 가운데 많은 학생이 고향으로 돌아가지 못하는 현상이 벌어졌다. 그동안 얼마 되지 않은 급료 속에서도 고향 가족의 생활비를 대고, 부모의 병원비와 오빠나 동생의 학비를 정기적으로 보내야만 했던 학생들은 서울에 머물면서 일자리를 찾아 헤매야만 했다.

그 시기의 극심한 불경기는 학생들의 일자리 마련에 너무나 인색했다. 각계각층에서 대우어패럴 사태에 대해 갖가지 말이 나왔지만, 정작 그 사태의 틈바구니에서 생존과 학업에 강한 위협을 받고 있는 실직 여학생들에 대한 걱정은 한마디도 없었다. 나는 조바심이 나서 견딜 수가 없었다.

나의 집 전화통은 쉴 새 없이 바빴다. 우체부(우체국 집배원)의 발길도 잦았다. 당장 어떻게 생활을 지탱해 나가야 할지, 학교를 계속 다닐 수 있을지, 다른 일자리를 마련할 수 있을지를 끊임없이 문의해 왔다. 용돈이 떨어져 배를 고파하는 학생들도 많았다. 나는 참고 견디면서 함께 일자리를 찾아보자며, 빵도 사 주고 우유도 사 주고 국수도 사 주었다.

나는 학생들의 일자리를 찾아다니다가, 생활 용품 판매 아르바이트 알선 업체에서 첫 외판을 나선 학생을 만났다. 뜨거운 불볕을 직선으로 받으며 길 가는 사람들에게 물품을 사 주기를 바라는 것이었다. 나는 학생을 그늘로 데리고 가서 천 원짜리 상품 하나를 처음으로 사 주었다. 그리고는 어떤 집에는 개가 사나우니까, 개에 물리지 않도록 특별히 조심하라고 당부했다.

어떤 학생은,

"선생님, 우선 잠잘 곳이 없습니다."고 했다.

많은 학생들이 체면을 가리지 않고 평소에 가깝게 느낀 사람이 있다면, 그 집에서 신세를 지며 잠을 자거나, 독서실에서 잠을 자는 경우가 많았다. 그때 독서실은 하루 24시간 학생들이 독서실을 이용할 수 있도록 영업을 했던 것이다. 나는 잠자리를 찾지 못한 학생들을 자취하면서 직장에 다니는 학생들과 연결시켜 주기 위한 노력을 기울였다.

나에게 하소연하러 온 학생 가운데는 지난밤을 어떻게 지냈는지를 밝히지 못하기도 했는데, 나중에 간접적으로 들려 온 이야기로는 몇 친구들이 모여 집이 아닌 어느 산기슭에서 뜬눈으로 밤을 지냈다는 것을 알았다. 아찔한 생각이 들었다.

어떤 학생은,

"시립 병원에 아버지가 입원해 계신데, 치료비가 없어요." 하며, 울음을 끝으로 전화를 끊었다.

나는 부랴부랴 그 학생의 친구들과 함께 시립병원의 수백 개의 병상을 찾았으나, 그 학생이나 환자를 찾을 길이 없었다. 나중에 안 사실이지만, 그때 환자는 퇴원해야 했고, 얼마 뒤에 세상을 떠났다는 것이었다.

어떤 학생은 편지를 통해,

"선생님, 이런 어려움 속에서도 제가 학교를 졸업할 수 있다면, 고향에서 심한 기침과 함께 몸져누워 계시는 어머니께 졸업장을 올리고서 목놓아 실컷 울어 버리겠어요. 그 우는 날이 저에게는 커다란 소망이에요."라고 했다.

어떤 학생은,

"실직된 제 친구가 계속 몸이 마르며 우울증과 불면증에 빠져 있어요. 선생님의 힘이 시급해요."라고 하기에, 나는 본인이 아는 듯 모르는 듯 자주 따뜻한 대화를 나누곤 하여, 예전의 밝은 모습을 되찾게 했다.

7. 제자들의 일자리를 찾아 헤매며

여름방학이 끝나 가자, 고향으로 가서 지내던 학생들도 서울로 돌아오기 시작했다. 그들은 어느 누구보다도 나에게 먼저 상의했다.

나는 더욱 분주해야만 했다. 나는 전화번호부를 펼쳐 놓고, 업체라고 생각되는 곳이면 밤낮을 가리지 않고 전화 번호판을 돌려 일자리가 있는지를 물었다. 길거리의 전봇대마다 시선을 쏟아 '사람 구함'이란 광고를 찾으며 공책에 적기도 하고, 회사 간판이 붙은 곳을 쉴 새 없이 찾아다녔다.

나는 이 거리 저 거리를 때로는 부은 다리로 현기증을 일으키며, 때로는 몸살을 앓는 몸을 허둥지둥 이끌며 신들린 사람처럼 학생들의 일자리를 찾아주기 위해 헤매었다.

이러한 나의 노력은 여름방학이 끝나고 학교 공부가 다시 시작되어서도 계속되었다.

서울에서 업체가 가장 많이 몰려 있는 한국수출산업공단(구로공단)에 있는 이 업체 저 업체를 수없이 드나들었다. 그런데 업체 관계자들은 약속이나 한 듯이 다음과 같이 말했다.

"선생님이 제자를 취직시키려는 성의는 놀랍습니다만, 이 구로공단 안에서는 학생들이 대우어패럴 농성에 직접적으로 가담하지 않았다 할지라도, 그들을 채용하지는 않을 것입니다. 혹시나 자기 회사 사원들이 물들까 봐 두려워하고 있습니다."

나는 이렇게 노골적인 말을 들으며 퇴짜를 맞아야 했다.

그런 가운데도 8월 29일에는 봉천동 봉천교(2000년대부터 당곡사거리로 불림) 근처의 조그만 업체인 '은성전자'에 13명의 일자리를 찾아줄 수 있어서 그나마 행복했다.

몇 학생은 한국수출산업공단의 어느 회사가 종업원을 모집한다는 소식을 듣고 대우어패럴에 근무한 경력은 빼고 이력서를 작성하여 제출했다. 그러나 그것은 사실대로 탄로가 나고 창피를 당하였다.

그렇지만 나는 학생들에게 어떤 일이 있어도 결코 좌절하지 말 것을 당부하면서 직장을 찾아 주기 위한 노력을 중단하지 않았다.

나는 큰 업체는 단념하고 조그만 영세 개인 업체나 신설 업체를 중심으로 학생들의 일자리를 찾기로 했다.

그런 결과, 나의 통사정을 들은 업주들은 조금씩 학생들을 채용해 주기 시작했다. 그러나 몇 해 전부터 시작된 극심한 불황에서 많은 학생들에게 취업 알선을 해 주기에는 일자리가 너무나 부족했다.

나는 학생들이 재취업한 업체의 주인에게 가끔 전화를 했다. 학생들의 작업상의 신체 안전에 신경을 써 주고, 일이 서툴더라도 잘 지도해 주기 바란다고 했다. 업주들은 학생들이 성실하다며 칭찬했다. 나는 학생들을 칭찬하는 소리를 들을 적마다 학생과 업주 모두가 고마웠다.

그러나 이러한 기쁨은 언제나 잠깐이었다.

내가 학생들을 여기저기에 취업을 시켜 주어도, 영세 업체들은 곧 문을 닫는 경우가 많았다. 문을 닫지 않는 업체일지라도 급료가 너무 낮아 학생들의 객지 생활비에 도저히 미치지 못했다. 그 낮은 급료마저 자금 회전이 되지 않아, 업주가 차일피일 미루거나 영영 지불 능력을 상실하는 경우가 많았다.

오후 5시면 학생들은 등굣길에 나서야 하는지라, 근무 시간에 구애받지 않는 일반 사람을 채용하지 않고, 학생들을 굳이 채용해 주려는 업체를 찾기란 퍽 어려웠다. 학생들은 그야말로 이 업체 저 업체를 들락날락하며 실질적인 수입은 터무니없이 적었다.

그래도 이 직장 저 직장을 떠돌면서 짧은 기간이나마 일을 하여, 조금이라도 급료를 받는 학생은 행복한 편이었다. 많은 학생들이 그럴 기회조차 만나기 어려웠다.

대우어패럴에서 퇴직할 때 근무 연수에 따라 차등은 있었지만, 20만 원 안팎의 퇴직금을 받은 학생들은 미취업 상태에서 그것으로 월세 방값을 내고, 식사대를 치러야 했다. 건빵으로 끼니를 때우는 학생들이 많았다. 그들은 몸이 아파도 의료보험 혜택조차 받지 못하는 불안정하기 짝이 없는 생활을 했다. 그들은 생존에 위협을 받을 정도로 궁핍하고 빚을 지는 경우가 많았다.

학생들에게 부딪친 일은 또 있었다. 1985학년도 2분기(6월~8월) 공납금(분기별 15,000원)까지는 회사에서 납입해 주었지만, 3분기부터는 학생들 스스로 공납금을 부담해야 했다. 공납금을 부담하면서까지 학생들의 취업을 받아 줄 업체는 있을 수가 없었다.

3분기(9월~11월) 공납금은 9월 초까지는 학교에 납입하여야 했지만, 퇴사한 학생들은 10월이 되어도 공납금을 납입할 수가 없었다. 게다가 이들이 졸업할 때까지는 많은 기간이 남았다. 대우어패럴에서 퇴사한 135명 중 3학년 학생 48명은 1986년 2월이면 학교를 졸업하게 되지만, 2학년 학생 87명은 그들보다 1년을 더 학교에 다녀야 했다.

10월 하순부터는 날씨가 차가워지기 시작하고, 학생들의 궁핍함은 더해 갔다.

나는 학생들의 용기와 희망을 북돋우기 위해 수업 시간마다 간곡한 훈화를 했다.

"어떤 일이 있어도, 한 학생의 낙오자도 없이 강한 의지로 고등학교 졸업을 해야 한다. 이제 중도에서 학업을 포기하면, 다시 시작할 기회란 몇 배나 어렵다. 연약하게 주저앉는 인생이 되지 말고, 끝내 성취하고 역경을 영광으로 바꾸는 장하고 위대한 인생의 길을 걸어야 한다."고 했다.

나는 대우어패럴에서 퇴사한 학생들뿐만 아니라 전체 학생 약 1,370명의 일상 안전에도 더욱 힘을 쏟았다. 이들이 가족을 떠나 지내는 미성년 여성이라는 약점을 미끼로 이들을 괴롭히는 사람이 있으면 어쩌나 하는 염려가 들었던 것이다.

8. 줄기차게 서울특별시 상공과에 장학금 도움 요청

나는 학생들의 생계와 직결되는 일자리 구하기에 힘을 기울이면서, 어디에서라도 학비를 보조받게 할 길이 있을까 하고 여러모로 알아보았다. 학교 동창회, 지역 단체 등에 학생들의 장학금을 만들어 줄 것을 호소하여 약간의 혜택을 받기도 했다.

그러나 이것은 많은 학생들의 공납금을 장기적으로 해결해 줄 수 있는 방법은 못 되었다. 일자리를 잃은 학생들 모두가 지속적으로 학비를 보조받을 수 있는 길을 찾아야만 했다. 그런 궁리 끝에 서울특별시(담당 부서: 상공과)에 도움을 요청하기로 했다.

서울특별시 상공과 소관에 근로 청소년 장학금 제도가 있다는 것을 알았기 때문이다. 그 장학금 지급 대상자 추천 조항 가운데는 산업체 근로 청소년 교육을 위한 특별학급의 재학생 중 소속 산업체의 휴 · 폐업 및 극심한 불경기 등으로 산업체에서 교육비(공납금)를 부담하기 곤란한 학생을 장학금 지급 추천 대상자로 한다고 되어 있었다.

이 제도에 따라 영등포여자고등학교 특별학급 학생 중 1984학년도 4분기(1984년 11월~1985년 2월)에 22명(휴업, 폐업 4개 업체 소속)이 교육비에 해당하는 장학금 혜택을 받은 바 있었다. 그리고 내가 이 장학금 신청 업무를 맡은 이후에도 1985학년도 1분기(3월~5월)에 43명(휴업, 폐업, 회사 지방 이전 6개 업체 소속)이, 2분기(6월~8월)에 26명(휴업, 폐업, 회사 지방 이전 6개 업체 소속)이 장학금 혜택을 받았다.

이 장학금 혜택을 받자면, 학교에서 각 학급 담임교사가 휴업 혹은 폐업 업체에 속했던 학생을 조사한 결과에 따라, 학교장이 이들을 근로 청소년 장학생 추천 대상 후보로 노동부 서울관악지방노동사무소장에게 공문을 보내야 한다. 노동부 서울관악지방노동사무소장은 이들 업체의 상황을 확인한 후 서울특별시장에게 근로 청소년 장학금 지급 대상 후보를 추천하는 것이었다. 그리고 서울특별시장은 노동부 서울관악지방노동사무소장이 추천한 내용을 심의회에서 심의한 결과에 따라 장학금 지급 대상자를 확정하는 형식을 취했다.

나의 도움 요청을 들은 서울특별시 상공과 이종선(지방행정주사보. 7급) 님은 어려움을 표시했다.

서울특별시 근로 청소년 장학금은 장학기금의 이자로 운용되고 있는데, 1985년 10월 현재 집행할 수 있는 예산은 얼마 남지 않았다고 했다. 게다가 대우어패럴은 폐업의 사유가 일반적인 경우와는 달리 회사 내부의 갈등에 따른 것이므로, 심의회에서도 장학금 지급을 쉽게 납득하기 어려울 것이라고 했다.

나는 이종선 님에게 끊임없이 간곡히 호소했다. 사람의 가장 기본적인 욕구인 먹고 자고 입는 문제의 어려움을 겪으며 의지할 데 없는 여학생들에게 학업이라는 희망마저 사라지게 한다면, 이들은 무슨 용기로 인생을 버틸 수 있겠는가고 말했다. 바로 얼마 전까지만 해도 대한민국 수출 산업의 최일선의 역군이었다가, 회사의 뜻하지 않은 사태로 말미암아 위기를 겪고 있는 여학생들을 거대한 서울특별시마저 외면해서는 안 된다고 했다. 될 수 있는 방법을 제발 찾아달라고 했다.

대통령령 제11750호 '산업체의 근로 청소년의 교육을 위한 특별학급 등의 설치 기준령' 제12조의 2항에서는 "학생이 그 고용된 산업체를 퇴직함으로써 근로 청소년의 신분을 상실하였을 때에도 그의 희망에 따라 학업을 계속하게 할 수 있다."고 했으며, 1항에서는 "이 경우 경비는 학생이 부담함을 원칙으로 하되, 국가가 필요하다고 인정할 때에는 그 경비의 일부를 부담할 수 있다."고 한 점을 고려하고, 이 많은 학생들에게 교육비를 보조할 수 있는 기관은 현실적으로 서울특별시밖에 없음을 이해해 달라고 했다.

또한 이런 규정이 없다 할지라도 시민의 복지와 안전을 책임지고 있는 행정 당국에서는 어려운 상황에 있는 사람에 대해서는 어떤 형태로든 도움을 베풀 수 있는 일이며, 더욱이 근로 청소년으로서의 여학생이 타의에 의해 퇴직되어 학업 중단의 위기에 놓이게 되었다면, 어떤 방법으로든 장학금을 지급하는 것이 좋은 일이 될 것이라고 했다.

이들을 도와주고 도와주지 않고에 따라 이들의 마음에 기성세대와 사회와 국가가 어떤 가치로 자리할 것인가도 상상해 달라고 했다. 기성세대와 사회와 국가에 대하여 원망과 야속함이 자리할 것이냐, 기성세대와 사회와 국가에 대하여 고마움과 존경이 자리할 것이냐를 상상해 달라고 했다. 만약 이들의 마음에 고마움과 존경이 자리한다면, 이들도 장차 남에게 베풀 줄 아는 사람이 되어야겠다는 가치를 확고히 지닐 수 있을 것이라고 했다.

내가 직접 만나야 할 사람이 있고, 내가 직접 설명하여야 할 모임이 있다면 기꺼이 나설 테니, 제발 어려운 처지의 여학생들을 도와달라고 했다.

서울특별시 상공과 이종선 님은 나의 호소를 상공과 상공계장, 상공과 과장 등과 자체 협의를 한 뒤 나에게 전화를 했다.

"선생님의 간곡한 내용을 경제산업국장님과 부시장님을 거쳐 염보현 서울특별시장님께 보고하기로 했습니다."고 했다.

며칠이 지난 뒤, 나는 이종선 님으로부터 대우어패럴 퇴직자(퇴사자)들도 장학생 후보로 추천해 보라는 연락을 받았다.

나는 기쁜 마음으로 이 사실을 노동부 서울관악지방노동사무소 윤

성자 근로감독관에게 말하며, 근로 청소년 장학생 추천 대상 후보로
대우어패럴 퇴사 학생들도 포함시키겠다고 했다.

나는 이미 여러 차례 대우어패럴 퇴사 학생들의 장학금 지급 문제
에 대해 노동부 서울관악지방노동사무소 윤성자 근로감독관에게 좋
은 방안을 찾아달라고 요청한 상태였으므로, 서울특별시의 이러한
조치에 대해 윤성자 근로감독관도 몹시 기뻐했다.

그리하여 나는 1985년 11월 7일자로 학교장의 결재를 받아, 대우
어패럴 퇴사(퇴직) 학생 135명(2학년 87명. 3학년 48명)과 그 밖에 폐
업(민우실업, 영준실업, 효성물산 등 3개 업체 9명) 및 회사 지방 이전
(청양 1개 업체 18명. 1학년 1명. 2학년 9명. 3학년 8명)에 따른 퇴사
학생 27명을 포함하여 모두 162명을 1985학년도 3분기(9월~11월)
근로 청소년 장학생 추천 후보 대상자로 노동부 서울관악지방노동사
무소에 공문을 보냈다.

9. 서울특별시의 실직 학생 162명 장학금 지원

대우어패럴 퇴사 학생들을 서울특별시 근로 청소년 장학생 후보로
추천하고서, 나는 하루하루 조마조마하게 그 결과를 기다렸다. 한
달 남짓 뒤 12월 17일 나는 서울특별시장이 학교장 앞으로 보낸 공문
을 받았다. 얼른 그 내용을 살폈다.

공문에는 근로 청소년 장학금 지급 대상자로 학교에서 추천한 내용대로 대우어패럴 퇴사 학생을 포함한 162명 전원이 장학생으로 확정되어 있었다. 1인당 공납금 전액 15,000원과 학용품대 20,000원을 셈한 총액 5,670,000원을 영등포여자고등학교가 속한 지역 행정구청인 영등포구청으로 보냈으니, 학생들에게 35,000원씩 지급하고 학생 개개인이 장학금을 받았다는 도장을 찍은 서류를 영등포구청을 통해 서울특별시에 보내 달라는 내용을 담고 있었다.

나는 공문을 끝까지 읽자마자, 전화로 서울특별시 상공과 이종선 님에게 고마움의 인사를 전했다.

이종선 님은,

"허 선생님의 극진한 제자 사랑에 모두가 감동한 결과입니다. 염보현 서울특별시장님께서 일하며 배우는 어려운 학생들을 도와야 한다는 신념도 크게 작용하였습니다."라고 했다.

교무실에서 담임교사를 통해 35,000원씩의 장학금을 받으며 수령 도장을 찍는 학생들의 얼굴에 웃음과 기쁨이 피고 있었다. 모처럼 학생들의 환한 표정을 본 모든 교직원들의 얼굴도 기쁨으로 차 있었다.

입을 것, 먹을 것에 가슴 죄고, 자신의 몸과 책가방 하나 제대로 둘 곳 없이 초조하던 학생들은 장학금을 받으며 눈물을 흘리기도 했다. 뚝뚝 흐르는 눈물로 나를 찾았다.

"선생님, 고맙습니다. 시장님을 비롯하여 서울시청 아저씨들께 꼭 인사를 전해 주세요. 그리고 전 끝까지 학교 다닐 거예요."라고 하기도 했다.

이를 옆에서 지켜보던 친구들의 얼굴에도 흐뭇함이 감돌았다.

그들의 예기치 않은 고생에 우리 사회에서 발 벗고 나서 준 사람은 너무나 없었는데, 서울특별시가 이렇게 학비 지원을 해 줌으로써 학생들은 실질적으로 고마움을 따스하게 맛볼 기회가 있었다. 그들은 비정하고 허망하게만 느껴지던 세상에 한 가닥 싱싱한 햇살을 보았던 것이다.

주식회사 대우어패럴에는 영등포여자고등학교 특별학급 학생뿐만 아니라, 영등포여자상업고등학교 특별학급 학생들도 근무하고 있었는데, 그들도 이 장학금을 받고서 고마워한다고 했다.

서울특별시의 조치와 나의 노력은 노동부 서울관악지방노동사무소는 말할 것 없고, 한국수출산업공단(서울 구로공단) 본부를 비롯해 공단 안의 많은 업체에서 아름다운 이야기가 되고 있다고 했다.

연말이 되어 가자, 장학금을 받은 학생들은 자진하여 서울특별시 관계관들에게 고마움의 마음을 전하기 위해 편지와 예쁜 카드를 만들었다.

1985년 12월 26일 나는 2학년 학생 2명과 함께 서울특별시청을 방문했다. 상공과에 들러 실무적으로 애를 많이 쓴 장학금 담당 이종선 님, 그리고 상공계장, 상공과장(이재완 님)에게 고맙다는 인사를 했다. 두 학생 대표는 친구들이 쓴 편지와 예쁜 카드를 전했다. 몇 송이의 꽃을 사무실의 물컵을 꽃병 삼아 꽂았다. 직원들은 임시 꽃병을 보며 "사무실이 환해졌다."며 밝은 표정을 지었다.

우리는 여직원이 타 주는 따끈한 차를 마셨다. 학생 대표는 이재완 상공과 과장이,

"강한 의지로 역경을 딛고 일어서서 희망차게 학업에 힘써 주기 바랍니다."는 격려에 눈시울을 적셨다.

상공과에서는 염보현 서울특별시장, 부시장, 경제산업국장에게 나의 인사와 학생들이 만든 정성의 표시를 대신 전하기로 했다.

그날 장학금 담당 이종선 님은 나에게 서울특별시의 근로 청소년 장학금에 관해 보다 자세한 설명을 했다.

경기 불황에 따라 폐업이나 휴업을 하는 업체가 늘어나고 있어, 근로 청소년 장학금 지급액이 늘어나고 있다고 했다. 서울특별시 관내 10개 고등학교에 산업체 근무자를 위한 특별학급에 약 8천 명이 재학하고 있는데, 그동안 매 분기(3개월 단위)마다 대체로 기금의 이자 약 300만 원으로 장학금을 지급해 왔다고 했다.

대우어패럴 폐업에 따른 퇴사 학생들에게 장학금을 지급하자니, 기금의 이자로는 이를 감당할 수 없어 기금의 원금을 해약할 수밖에 없었다고 했다. 그리하여 1985학년도 3분기(9월~11월) 근로 청소년 장학금은 영등포여자고등학교 특별학급에 567만 원(대우어패럴 퇴사자 135명을 포함하여 모두 162명)을 비롯하여 총액 약 1,400만 원을 근로 청소년 교육을 위한 특별학급 재학생 장학금으로 지급했다고 했다.

대우어패럴 폐업에 따른 장학금 지급은 나의 간곡한 건의에 따라 결정한 것이지만, 영등포여자고등학교 특별학급 재학생에게만 한정

할 수 없어, 대우어패럴 퇴사 전체 학생 약 340명(고등학교 및 중학교 특별학급 해당자)에게 장학금을 지급하였다고 했다. 종전처럼 일반적인 폐업, 휴업, 회사의 지방 이전에 따른 퇴사 학생들도 장학금 수혜자가 되었다.

나는 이 말을 들으면서, 서울특별시에서 대우어패럴 퇴사 학생들에게 장학금을 지급하기로 한 것이 얼마나 큰 배려와 결단으로 이루어진 것인지를 짐작할 수 있었다.

이종선 님은,

"대우어패럴 퇴사 학생들을 포함한 근로 청소년에게 장학금을 지속적으로 지급하려면 많은 기금이 필요합니다. 내년도에는 올해(1985년)에 남아 있는 1억여 원의 장학기금에 최소한 2억 원을 더 확보하여야 하겠는데, 그것이 쉽지 않을 것 같습니다.

설령 그 수준으로 장학기금을 확보한다 할지라도 그것으로 올해 수준의 분기별 1인당 장학금 35,000원씩(공납금15,000원. 학용품대 20,000원)을 지급하기는 어려울 것입니다."라고 했다.

이 말을 들은 나는,

"이제 바로 눈앞에 닥친 1985학년도 4분기(1985년 12월~1986년 2월) 장학금을 지급하고 나면, 1986년 2월에는 대우어패럴 퇴사 학생 중 일부(영등포여자고등학교 3학년 해당자 48명)가 졸업하고, 1987년 2월에는 현재의 2학년 대우어패럴 퇴사 학생들도 모두 졸업하게 됩니다. 그 이후는 지금보다는 상황이 덜 어려울 것입니다."라고 했다.

10. 일자리와 기숙사 잃은 학생들의 한겨울 고통

서울특별시의 장학금 지급은 대우어패럴 퇴사 학생들에게 큰 용기가 되었다. 그런데 학생들에게는 장학금을 받았다는 것과 일자리를 찾아 헤매야 한다는 것과는 또 다른 문제였다. 차가운 한겨울에도 어느 영세 봉제 업체에서는 학생들이 자는 골방에 연탄불을 제대로 피워 줄 형편이 되지 않아, 학생 여럿이 서로의 체온으로 긴 밤을 보낸다는 이야기를 들었다. 나는 많은 걱정이 한꺼번에 연상되면서 괴로워 견딜 수가 없었다.

나는 학생들에게 일자리를 찾아 주기도 하면서, 학생들이 졸업할 때까지 장학금을 지속적으로 지급받을 수 있도록 해 주어야 한다는 걱정으로 밤잠을 제대로 이룰 수가 없었다. 이들 두 가지 중 어느 한 가지도 확실하게 좋은 결말을 보지 못하고 있는 것이 괴로웠다.

그래서 나는 장학금의 지속적인 지급이라는 좋은 결말을 이끌어 내고자, 염보현 서울특별시장에게 직접적인 의사 전달을 해야겠다는 결심을 했다. 지금까지는 서울특별시 상공과를 통한 간접적인 의사 전달이었던 것이다.

나는 염보현 서울특별시장에게 긴 편지를 썼다.

그 긴 편지에는,

"시장님은 뜻하지 않게 퇴직된 근로 청소년 학생들에게 이미 지갑만이 아닌 마음까지도 열어 주셨습니다. 시장님은 국가와 사회의 큰 과제인 '화합'의 실천에 좋은 사례를 보여 주셨습니다."라는 고마움의 인사말과 학생들의 어려운 사정을 자세히 담았다.

"학생들이 시장님의 따뜻한 배려를 간직하면서 어려운 시기를 기어이 이겨낼 수 있도록 용기를 주시고, 그들도 먼 장래에 어려운 사람들을 보살피는 일에 인색하지 않아야겠다는 확신을 지닐 수 있도록 그들이 안정적인 일자리와 잠자리를 찾을 때까지 계속 장학금을 지원해 주시면 고맙겠습니다."라는 내용을 적었다.

나는 이 편지를 1986년 1월 12일 염보현 서울특별시장에게 속달등기(빠른등기)로 우송했다. 이틀 뒤 서울특별시장 비서관에게 전화를 했더니, 비서관은 염보현 서울특별시장에게 보낸 나의 편지를 잘 전했으며, 염보현 시장은 나의 건의 내용을 적극적으로 검토하라는 지시를 했다고 했다.

1986년 1월 22일 나는 서울특별시 상공과 이종선 님과 전화 통화를 했다.

이종선 님은,

"허만길 선생님께서 염보현 시장님께 건의한 바가 큰 힘이 되어, 1986년도 서울특별시 근로 청소년 장학기금을 작년보다 2억 원 추가 배정받을 가능성이 높아졌습니다. 1985년도에 남은 기금과 합하여 3억여 원의 기금으로 장학금을 운영할 수 있게 될 것 같습니다."라고 했다.

그리고 이종선 님은 각 학교의 1985학년도 4분기(1985년 12월 ~1986년 2월) 학생 공납금을 위한 장학금은 1986년 3월에 지급할 예정인데, 이 장학금은 원칙적으로 장학기금의 이자로 지급하기로 되어 있어, 올해 들어 그 이자가 얼마 되지 않아 어떤 방법으로 시행하여야 할지 검토 중이라고 했다.

학생들의 겨울 방학 중에 나는 차가운 추위를 무릅쓰고 끊임없이 학생들의 일자리를 찾아다니다가, 1986년 1월 29일에는 대우어패럴의 후신이라고들 하는 주식회사 세계물산을 방문했다.

겨울방학 중인지라 교직원들이 학생들에게 별로 관심을 쏟지 않고 있을 것 같아, 나만이라도 추위 속에서 일하고 있는 학생들을 격려하고 회사 관계자들에게 학생들을 잘 돌보아 달라고 부탁하고 싶어서였다. 과거의 대우어패럴이나 현재의 세계물산이나 학생 사원들의 편의를 잘 보아 준다는 평이 있지만, 현재 세계물산에서 근무하고 있는 학생 사원들이 대우어패럴에서 퇴사한 친구들과 헤어진 아픔이 있지나 않을까 하는 생각이 들어 세계물산을 방문하고 싶었던 것이다.

나는 세계물산의 제3공장의 관리부에 먼저 들러, 학생 사원 담당 이영기 님을 찾아 인사를 나누었다. 이영기 님은 학교의 통계 자료에 나타나 있는 대로 세계물산에는 영등포여자고등학교 특별학급 학생 45명(2학년 29명, 3학년 16명)이 근무하고 있다고 했다. 제3공장에는 약 500명의 회사원이 있는데, 영등포여자상업고등학교 특별학급 학생 약 150명도 근무하고 있다고 했다. 이영기 님은 학생 사원들에 대해 학업의 편의를 보아 주려고 많은 노력을 하고 있음이 느껴졌다.

이영기 님의 안내로 학생들이 작업하고 있는 곳을 둘러보면서, 학생들의 작업 안전에 신경을 써 주기를 당부했다. 점심시간이 되어 가므로, 구내식당에서 학생들과 함께 식사하기를 권하기에 나는 그렇게 하기로 했다.

점심시간이 되자, 영등포여자고등학교 특별학급 세계물산 학생 대표 경은희(2학년)와 영등포여자고등학교 특별학급 2학년 학생장 박귀남이 관리부로 왔다.

네 사람이 구내식당에 들어서자, 영등포여자고등학교 특별학급 학생들이

"허만길 선생님이 오셨다."라고 환성을 올리며, 나에게로 몰려왔다.

영등포여자상업고등학교 특별학급 학생과 일반 사원들도 앞다투어 나에게 반갑게 인사했다. 나이가 든 일반 사원들이 내가 학생들을 위해 너무 애쓴다는 평이 구로공단에 널리 퍼져 있고, 학생들이 나를 몹시 존경한다고 했다.

나는 학생들 사이에 앉아, 학생들이 먹는 것과 꼭 같이 배추김치, 깍두기, 보리쌀 40%와 쌀 60% 섞은 밥, 생선 뭇국을 맛있게 먹었다.

11. 서울특별시의
1986년 근로 청소년 장학금 운용 계획

1986년 2월 8일 서울특별시 상공과 이종선 님과 전화로 이야기를 나누었다.

이종선 님은 이제 장학기금은 확정되었는데, 1985학년도 4분기

(1985년 11월~1986년 2월) 장학금은 1986년 장학기금으로 집행하기로 되어 있으므로, 1986년 2월 현재 이자가 제대로 붙지 않아 3학년은 장학금 지급 대상에서 제외해야 할지 모르겠다고 했다.

내가 이에 대해 어려운 점이 있더라도 가능한 1, 2, 3학년 모두에게 장학금 혜택을 줄 수 있는 방법을 찾아 주면 좋겠다고 했다. 사정이 아주 어려우면 곧 졸업하게 될 3학년에게는 공납금 10,000원(학교 납입액은 15,000원)만 장학금으로 지급하고, 1, 2학년은 공납금 10,000원(학교 납입액은 15,000원)과 학용품대 20,000원을 장학금으로 지급하도록 해 주면 좋겠다고 했다. 영등포여자고등학교 특별학급의 경우 대우어패럴에서 퇴사(퇴직)한 3학년 48명을 비롯해 몇몇 다른 업체 퇴직 학생들이 이번(1986년) 2월에 졸업하게 되고, 내년(1987년) 2월이면 대우어패럴 퇴사 학생 모두가 졸업하게 되므로, 내년 3월부터는 서울특별시 근로 청소년 장학금 지급 예산에 여유가 생길 수 있으리라는 점도 고려하여, 이번에 3학년 학생들에게도 장학금을 지급해 주면 좋겠다고 했다.

며칠 뒤 서울특별시에서 1986년 2월 6일자로 시행한 공문 '1986년 서울특별시 근로 청소년 장학금 운용 계획'(문서번호 상공32144-107. 1986. 2. 6.)이 학교에 도착했다.

공문의 첫머리는

"서울특별시 근로 청소년 장학금 지급 조례에 의거 1986년도 근로 청소년 장학금 운용 계획을 수립하여 별첨 지침과 같이 통보하니, 장학 사업 시행에 차질이 없도록 하여 주시기 바랍니다."로 되어 있었다. 그리고 공문의 별첨에서는 다음과 같은 주요 내용이 들어 있었다.

1. 현황

o 장학금 조성액: 355,559,000원(3억5천5백5십5만9천원)

－ 장학기금 326,000,000원(1986년도 기금 증액 2억원 포함). 이
자 보유액 29,559,000원

o 장학금 지급 대상

산업체 근로 청소년 학교: 18개교 178학급 9,769명

－ 특별학급: 14개교 144학급 8,085명

중학교(여자중) 4개교 18학급 821명. 고등학교 남자고 3교 23
학급 1,189명. 여자고 7교 103학급 6,075명

－ 산업체 부설 학교: 4개교 34학급 1,684명

고등학교 남자고 1교 2학급 77명. 여자고 3교 32학급 1,607
명: 주식회사 경방. 주식회사 방림방적. 주식회사 태양금속. 주식
회사 Y.K.K

일반 야간 고등학교: 69개교 94,400명(근로 청소년 학생
37,700명)

－ 남자고 33교 37,800명(근로 청소년 학생 15,100명)

－ 여자고 36교 56,600명(근로 청소년 학생 22,600명)

2. 장학 사업 계획

o 재원 운용

기금 관리: 장학기금을 서울시 금고에 정기예금하여 발생 이자를 장
학금으로 지급.

장학금 지급액(연간 계획): 35,559,000원

이자 발생액: 35,559,000원(장학기금 326,000,000원. 이자 보유액 29,559,000원)

o 장학금 지급

계획 인원: 연 920명 35,559천원

- 특별학급 840명 29,079,000원(기분당 지급 기준: 210명 7,270,000원)

- 일반 야간 학교 근로 학생 80명 6,480,000원(기분당 지급 기준: 20명 1,620,000원)

  1인당 지급 기준

- 특별학급 학생:

  고등학교 매 기분당 35,000원(공납금 15,000원. 학용품대 20,000원)

  중학교 매 기분당 34,400원(공납금 14,400원. 학용품대 20,000원)

- 일반 야간 학교 근로 학생: 고등학교 매 기분당 81,000원(등록금 81,000원)

o 지급 대상자 선정:

- 특별학급 학생: 신입생 제외. 휴업, 폐업 극심한 불경기 등으로 교육비를 산업체에서 부담하기 곤란한 학생(관계 기관 취업 알선 거부 학생 제외)

- 일반 야간 학교 근로 학생: 경제적 사정으로 교육 중단 및 학업 계속 곤란자(법정 영세민, 일시 질병 등 사고 가정 학생으로 동장 확인)

o 선정 절차

- 특별학급 학생: 학교장(등록금 미납 확인 및 추천)—노동부 지방사무
소장(산업체 휴업, 폐업 확인 및 추천)—서울특별시장
- 일반 야간학교 근로 학생: 학교장(선정 추천)—서울특별시교육위원
회 교육감(구비서류 확인, 추천)—서울특별시장
- 서울특별시 근로 청소년 장학금 심의회 심의 선정: 시장은 서울특별
시 근로 청소년 장학금 심의회에서 서면 심의하여 분기별 이자 발생
범위 내에서 지급.

서울특별시 공문을 보면, 1986년(1월~12월) 서울특별시 근로 청소
년 장학금 총액은 355,559,000원(3억5천5백5십5만9천원)이다. 이 장
학금 총액은 장학기금 326,000,000원(3억2천6백만원)과 1985학년도
3분기(9월~11월) 장학금 집행 이후 형성된 이자 보유액 29,559,000
원(2천9백5십5만9천원)으로 구성되어 있었다. 1986년 장학기금
326,000,000원(3억2천6백만 원)은 지난해 집행하고 남은 장학기금에
2억 원이 증액된 것임을 명시하고 있는데, 이 2억 원 증액이 바로 내
가 염보현 서울특별시장에게 건의한 것에 따른 결과라고 할 수 있다.

서울특별시 공문에서는 1986학년도 서울 시내 산업체 근로 청소년
교육을 위한 특별학급 설치 학교는 모두 14개교 144학급 8,085명으
로 예상하고 있었다. 그 가운데 중학교 과정의 특별학급 학생은 전체
의 약 10.2%에 해당하는 821명(4개교 18학급)으로 예상하고, 고등학
교 과정의 특별학급 학생은 전체의 약 89.8%에 해당하는 7,264명(남
학생 3개교 23학급 1,189명. 여학생 7개교 103학급 6,075명)으로 예

상하고 있었다. 이 수치는 어디까지나 이 계획을 세울 당시의 예상인
데, 확정 수치는 1986년 3월이 되어야 알 수 있는 것이다.

서울특별시 공문에서는 특별학급 학생을 위한 장학금 지급 연간 계
획 인원을 840명으로 예상하고, 3개월 단위의 매 분기(1년에 4차례
장학금 지급)마다 210명에게 장학금을 35,000원(공납금 15,000원. 학
용품대 20,000원)씩 지급하는 것으로 계산하고 있었다.

이런 계산법으로 특별학급 학생을 위한 장학금 지급 계획이 세워졌
음을 고려하면, 서울특별시 상공과 이종선 님이 나에게 1986년도 장
학금 예산으로 집행되는 1985학년도 4분기(1985년 11월~1986년 2
월) 특별학급 학생 장학금 지급에서는 3학년은 제외해야 할지 모르겠
다고 한 고충을 능히 짐작할 수 있었다. 왜냐하면, 서울특별시 공문
에서는 한 분기에 210명에게 장학금을 지급하는 것으로 계획했으나,
1986년도 장학금 예산으로 집행할 1985학년도 4분기(1985년 11월
~1986년 2월) 영등포여자고등학교 특별학급 장학금 지급 대상 인원
만으로도 160명 안팎으로 추정되기 때문이다.

12. ✍ 서울특별시의
지속적인 장학금 지급의 고마움

1986년 3월 10일경 드디어 서울특별시(상공과)에서 보낸 1985학년
도 4분기(1985년 11월~1986년 2월) 근로 청소년 장학금 지급에 관한

공문이 학교에 도착했다. 나는 얼른 장학금 지급 대상자 명단과 장학금 지급액을 살폈다.

  1학년, 2학년은 물론 3학년 학생들에게도 1인당 공납금(등록금) 1만 원(학교 납입액은 15,000원)과 학용품대 20,000원(합계 3만 원)을 지급하도록 되어 있었다. 대우어패럴 퇴사 학생 133명(원래 135명 중 2학년 1명은 가정 사정으로 자퇴. 3학년 1명은 재취업. 2학년 85명, 3학년 48명)과 그 밖에 폐업 및 회사의 지방 이전에 따른 퇴사(퇴직) 학생 중 미취업자 26명을 포함하여 모두 159명을 장학금 지급 대상자로 하고 있었다.

  회사의 지방 이전 업체로는 '청양'(인천으로 이전), 폐업 업체로는 '민우실업', '영준실업', '효성물산' 등이었다. 장학금을 받을 학생은 학교에서 추천한 명단과 일치하였다. 학년별로는 1학년 1명, 2학년 96명, 3학년 62명이었다. 총액 4,770,000원을 영등포여자고등학교 특별학급 근로 청소년 장학금으로 지급하게 된 것이다.

  나는 이 공문을 보면서, 서울특별시에서 1985학년도 4분기 근로 청소년 장학금을 확정하기까지 얼마나 많은 고심을 하였을까 하는 생각이 들었다. 이번 장학금 지급은 특히 대우어패럴 퇴사 학생들에게 용기를 북돋우는 큰 고비가 된다고 여겼기에 나의 가슴은 한층 뭉클하였다.

  나는 공문을 읽은 뒤 곧장 서울특별시 상공과 이종선 님에게 전화로 고맙다는 인사를 했다. 그리고 공문 내용 가운데 학교에서 장학금을 받아 올 곳을 지역 행정구역상으로 영등포여자고등학교가 관할되는 영등포구 신길2동사무소로 지정한 까닭에 대해 물어보았다.

종전까지는 근로 청소년 장학금의 전달 형식은 서울특별시장이 각 지역 구청장에게 장학금을 보내면, 학교 서무과에서는 지역 행정구청 산업과에서 장학금을 인수하였다. 학교 서무과에서는 인수한 장학금을 학교 명의의 은행 예금통장(예금계좌)에 입금하였다가 학교장의 결재를 받아 학생들에게 장학금을 전달하였다. 장학금을 받은 학생들의 장학금 수령 날인 문서는 영등포구청장(산업과)을 경유하여 서울특별시장에게 보내졌다.

이번에도 학생들의 장학금 수령 날인 문서는 영등포구청장을 경유하여 서울특별시로 보내는 것은 종전과 마찬가지인데, 학교가 지역 행정구역 동사무소에서 장학금을 인수하는 것이 종전과 달랐다.

상공과 이종선 님은,

"각 학교가 지역 행정구역 동사무소에서 장학금을 인수하여 학생들에게 전하도록 한 것은 바로 허만길 선생님께서 염보현 서울특별시장님께 편지를 올리신 뒤로 시장님께서 근로 청소년들에게 특별한 관심을 가지셨기 때문입니다.

국가 경제 발전의 핵심 과제인 수출 확대와 관련하여 제품 생산의 최일선을 담당해 오다가 현재 어려움을 겪고 있는 학생들을 동사무소 동장이 직접 학교에 가서 격려하도록 하기 위한 조치입니다. 이 문제는 이미 동사무소에 연락해 두었으므로, 학교와 협의하게 될 것입니다."라고 했다.

신길2동사무소에서 장학금을 인수한 학교에서는 1986년 3월 17일에 장학생들이 한자리에 모인 가운데 서울특별시장을 대신한 신길2동장의 격려의 말이 있은 다음 학생들에게 장학금을 전달하기 시작했다.

1985학년도 2학년(1986학년도 현재 3학년)이었던 96명에 대해서는 담임교사가 학생들에게 장학금을 전하며 장학금 수령 날인을 받았다. 1985학년도 1학년(1986학년도 현재 2학년)이었던 1명에게는 서무과에서 직접 장학금을 전하고 장학금 수령 날인을 받았다. 1985학년도 3학년이었던 62명은 1985년 2월에 이미 졸업하였지만, 각 담임교사가 졸업식 때 그들에게 장학금 지급이 있을지 모르므로, 3월에 수시로 학교 서무과에 전화를 해 보라고 했었다. 서무과에서도 그들의 연락처를 확보해 두었으므로, 그들에게는 서무과에서 직접 장학금을 전하였다.

13. ✎   1986년 새 학년도 시작

1986학년도 영등포여자고등학교 특별학급은 학년 초(3월 초) 기준으로 1학년 4학급(1학년 16반~19반) 213명, 2학년 6학급(2학년 16반~21반) 308명, 3학년 9학급(16반~24반) 501명, 모두 19학급 1,022명이었다. 지난해 학년 초보다 학급 수가 5학급 줄었으며, 학생 수도 약 352명 줄었다.

나는 국어과 교사로서 3학년 18반 담임 교사였으며, 학급 학생 수는 56명이었다. 교원들의 교무 조직은 지난해에는 교무부, 학생부로 나뉘었으나, 1986학년도에는 교무부, 학생부, 교도부(상담부) 등 세

부서로 나뉘었다. 나는 교도부에 소속되었는데, 교도부는 주임교사 1명, 기획 및 장학금계 1명, 취업 지도 및 상담계 1명으로 구성되었다. 나는 교도부 기획 및 장학금 업무를 담당하였는데, 장학금 업무는 지난해에도 내가 맡았던 것이다.

1986년 3월 3일(월요일) 강당에서 새 학년도 개학식이 있었다. 개학식은 지난해 학급 상태로 모여서 진행되었다.

개학식이 있은 다음 학생들은 작년도 학급 교실로 들어가 새 학년도 학급 소속을 알았다. 나는 작년 학급 담임을 했던 2학년 24반 학생에게 새 학년도에 소속될 학급을 알려 주었다. 그리고 학생들에게 작별의 인사를 하여야 했다.

1년 동안 기쁨과 어려움과 보람을 함께 하면서 정든 학급과 정든 얼굴들이 헤어져 다른 학급 다른 교실로 헤어져 가는 것이 아쉬워 학생들은 눈물을 감추지 못했다.

올해 내가 맡게 될 3학년 18반으로 배정받은 학생들은 울면서도 환성을 올렸고, 그렇지 않은 학생들은 더 많이 울었다.

나는 학생들을 달래었다.

"나와 같은 학급은 아닐지라도, 나는 여러분의 국어 수업은 계속 맡게 됩니다. 항상 내가 여러분 곁에 있고, 여러분이 내 곁에 있는 것입니다."

곧이어 나는 새 학년 담임 학급 3학년 18반 교실로 가서 학생들과 첫인사를 나누었다.

나는 첫 훈화에서 '진취성을 향한 땀과 생각에 정열을 바치자'는 점을 강조했다. 그리고 학급 주제를 '진취성을 향한 땀과 생각'으로 설정해 주었다.

학급 주제 '진취성을 향한 땀과 생각'을 실현하기 위해, '밝고 진지한 학급', '대화와 즐거움의 학급', '분별 있는 말과 행동과 예절', '꾸준한 노력', '서로 협조하고, 친구에게 먼저 친근하게 다가가려고 애쓰기', '친구를 이해하고 격려하고 다정하게 충고하고 돕기', '지난날들의 후회를 청산하고 새롭게 시작하기'에 유의해 줄 것을 강조했다.

올해 학생들이 구체적으로 노력해 줄 중점 사항으로 현장 방문 힘쓰기(인물. 기관), 소집단 우정회 활동하기, 평생 진로 계획 세우기, 졸업 직후의 계획 세우기(결혼, 대학 진학 희망자의 대학입시 학력고사 준비, 방송통신대학 진학 준비, 공무원 시험 준비, 직업 훈련 쌓기, 자유업을 위한 경제적 기금 마련, 외국어 회화 능력 기르기 등), 레크리에이션 소양 갖추기, 육체 단련, 마음 수련, 취미 및 특기 계발, 인생의 가상 문제 설정 토론 등을 제시했다.

이어서 학생들이 눈을 감은 상태에서 명상으로 자신의 각오를 다짐하도록 했다.

"밝은 출발, 학급 행복, 장래의 길이 훤히 열리며 열심히 나아간다, 적극적으로 참여한다, 학급원 모두가 가족이다, 용기 있게 친구와 대화할 수 있다, 내 속에 의욕과 능력이 무한하다, 늘 건강하다."

3월 4일(화) 학급 학생들은 반장, 부반장, 총무를 선출했다. 그리고 서기, 회계를 선출하고, 체육부, 학습부, 생활부, 미화부, 우애부, 진로부, 선도부 등으로 학급 부서를 조직했다.

3월 10일(월요일)은 노동절이었다.

노동절에는 근로자들이 쉬는 것이 원칙이므로, 특별학급 전체 학생 1,022명이 덕수궁 근처에 있는 세실극장(마당 극단)에서 연극 '님의 침묵'을 관람하기로 했다. 1, 2학년은 오후 4시 30분부터 6시 45분까지 관람을 하고, 3학년은 오후 7시 30분부터 9시 45분까지 관람하기로 했다.

1, 2학년(모두 10학급) 학생 중 160명은 회사가 쉬지 않으므로 오후 7시 30분부터 관람했다. 나의 학급 학생 8명도 낮에 회사 근무로 말미암아 저녁 시간에 관람했다. 연극 공연의 각 회마다 500여 명씩으로 인원을 조정하기 위해 3학년 학생 180명은 오후 4시 30분부터 연극 관람을 했다. 2학년 학생 3명은 지난밤에 회사에서 철야 근무를 했으므로, 다리가 아파 공연 중간에 극장에서 나가야만 했다.

참으로 모처럼 학생들이 단체로 연극 관람을 할 수 있어, 몹시 들뜬 기분이었다.

14. 취업 부탁의 어려움과 퇴사 학생들의 안타까운 사연들

1986학년도에는 대우어패럴 퇴사 학생들을 비롯해 직장을 찾지 못한 모든 학생들에게 제발 기쁜 일들이 많이 찾아오기를 소망했다. 그러면서 지난 6개월 동안 대우어패럴 퇴사 학생들이 겪었던 수많은 사연들이 뭉클뭉클 떠오르는 것을 억누를 수가 없었다.

작년 여름방학 때 2학년 세 학생은 고향에도 가지 않고 한여름 내내 화곡동의 어느 봉제업체(○○상사)에 근무했었다. 이들이 대우어패럴에서 받은 퇴직금을 포함한 돈이 예금통장에 들어 있음을 안 그 업체의 대리는 업체의 운영에 써야겠다며 한 학생에게 3십만 원, 또 한 학생에게 4만 원을 빌려 가면서, 학생들이 차용증을 써 달래도 써 주지 않았다. 그 대리의 조카는 또 다른 학생에게 업체의 운영에 보태야겠다며 1십9만 5천 원을 빌려 갔다. 그들은 학생들에게 한 푼의 급료도 주지 않고, 폐업이 되자 빌려 간 돈조차 갚지 않았다.

내가 가까스로 그 대리와 전화 통화를 할 수 있었는데, 그는 나더러 자기가 하청 받아 오는 상급 업체에 가서 밀린 일삯을 받아주면 두 학생의 돈을 갚아 주겠다며 고발하려면 얼마든지 고발하라고 했다. 그리고 자기의 조카는 이미 시골로 갔으니, 어떡하겠느냐는 말을 끝으로 전화를 끊어 버렸다. 그 이후로 다시는 연락할 방법이 없었다.

이런 일이 있고 난 뒤에 내가 학생들의 일자리를 찾아다니다가, 집으로 돌아오는 길에 신길1동 대신시장 근처에서 그들 중 한 학생을 우연히 만났다. 그는 신길1동에 근거를 둔 생활 용품 판매 업체의 물품을 들고 처음으로 길거리 판매에 나섰던 것이다. 나는 그와 그의 동료 고학생에게 천 원짜리 상품 하나씩을 마수걸이로 사 주었다.

항상 그럴 수는 없었지만, 업체가 학생들을 취업시켜 주면 나는 그 업체에 과자봉투를 사 들고 가서 업주에게 고마움의 뜻을 전하면서, 학생들을 잘 보살펴주기를 부탁하곤 했다. 나는 업체가 학생들을 취업시켜 주겠다기에 고마움을 표시하면서도 하루 급료 2,450원씩은 너무 낮으니 2,600원씩은 셈해 달라고 우기기도 했다. 그때 자장면 한 그릇 값은 대체로 600원이었다. 하루 급료가 자장면 네 그릇 값 정도였다.

그런데 사실 나는 그런 형편없이 낮은 수준으로 급료를 지불하겠다는 업체라도 많이만 나타나 주기를 한없이 소망했다. 하루 급료 2,800원 이상을 절충할 수 있을 때면 나는 얼마나 신이 났던지 밥을 굶어도 배가 부를 것 같았다.

학생들 몇몇이 스스로 알아보아, 하루 급료 3,500원짜리 취업을 했다기에 내가 참 용하다고 격려해 주었다. 그런데 학생들이 등교하기 위해 오후 5시면 퇴근해야 함을 알게 된 회사에서는 이들을 몹시 귀찮아하면서 눈치를 하도 많이 주므로, 학생들은 자진하여 사표를 쓰지 않을 수 없었다.

나는 아침 일찍 일하러 가는 젊은 여성들의 뒤를 쪼르르 따라가, 그 업체에 일자리 하나 구할 수 있을까 하고 물어보기도 했다. 밤공부하는 학생이라는 말과 더불어 일반 사람도 구하기 힘든 일자리를 어찌 그들에게 줄까 보냐며 고개를 팩 돌리던 수없이 많은 공장 운영자들이 아물아물했다. 직업 안정소에 전화로 학생들의 직장을 부탁했을 때, 선생님의 성의를 생각해서라도 힘껏 노력하겠다던 그 음성

이 아른거렸다.

　재봉틀 세 대를 놓고 일하는 대방동 어느 아주머니의 작업실에 갔더니, 아주머니는 자기가 하청 받아 오는 개봉동 회사에 일자리를 꼭 부탁해 보겠다고 했다. 내가 이틀 뒤에 그 아주머니를 다시 찾아갔더니, 아주머니는 알아본 결과 바로 사흘 전에 꼭 한 자리가 있었는데, 아쉽게 놓쳤다며 혀를 차던 인정이 고맙게 여겨졌다.

　영등포구 양남동 일대의 전자업체들은 매달 월급날 25일이 지나면 빈자리가 생기는 수가 있다기에 나는 매월 27일경이면 꼬박꼬박 그 업체들을 두루 돌거나 전화를 했다. 가끔은 인사과장의 승낙은 받아도 사장이 야간 학생이라는 이유로 거절하는 바람에 아무런 실적도 올리지 못한 일이 싱겁게 추억되기도 했다.

　대우어패럴 퇴사 학생 134명(원래 135명이었는데, 1명은 가정 사정으로 자퇴) 중 48명과 휴업, 폐업, 회사의 지방 이전에 따른 퇴직 학생 18명 등 모두 62명이 1986년 2월에 졸업하고 나니, 1986년 3월 새 학년도를 맞은 나의 걱정은 그만큼 줄어든 셈이었다.

　그러나 특별학급에 소속된 모든 학생들은 일자리가 있는 학생들이라 할지라도 일반 학생들과는 비교할 수 없을 정도로 어려움이 많았다. 대부분의 학생들이 가족을 떠나 기숙사에서 혹은 자취방에서 생활하며 낮에는 회사에서 일하고 밤에는 학교에서 공부하고, 심지어는 학교 공부를 마친 뒤에 다시 회사에서 '잔업'(남은 일)이라는 이름으로 밤샘으로 일을 하는 경우가 흔했으니, 그들의 물질적, 육체적, 정신적 어려움은 매우 심했다.

대우어패럴에서 퇴사한 학생 중 1986년 현재 3학년에 재학 중인 86명은 임시 일자리조차 구하지 못한 학생들이 많고, 설령 나의 노력과 학생 자신의 노력으로 일시적인 일자리를 구했다 할지라도 급료가 터무니없이 낮고, 그 급료마저 제때에 받지 못하고, 예고도 없이 업체가 문을 닫아 버려 급료를 영영 받지 못하는 경우가 허다하였다.

대우어패럴 퇴사 학생 외에도 휴업, 폐업, 회사의 지방 이전에 따른 퇴사 학생 11명도 1986년 3월 현재 공납금을 납입해 줄 수 있는 안정된 일자리를 찾지 못하고 있었다.

나는 1986년 3월 24일 대우어패럴 퇴사 학생들의 상담 자료로 삼기 위해 3학년에 재학 중인 대우어패럴 퇴사 학생 전체 86명을 대상으로 무기명 설문 조사를 실시했다. 총 응답자 61명의 설문 해답을 분석할 수 있었다. 대우어패럴 사태 9개월이 지난 시점에서도 그들이 마땅한 일자리를 얻지 못하고 얼마나 많은 경제적 어려움을 겪으며 궁핍하게 살아가고 있는지에 대한 실태 파악을 할 수 있었다.

퇴사 이후 9개월 동안 학생들이 급료를 받았든 못 받았든 업체에 취업해 보지 못한 기간은 평균 3.69개월로서 1인당 평균 41%의 기간 동안 미취업으로 지냈던 것이다. 이들이 9개월 동안 어떤 일에 종사했든 총수입에 대한 월 평균 수입액은 1인당 52,498원이었는데, 월 평균 수입액이 1만 원 이하가 6명이나 되었다.

이것은 학생 각자 월 평균 지출비로 예상되는 버스비(학생들의 버스 회수권 승차료는 1회 100원이었으며, 회사 왕복, 학교 왕복, 일상 최저 나들이 고려) 12,000원, 식사대 45,000원(1끼 500원, 1일 1,500

원, 자장면 한 그릇 값은 대체로 600원이었음.), 방 월세 40,000원
~50,000원, 그리고 의복비, 학용품비, 의료비, 생활 용품비, 연탄
연료비, 전기료, 수도료, 잡비 등을 고려하면 터무니없이 모자란 수
입이었다.

게다가 대우어패럴 퇴사 전에는 많은 학생들이 고향에서 앓고 있는
부모의 치료비나 동생들의 학비를 송금하고 있었음을 고려하면, 학
생들의 어려운 상황을 쉽게 짐작할 수 있다.

설문에 응답한 61명 중 21명(34.43%)은 9개월 동안에 부실 업체나
영세 업체에 취업하면서 1인당 평균 144,147원(총액 3,027,100원)의
급료를 받지 못하고 있었다.

3월 26일 나는 서울특별시 상공과 이종선 님에게 위의 통계 분석
결과를 전화로 말하면서, 계속 장학금 지급을 위해 힘써 달라고 했더
니, 이종선 님은 "눈물겨운 상황이군요." 하면서 최대한 애쓰겠다고
했다.

그리고 나는 1986년 4월에 또 다른 설문 조사를 했다.

대우어패럴 퇴사 후 10개월 동안 각 업체에서 급료를 받지 못한 경
우를 상담용 설문을 통해 분석한 결과, 현재 재학 중인 전체 학생
86명 중 약 30%에 해당하는 24명이 1개월 이상 급료를 받지 못했
으며, 그들의 1인당 평균 밀린 급료는 196,045원이었다. 그중에는
400,000만원이나 급료를 지급받지 못한 학생도 있었다. 뿐만 아니라
같은 학생이 두 업체 이상에서 급료를 받지 못한 사례도 있었다.

형식적으로 재취업을 했다 할지라도 작업 환경이 나쁘고, 학생으로서는 하기 거북한 일을 하도록 하고, 저녁에 학교에 나가는 것을 못마땅하게 여기고, 의료보험이나 상여금(보너스) 혜택을 주지 않고, 임금 지불을 무한정 미루고, 업체가 학생들 몰래 하룻밤 사이에 문을 닫고서 영영 급료를 주지 않는 일 때문에 나를 찾는 학생들이 퍽 많았다.

15. 재취업 학생 16명의 임금 못 받은 사연

　1985년 12월 봉천동 소재 어느 봉제 업체(00상사)에는 대우어패럴 퇴사 학생 18명이 재취업하고 있었다. 9월 중순부터 이 업체에 재취업하기 시작한 학생들이다.

　이 업체에 재취업한 학생들이 1986년 3월 하순 나에게 일반 사원이나 학생 사원이 임금을 받지 못하고 있다고 했다. 나는 그 실태를 알아보기 시작했다.

　그런데 마침 4월 12일 낮에 서울관악지방노동사무소 윤성자 근로 감독관이 나에게 전화를 했다. 봉제 업체 소속 일반 사원들이 임금을 받지 못해 노동부에 진정서를 제출한 사항이 서울 관악지방노동사무소로 이첩되었다고 했다. 이 업체에 재취업해 임금을 받지 못한 학생들도 혜택을 받을 수 있도록 노력하겠다고 했다.

　나는 이날 밤 수업이 끝난 뒤 이 업체에 재취업했던 학생 18명 모두를 대상으로 실태 파악을 실시했다.

학생들은 이 업체가 사장과 공장장 사이의 갈등으로 말미암아 회사가 제대로 운영되지 못하자, 올해(1986년) 1월 16일부터 임금을 받지 못했다고 했다. 업체 운영이 제대로 되지 않자, 학생 1명은 작년 12월에, 또 1명은 올해 1월에 퇴사했다. 6명은 임금을 받지 못한 채 2월에 퇴사하고, 10명이 4월 현재까지 임금을 받지 못한 채 출근하고 있었다. 임금을 받지 못한 학생은 모두 16명인 것이다.

4월 14일(월요일) 낮에 나는 윤성자 근로감독관에게 전화하여 임금을 받지 못한 학생들이 임금 혜택을 받을 수 있도록 힘써 달라고 했다. 윤성자 근로감독관은 일반 사원들이 작성한 진정서를 자세히 살펴보니, 학생들의 명단도 포함시키고 있으므로 최대한 노력하겠다고 했다.

5월 6일 이 업체에 다니던 학생들이 나에게 와서, 며칠 전에 밀린 임금의 12%만 받았다고 했다. 한 학생은 구체적으로 그 액수를 말했는데, 노동부에 진정서를 제출하던 날짜까지 약 2개월치 체불 임금이 220,000원이었는데, 그것의 12%인 26,000원을 받았다고 했다.

나는 윤성자 근로감독관에게 전화하여 구체적인 사항을 알아보았다. 서울관악지방노동사무소에서 업체를 대상으로 조사한 결과 57명에게 임금을 지불하지 못했으며, 그 총액은 1,200만 원으로 파악되었다고 했다. 서울관악지방노동사무소에서 사장에게 4월 말까지 밀린 임금을 해결해 주라고 했더니, 5월 1일 150만 원을 마련하여 체불 임금의 12%씩을 사원들에게 지급했다고 했다. 노동부에서는 이 업체의 임금 체불과 관련하여 검찰에 고발하기 위해 서류를 작성 중에 있다고 했다.

또 사원들이 노동부에 이야기하는 바로는 사장이 돈이 많다고도 하고, 없다고도 하는데, 민사재판을 통해 법원에서 사장의 재산을 차압하여 사원들에게 임금을 지불할 수 있는 방안도 찾아볼 것이라고 했다.

4월 22일(화요일) 나는 이 업체에서 퇴사한 5명의 학생이 4월 15일부터 취업한 경기도 광명시에 위치한 광명산업을 방문했다. 세제 풍풍과 사탕을 선물로 들고 갔다. 물론 언제나처럼 학교에서 출장비가 나오거나 선물 경비가 나오는 것이 아니고 나의 돈으로 모든 것을 해결했다.

업체 대표(박00)는 세계물산에서 함께 근무하던 2명과 동업한다고 했다. 대표는 매우 의욕적이었다. 지난 2월 영등포여자고등학교 특별학급을 졸업한 졸업생이 사무원으로 일하고 있었다. 대표는 머지않아 종업원들의 기숙사도 마련하겠다고 했다.

16. 서럽고 힘들고 용기 있던 특별학급 제자들

특별학급 학생들은 어려운 일이 있으면 나를 먼저 찾는 것을 당연한 것으로 여겼다. 나는 모든 학생들의 상담의 기회를 면담으로나 전화로나 편지로나 항상 자유롭게 열어 두었다. 수업이 끝나고 나면 학

급 단위 집단, 취업 회사 단위 집단, 미취업자 단위 집단 등 다양한
성격의 집단 상담을 했다. 나는 그들을 상담하면서 그들과 함께 마음
아파하고 그 아픔을 해결해 주려 애썼다.

1986년 3월 12일에 찾아온 학생은 회사의 남자 관리자들이 여사원
들에게 욕을 하며 일을 시키므로 다른 회사로 옮기고 싶다고 했다.
나는 옮길 만한 회사를 찾기가 쉽지 않으므로 참아 보라고 했다. 그
리고는 나는 그 회사와 한국수출산업공단본부 복지과와 노동부 서울
관악지방노동사무소에 전화하여, 여학생 사원뿐만 아니라 모든 여성
사원들의 인격과 인권을 존중하는 말씨를 사용하도록 협조해 줄 것
을 요청했다.

1986년 3월 21일에 찾아온 학생은 몸이 좋지 않아 회사 일은 하면
서도 3일간 학교에 출석하지 않았더니, 담임교사에게서 심한 꾸중을
듣고 앞으로 결석하지 않겠다는 각서를 썼다며, 결석한 까닭을 털어
놓았다.

그는 구로공단 어느 봉제회사에 다니며 회사 기숙사 생활을 하고
있는데, 회사에서 앉았다 일어서면 현기증으로 몸을 가눌 수 없고 정
신을 못 차린다고 했다. 작년 겨울 기관지염을 앓은 이후 더욱 그러
하다고 했다.

내가 식사는 잘하느냐고 했더니, 평소에 저녁식사를 하지 않는다
고 했다. 오늘도 회사 일을 마치고 저녁식사를 하지 않고 교실에 갔
다가 담임교사에게서 꾸중을 들었다고 했다. 나는 그 학생이 빈혈 증

상이 있는 것이 아닌가 하고 우선 식사를 거르지 않기를 권했다.

오늘은 내가 우선 빵을 사 줄 테니, 먹고 수업에 들어가라고 했다. 그러나 학생은 체육 시간이라며 "선생님께 괴로움을 털어놓으니 좀 좋아졌습니다. 고맙습니다." 하고는 강당으로 뛰어갔다.

그렇잖아도 나는 며칠 전 나의 담임 학급(3학년 18반) 학생들의 통계를 냈더니, 2분의 1 이상의 학생이 저녁식사를 못하고 수업에 들어가며, 학교 일과를 마친 뒤에 저녁식사를 한다고 했다. 오늘 내가 오후 5시 50분경 학교 매점에 갔더니, 학생들이 건빵, 식빵을 먹고 있어, "저녁식사는 하지 않았니?" 라고 했더니, 이것이 저녁식사라고들 했다.

1986년 3월 25일에는 나의 학급 학생이 회사 점심시간에 나의 집으로 전화를 했다.

"선생님, 휴학하고 싶어요."

"왜?"

"몹시 고단해요."

"일이 많니?"

"아니요. 빈혈과 위장병 때문이에요."

그는 가끔 결석을 하곤 했는데, 결석이 잦아 죄송하다고도 했다. 진찰은 이미 한독병원에서 받았는데, 돈이 없어 계속 병원에 못 간다고 했다. 나는 올해 전체 결석 일수가 70일이 넘지 않으면 졸업하는 데 지장 없으니, 많이 힘들 때에는 학교에 안 나와도 괜찮다고 했다. 식사를 제때에 잘하고 마음을 편하게 가지도록 노력하면서 건강을 잘 돌보라고 했더니, 고맙다고 인사했다. 그는 그 다음날 3월 26일에 결석하고, 3월 27일 낮에 또 나의 집으로 전화를 했다. 3월 27일과 28일에도 결석을 하여야겠다고 했다. 그는 난곡동에서 자취를 하고 있었다. 그가 가족과 멀리 떨어져 지내면서 얼마나 힘들까를 생각하며 마음이 무거웠다. 나는 그 뒤로 친구들이 그를 자주 위문하며 시간을 함께 보내도록 하면서, 그가 아는 듯 모르는 듯 돕기를 하여 병원 치료를 받도록 했다. 상담도 가끔씩 한 결과 건강을 많이 회복하게 되었다.

1986년 4월 8일에 찾아온 학생은 친구와 자취를 하면서 구로공단 가발 제작 업체에 다니고 있었다. 약 3개월 전부터 왼쪽 다리와 왼쪽 팔에 자반(자색반. 붉은 반점) 증상이 나타나기 시작해 현재 회사에 휴가원을 내고 집에서 쉬고 있다고 했다. 그는 길게 회사에 나가지 않을 경우 학교에서 좋지 않은 조치를 받을까 봐 걱정된다고 했다.

6일 전 4월 2일 병원 피부과의 검사 결과로는 큰 이상은 없으며, 1개월에 한 번씩 진찰을 받으라고 했다는 것이다. 그런데 현재 몸의 많은 부분에서 자반 증상을 보인다고 했다. 어머니는 초등학교 때 돌아가시고 고향에는 아버지와 오빠가 살고 있으며, 서울에 결혼한 언니가 살고 있다고 했다. 언니는 학교가 있는 영등포와는 거리가 먼 장안동에서 살고 있어, 언니의 도움도 받기가 쉽지 않다고 했다.

나는 학생과 상담을 마치자마자 밤에 바로 그의 언니한테 전화를 했다. 다른 병원에 가서 다시 진찰을 받아 보는 것이 좋겠다고 했다.

그는 언니와 함께 다른 종합병원에 가서 진찰을 받았더니, 모세혈관이 터진 것이 원인이라고 하더라는 것이다.

3학년의 경우 취업했던 회사가 휴업이나 폐업을 하지 않은 이상 실습 기간으로 최소 70일은 회사에 재직하여야만 했다. 따라서 그는 회사에 오래도록 출근하지 않을 경우 회사에서 퇴사 조치를 당할까 봐 걱정을 하고 있었던 것이다.

4월 9일 나는 회사 총무과에 전화하여 협조 요청을 하였다.

회사 재직 중에 발병하였으므로, 학생이 3학년이 된 뒤로 70일이 경과하기 전까지는 퇴사 조치를 하지 말아 주기를 바란다고 했다. 또 치료가 잘 되면 출근할 수도 있을 것이라고 했다. 회사에서 부담하는 학생 공납금도 계속 납입해 주기를 바란다고 했다. 가능한 치료비 지원도 해 주면 좋겠다고 했다. 총무과에서는 나의 요청 사항을 충분히 검토해 보겠다고 했는데, 뒤에 실제로 그렇게 협조가 되었다.

4월 9일 밤, 나는 그에게 회사 문제는 걱정하지 말고, 치료에 열중하라고 했다. 나는 이 사항을 그의 담임교사에게도 알렸다. 학생은 체육 수업에 참가하기 어렵기에 내가 이 사정을 체육 교사에게 말하여, 참관 수업을 인정하기로 했다.

4월 12일에는 자색반 증세가 거의 온몸에 번진 것 같다고 했다. 양쪽 손에도 붉은 점이 보였다. 오늘 고려대학교 부속 구로병원에서 소변검사를 받았다고 했다. 다음 주에 검사 결과를 보러 간다고 하기에 나하고 함께 가자고 했다.

4월 15일 나는 그와 함께 고려대학교 부속 구로병원 피부과에 가서 담당 교수를 만났다. 교수는 자반증의 원인은 감기나 음식 등 여러 요인으로 올 수 있다고 하면서, 자연 치유도 가능하므로 우선 충분한 휴식을 취해 보라고 했다.

약 처방은 없었다. 학생은 심리적으로 몹시 불안해 있었다. 나도 다른 방안을 찾아보고 싶었다. 그래서 그의 언니에게 연락하여 학교 가까운 성애병원 알레르기과에서 진찰받아 보기를 권했다. 4월 16일 그는 성애병원 알레르기과에서 진찰을 받았다.

그는 4월 22일 교무실로 나를 찾아왔다. 어제 성애병원 알레르기과에서 검사받은 결과를 말했다. 의사는 자반병이 틀림없으며, 1주일간 약을 처방해 주면서 2~3주일 먹으면 완치될 것이라고 했다는 것이다.

그는 4월 30일 나에게 전화했다. 하루 4번씩 8일 동안 약을 먹었더니, 거의 다 나은 것 같다고 했다.

"선생님, 고맙습니다." 하는 목소리가 불안에서 완전히 벗어난 것 같았다. 나도 비로소 안심이 되었다.

그가 그동안 얼마나 불안하고 힘들었을까를 생각하니, 내 마음이 많은 날들이 지나도록 아찔하곤 했다.

1986년 4월 15일에는 올해 2월에 졸업한 제자의 편지 한 통을 받았다. 그는 대우어패럴 사태로 퇴사하였으며, 자양3동에 살고 있었다. 그리고 졸업 후 백화점에서 취업하고 있었다.

고마우신 선생님께

직장 일을 마치고 피곤한 몸으로 집을 향해 걸어가면서, 재학 중 학교를 어둠 속에 남겨두고 즐거운 걸음으로 집을 향하던 그날들을 그리워하고 있습니다.

우리 백화점에 오는 돈 많은 손님들을 보면, 제가 조금은 불쌍하게 여겨지기도 하지만, 적성에 맞는 직업이기에 좋은 직장이라고 생각합니다.

대우어패럴에 다닐 때에는 어떤 어려움도 배움으로 씻을 수 있어 행복했는데, 막상 졸업하고 남들이 부러워하는 백화점에 근무하면서도 야박한 세상에 허탈하고 꿈 없이 살아가는 것이 아닌가 하여 슬프기도 합니다.

저는 선생님께서 남겨주신 불빛 같은 말씀 덕분에 열심히 살려고 노력합니다.

항상 선생님을 고맙게 생각해 왔지만, 찾아뵙고 인사드릴 시간이 나지 않아 이렇게 글로 인사드리는 제자의 마음을 이해해 주십시오.

지금도 선생님께서 저희들의 뒤를 지켜보고 계신 것 같아 고맙습니다. 저희들에게 너무도 많이 신경 써 주신 선생님께 머리 숙여 감사드립니다.

선생님 몸조심하시고 후배 학생들에게도 희망과 용기를 주시기 바랍니다.

1986년 4월 13일

김○○ 드림

1986년 4월 16일 나에게 찾아온 학생은 회사에서 해고당한 사람 2명이 회사에 대한 불만과 해고의 부당성을 유인물로 만들어 회사 앞에서 사원들에게 나누어 주는데, 그 속에는 회사에서 일어나는 하루하루의 일들이 자세히 적혀 있다고 했다.

　　그런데 회사의 계장이 유인물에 나타난 회사에서 일어나는 일들을 전해 주는 사람으로 그를 지목하여 다그쳤다고 했다. 그가 해고당한 사람과 과거에 친했기 때문에 회사에서 그렇게 생각하는 것 같다고 했다. 그는 그들이 해고당한 이후로는 그들과 한 번도 만난 적이 없다며 억울해했다.

　　나는 4월 18일 회사 상무에게 전화를 했다. 상무는 내가 학생들을 헌신적으로 위하는 진실한 교육자로 이야기 들어 왔다며 정중하게 나의 이야기를 들었다. 그리고는 다음과 같이 말했다.

　　"선생님, 죄송합니다. 해고자에게 주동적으로 동조했던 사람들이 거의 다 파악되었습니다. 사실을 파악하는 과정에서 그 학생 사원의 마음을 괴롭게 한 것 같습니다. 해고자가 나이 적은 학생 사원들의 협조를 구하는 것이 아닌가 하는 생각이 들어서 물어본 것입니다. 그런 추측이 오히려 사실 파악에 걸림돌이 되었습니다. 선생님께서 그 학생을 잘 안심시켜 주시면 고맙겠습니다."

　　학생에게 이 사실을 알리자 학생의 얼굴이 웃음으로 피어올랐다.

　　1986년 4월 18일에는 구로공단의 같은 회사에 다니는 3학년 학생 여러 명이 나하고 이야기하고 싶다고 했다.

이 회사에서는 아침 7시 30분에 작업을 시작해 오후 5시 10분에 끝난다고 했다. 점심시간 30분을 빼고 하루 9시간을 근무하는데, 화장실에 앉아 있으면, 어서 나오라고 마구 외친다고 했다. 점심시간 30분 외에는 하루 종일 휴식 시간이 없다고 했다.

밤에 학교 수업을 마치고 회사에 들어가면 다시 밤 12시 혹은 이튿날 오전 1시까지 일을 할 때가 많다고 했다. 일요일에도 잔업(남은 일)을 한다고 했다. 회사에서 납입해 주기로 되어 있은 학교 공납금은 실제로는 회사가 부담하는 것이 아니라, 퇴직할 때 퇴직금에서 일괄 제한다고 했다. 급료(임금)도 몹시 싸다고 했다. 학생들이 고단해서 견디기 어렵다고 했다.

나는 이런 이야기들을 많이 들어 왔다. 지난번 어느 회사 소속 학생들도 밤에 학교 수업을 마치고 회사에 가서 해야 할 잔업이 너무 자주 있고, 3학년 학생들이 받는 일당 급료는 평균 3,100원이라고 했다. (자장면 한 그릇은 대체로 600원).

나는 이런 이야기를 들을 적마다 회사 운영에 내가 쉽게 나설 수 없는 것이 괴로웠다. 기껏해야 회사 관리자들에게 넌지시 암시를 주는 정도에 그쳐야 했으니 말이다.

1986년 4월 30일에는 구로공단의 같은 회사에 다니는 3학년 학생 2명과 2학년 학생 1명이 상담하러 왔다.

1. 회사에 사직서를 내고자 할 때에는 한 달 전에 회사에 미리 알려야 하느냐고 물었다. 회사에서는 사직서를 내고자 할 때에는 1달 전에 미리 알려야 하며, 알리는 사원이 있으면 그에게 1달간 혹독하게

업무량을 많이 배당하고 정신적으로 압박한다고 했다.

2. 회사에 무단결근 3일을 하면 해고 조치가 되느냐고 물었다. 이럴 경우 회사에서 의도적으로 바로 해고 조치를 하지 않고 99일 동안 무단결근으로 처리하여 퇴직금을 주지 않겠다고 한다는 것이다. 퇴직금은 3개월 치를 일시에 주는 것이기 때문이라고 했다.

3. 한 학생은 얼마 전 편도선 수술 후 몸이 좋지 않아 퇴사하려 하니, 회사에서 진단서를 가져와야 사표 처리가 된다고 하는데, 그것이 맞는가고 물었다.

나는 위의 일들에 대해서 노동부에 자세히 알아보고 알려주겠다고 했다.

이튿날 5월 1일 나는 노동부 근로 기준과에 전화로 문의했는데, 다음과 같은 답을 받을 수 있었다. 그리고 그 답을 그날 밤 3학생에게 알려주었다.

답 1. 회사원이 예고 없이 사표를 제출할 경우 회사에서 당장 사표 처리를 안 하더라도 1개월이 지나면 자동적으로 사표가 처리됨.

답 2. 회사에 1년 이상 근무하였으면, 반드시 퇴직금을 받을 수 있음.

답 3. 회사에 사표를 내는 데는 증명 서류가 필요 없음.

위의 사항을 회사에서 위반할 때에는 노동부 관할 지방노동사무소에 신고하면 해결해 줄 것이라고 했다.

1986년 4월 27일에는 약 1주일 전에 대림의원에 입원하여 허리 디스크 치료를 받고 있는 학생을 위문했다. 이 학생은 내가 작년에 학급담임을 했으며, 대우어패럴 사태 때 퇴사했다가, 입원 얼마 전에 대영상협에 취업했었다.

그는 4월 16일 나에게 와서 대영상협에 취업한 지 얼마 되지 않았지만, 허리 디스크 치료로 입원해야 할지 모르겠다면서, 회사에도 미안하고 학교에도 결석할 수밖에 없을 것 같다며 걱정한 일이 있다. 나는 건강회복이 중요하다면서, 회사에는 내가 의논해 보겠다며 안심시켰다.

그 학생에게서 어려운 사정을 들은 나는 즉시 회사 총무과 담당 여직원(신○○)과 전화로 몇 차례 의논했다. 여직원(신○○)은 내가 학생들을 위해 애써 주는 것이 존경스럽다며, 회사에서도 학생이 입사한 지 얼마 되지 않았지만, 의료보험 혜택을 받을 수 있도록 해 주는 것은 물론 본인 부담 치료비도 우선 회사에서 납입해 주겠다고 했다. 본인 부담 치료비는 학생이 퇴원하여 분납 형식으로 회사에 납입하면 되도록 해 주겠다고 했다.

그래서 나는 4월 27일 총학생회장 곽춘화, 그리고 다른 두 학생과 함께 대림의원으로 병문안을 갔다. 입원실에 들어서니, 학생이 몹시 반가워했다. 며칠 전부터 고향에서 온 언니가 학생을 보살피고 있었다.

치료 경과는 좋은 편이며, 앞으로 1주일 더 입원 치료를 받고서 척추 X레이 촬영 후 퇴원하여 통원 치료를 받을 예정이라고 했다. 나는 담당 의사를 만났는데, 경과가 좋다고 했다.

학생의 언니는 시골에서 홀어머니를 모시고 살고 있는데, 동생한 테서 작년부터 나의 이야기를 자주 들어 왔다고 했다. 어머니는 나를 시골로 한번 모시고 싶다는 이야기를 한다고 했다.

하루 치료비는 약 3만 원인데, 의료보험 혜택을 받으므로 하루 약 1만 원이 든다고 했다.

17. 자습 시간과 시험공부 시간 부족

특별학급 학생들은 오후 6시에 각 교실에서 학급모임을 가지고, 오후 9시 15분에 4교시 수업을 끝내고, 대체로 오후 9시 25분쯤 학급 종례가 끝났다.

학생들은 학급 종례 이후에 혼자서 공부할 환경을 지니기가 어려웠다.

1986년 4월 25일(금요일) 오후 9시 30분, 교무실에는 나 이외는 아무도 없었다. 5월 1일부터 시작되는 1학기 중간고사 준비로 각 교실에는 학생들이 제법 많았다. 밤 10시가 되자, 나는 각 교실을 돌며 학생들에게 인제 학교에서 나가는 것이 좋겠다고 했다. 학생들은 제발 10시 30분까지 자습할 수 있도록 허락해 달라고 애원하듯이 말했다.

거의 매일 학급 종례 후 나만이라도 그들의 안전을 지켜 주고 있으니 다행이지만, 그렇잖을 경우 그들의 안전을 누가 지켜 줄 것인가고 나는 늘 걱정이었다.

교문 옆 수위는 수위실을 비워두고 수시로 교내 순시를 했다. 불량배가 수위가 순시하는 동안에 교실로 들어오거나, 수위가 수위실에 지키고 있다 할지라도 담을 넘어 교실로 들어오는 경우에는 큰일이었다. 실제로 몇 학교에서는 이런 걱정스러운 일들이 일어나기도 했던 것이다.

그래서 오늘은 특별학급 총학생회장과 선도부장을 불렀다. 나도 학교 수업이 끝나면 일찍 나갈 경우가 있을지 모르니, 그럴 때에는 학생 임원들이 3명씩 순시 조를 짜서 건물 4층까지 둘러보면서 학생들을 다 데리고 학교에서 나가도록 일렀다.

이날 교실을 순시하는데, 같은 회사에서 기숙사 생활을 하는 약 15명이 나에게 안타까운 사연을 말했다.

요즘 학교 공부를 마치고 회사로 돌아가면 이튿날 밤 2시 혹은 3시까지 일하고, 아침 6시면 또 일어나야 하므로, 몸을 견디지 못하고 시험공부도 하지 못한다고 했다.

그래서 내가 회사 관계자와 상의해 보겠다고 했다. 내 말을 들은 학생들은 선생님이 그러시면 학생들에게 큰 난리가 난다고 했다. 이런 일로 노동부 서울관악지방노동사무소에서는 자기 회사에 몇 차례 주의 조치를 했지만, 아랑곳없다고 했다. 그래서 나는 학생들에게 내가 나서서 회사와 상의하는 것이 더 불편한 일이 생길 것 같으면, 학생들이 회사 관계자와 진지하게 이야기를 나누어 보라고 했다.

나는 좀 더 경과를 지켜보다가, 언젠가는 회사 관계자의 기분을 상하지 않게 하면서 학생들의 어려운 점을 넌지시 이야기할 필요가 있다는 생각이 들었다.

이 일이 있고 난 다음 날 토요일(4월 26일) 아침 일찍 나의 집에 한 학생이 전화를 했다. 어젯밤 학생들이 나에게 이야기한 것과 관련하여 회사에 한 마디도 하지 말아 달라고 했다. 만약 학교에서 한 마디라도 한다면 그들은 당장 쫓겨난다는 것이었다. 그전에도 어느 학생이 회사의 철야 작업에 소홀히 했다가 큰 어려움을 당했다는 것이었다.

중간고사 사흘째 되는 5월 3일(토요일) 수업이 끝나고 교실을 순회하려 3층으로 오르는데, 대여섯 학생들이 내게로 다가왔다.

"선생님, 너무 힘들어요."

"언제는 힘 안 들 때가 있었나?"

"시험공부를 할 수 없어서요."

"아직 10시도 안 됐는데, 좀 더 공부하고 가지."

"선생님, 그럴 수가 없으니까, 더 힘들어요."

"자세히 말해 주겠니?"

학생들은 시험 기간 중이지만, 어서 회사로 가서 야간작업을 해야 한다고 했다. 그들이 소속된 회사만 하더라도 3회사인데 공단의 여러 회사가 비슷한 상황이라고 했다.

지금 회사로 돌아가면 새벽 2시 혹은 3시까지 근무하고, 아침 7시 30분 혹은 8시에 바로 일을 시작하여야 한다고 했다. 어떤 회사에서는 한잠도 자지 않고 일하는 수가 있다고 했다.

특별학급 학생들에게는 평소에 자습할 시간이나 시험 기간 중에 시험공부 할 시간을 제대로 낼 수 없는 것이 딱한 일이었다.

어느 학생은 시험 공부하던 추억을 다음과 같이 회상했다.

"공부가 재미있었다. 학교 수업을 마친 후 기숙사로 돌아가면 기숙사의 전깃불을 정한 시간에 일제히 끄므로, 나는 기숙사로 돌아가지 않고 교회로 향했다. 무서워 교회 문을 안에서 잠가 놓고 일반 고등학교에 다니는 친구와 함께 이튿날 새벽까지 공부했다. 새벽기도를 하고, 친구는 자기 집으로 가고 나는 버스를 타고 기숙사로 돌아갔다.

교회에서 시험공부를 할 수 없을 때에는 그 친구 집으로 가서 다락방에서 친구 어머니가 챙겨 주시는 간식을 맛있게 먹으면서 밤새도록 공부했다. 이른 아침 친구는 그가 다니는 학교로 향하고 나는 회사로 향했다. 그래도 맘껏 공부할 수 있어서 행복했다."

18. 눈물과 감동의 특별학급
첫 문예발표회 개최

특별학급에선 학생들이 낮에는 업체에 근무해야 하는 특수한 사정 때문에 학생들의 자치 행사를 골고루 다하기란 어려운 일이었다. 업체에 지장을 주지 않기 위해 소풍이나 운동회도 일요일에 실시하고, 수학여행은 추석 연휴를 이용하곤 했다. 그런데 그런 것이 비록 일반인이 노는 날에 실시되는 행사이었지만, 그들로서는 꿈과 낭만과 우정과 젊음을 훨훨 펼칠 수 있는 매우 중요한 기회이었다. 이런 행사는 일반 고등학생들이 행사에 부여하는 의미와는 차원을 사뭇 달리했다.

그것은 그들에게 바로 삶의 전반에 걸친 활력소이었으며, 일반 고등학생의 경우보다 훨씬 농축된 추억으로 남게 되는 것이었다. 교복이 있던 시절, 제발 교복을 입어 봤으면 하고 부러워했던 그들이기에 그러한 행사 또한 학생으로서의 뿌듯함과 긍지를 한층 북돋우게 하는 것이었다.

그들은 주간 일반 학생들과 같은 울타리 안의 학교, 같은 교실을 쓰고 있었다. 그런데 같은 교실을 낮에 사용하는 일반 학급 학생들은 체육회, 합창 경연 대회, 무용 발표회, 각종 전시회, 연극제, 방송제, 문학의 시간 등 숱한 행사를 북소리, 꽹과리 소리도 요란하게 학부모와 남녀 친구들과 함께 떠들썩하고 풍성하게 즐겼다.

그런 행사들을 알고 있는 야간 특별학급 학생, 바로 나의 특별학급 제자들의 가슴은 몹시도 울적해지는 듯해서 나는 괴로웠다.

그래서 나는 1986년 문예 중심으로 노래, 기악, 무용, 에어로빅댄스, 촌극, 디스코 등 다양한 구성의 문예 발표회를 열어야겠다고 결심했다. 3월 초 새 학년이 시작된 지 며칠 지나지 않아, 나는 3월 13일(목요일) 3학년 반장회의를 소집했다. 3학년 학생들이 출연하는 문예 발표회를 개최하고 싶으므로, 반장들이 각 학급별로 의견을 모아 보면 좋겠다고 했다. 학생들은 환성을 올리며 좋아했다. 다만 여러 여건이 맞지 않아 출연 학생을 3학년으로만 한정할 수밖에 없어 내 가슴은 아쉬움이 있었다.

4월 1일 문예 발표회에서 낭독할 학생 작품을 선정하기 시작했다.

종합적인 프로그램도 짜기 시작했다. 4월 11일 학교장에게 문예 발표회의 취지와 그동안의 과정과 행사 실현 가능성을 설명했다. 학교장은 이 행사에 대해 이미 김호만 교감을 통해 알고 있었지만, 내가 직접 자세히 설명한 것이다. 박지수 교장은 좋은 생각이라며 격려해 주었다.

4월 13일(일요일) 오후 2시 문예 작품 발표자들이 강당에 모여 처음으로 합동 문예 작품 낭독 연습을 하였다. 4월 14일(월요일) 수업이 끝난 밤에 문예 발표회 준비위원들(총학생회 회장 곽춘화, 학생회 부회장 박귀남 등)이 모여 문예 발표회의 종합적인 구조를 의논하였다. 4월 20일(일요일)에는 조명과 배경 음악을 포함하여 제1차 문예 발표회 종합 연습을 하였다.

4월 23일(수요일) 김호만 교감과 함께 문예 발표회 개최에 관한 결재를 받으러 교장실로 갔다.

긴 협의 끝에 상품으로 문예 작품 발표자(낭독자) 21명. 찬조 출연자(에어로빅, 고전무용, 노래, 촌극, 하모니카 독주, 기악합주) 57명, 모두 78명에게 200원짜리 공책(노트) 1권씩을 주기로 했다. 상장도 주기로 했다.

학생들은 상품을 받겠다는 것을 전제로 문예 발표회를 개최하는 것은 아니다. 자기 노력과 자기표현을 통해 잠재 능력과 가치 발휘를 하면서 성취욕과 행복감을 누리게 될 것이다. 보상은 물질적 상품으로만 한정되는 것이 아니다. 학생 자신이 자신에게 심리적으로 보상할 수도 있다. 그들 바로 가까이에서 그들을 잘 이해하고 잘 이해하려고 애쓰는 내가 그들에게 건네는 격려와 위안과 칭찬만으로도 학생들은 보상의 기쁨을 누릴 것이다. 상품도 주기로 해서 나는 몹시 기뻤다.

학교장은 5월 11일(일요일) 문예 발표회 총연습 때에 학생들에게 빵 1개(200원)씩과 우유 1병(160원)씩을 제공하는 것도 결재하였다. 간부회의(교장 박지수, 교감 김호만, 교무주임 민병문, 학생주임 최종선, 교도주임 황학연, 서무과장 조재윤)에서도 문예 발표회를 적극 지원하여 학생들의 사기를 높이는 것이 좋겠다고 협의하였다고 했다.

학생들로서는 특별학급이 개설된 지 8년 만에 처음 갖는 종합 축제 형식의 행사이었으므로 기대가 잔뜩 부풀어 있었다. 그런데 학생들의 연습 시간을 내기가 여간 어렵지 않았다. 정규 수업에 빠지면서 연습에 열중해 보라고는 할 수 없는 노릇이었다. 학생들은 정규 수업이 끝난 밤늦은 시간과 일요일을 이용할 수밖에 없었다. 어느 한 학생이라도 연습에 참여하지 못할 경우가 생기면 서로가 얼마나 안타까워했는지 모른다.

나는 연습 도중이나 연습을 마친 뒤에 수고했다며 나의 돈으로 빵과 과자와 음료수를 사다 주곤 했는데, 그들은 맛있게 먹으며 힘과 용기를 내었다.

4월 27일(일요일) 3학년 각 학급 임원과 문예 발표회 발표 학생들 약 20명이 학교에 모여 문예 발표회 문집 650부를 제본했다. 모두 34쪽(사륙배판. 가로 18.8cm. 세로 25.6cm)이다. 발표자들이 작품을 직접 쓴 종이를 학교 인쇄 담당자에게 부탁하여 마스터 인쇄(master printing)로 복사해 둔 것을 책으로 묶은 것이다.

학생들은 오후 2시부터 오후 5시까지 일했다. 3학년 학생들은 약 500명인데, 650부를 제본한 것은 교직원, 3학년 전체 학생, 1학년과 2학년 각 학급, 학생 소속 업체, 서울관악지방노동사무소, 한국수출산업공단(구로공단) 본부, 문예발표회 참석 외부 손님들에게 나누어 주기 위한 것이었다.

5월 11일(일요일)에는 문예 발표회 하루를 앞두고, 오후 1시부터 학교 강당(체육관)에서 마지막 총연습을 했다. 한 학생만 몸살로 불참하고 출연자 77명이 출석했다. 오전부터 교실에서 개별 연습을 한 학생들도 있었다. 총학생회장을 비롯해 3학년 각 학급(9학급) 임원들도 출석했다.

연습은 낮에 이루어졌지만, 강당 유리창에 암막을 치고서 어두운 밤 시간처럼 연습을 진행했다. 강당 무대 휘장에는 '제1회 문예 발표회'라는 자막을 붙였다.

총연습을 제1회와 제2회로 나누어 실시했다. 제1회 총연습을 마친 뒤 전원이 참가한 평가회를 열고서 제2회 총연습을 실시했다. 다시 종합 평가회를 열었다. 종합 평가회 주요 내용은 다음과 같았다.

ㅇ 조명은 조명기구 외에 강당 전기 스위치 담당자를 따로 두어 강당의 전기를 껐다 켰다 하고, 여러 개의 손전등을 활용하여 조명이 변화 있고 휘황하도록 하는 것이 좋겠다. 그래서 나는 즉

석에서 학생들에게 회사 기숙사에 돌아가면 내일은 가능한 많은 학생들이 손전등을 지니고 등교하도록 할 것을 알리라고 했다.

ㅇ 문예 작품 낭독자는 발음을 똑똑히 하고 더 큰 소리로 하는 것이 좋겠다.

ㅇ 노래하는 학생들이 아주 잘 했다. 특히 조경련의 '고향 생각' 노래는 부르기도 잘 불렀지만, 대부분의 특별학급 학생들이 고향을 떠나 있으므로 모두의 가슴을 뭉클하게 할 것이다.

ㅇ 19명의 학생이 무대에 오르는 흥겨운 '디스코'(경쾌한 레코드음악에 맞추어 자유롭게 추는 춤)는 휘황한 조명 속에서 아주 황홀했다.

그리고 나는 종합 평가회에서 학생들에게 깜짝 제안을 했다. 찬조 출연의 마지막 순서인 '디스코'는 무대 위의 출연자들만 아니라, 강당에 모인 전체 학생들이 자리에서 일어나 젊음과 낭만을 발산함이 어떻겠는가고 물었다. 그 시절에는 디스코가 대중적인 춤으로 인기가 있었고, 성인들은 디스코텍(디스코 음악을 틀어 놓고 손님이 춤을 즐길 수 있는 곳)을 드나드는 것이 유행이었다. 학생들도 성인 차림을 하여 교사나 부모 모르게 디스코텍에 드나들곤 했다.

학생들은 "우와! 선생님, 멋져요." 하고 좋아했다.

오늘 총연습에서 학생회 임원들은 출연자들을 끊임없이 격려하고 연습이 끝난 뒤 청소를 했다. 총연습이 끝난 뒤 빵과 우유를 달게 먹는 학생들은 피곤함도 아랑곳없이 마냥 즐거워 보였다.

저녁 시간까지 총연습이 진행되었는데, 김호만 교감이 2시간 동안 참관하여 학생들을 격려했다. 교감의 집은 영등포와는 아주 거리가 먼 고덕동이었는데, 학생들을 격려하기 위해 일요일에 학교에 왔던 것이다.

방송을 맡은 두 학생은 야간 특별학급용 방송기재는 보잘것없기 때문에 주간 방송실에서 믹서(방송국이나 음악 녹음실 따위에서 신호를 혼합하고 조절하는 장치)와 마이크로폰(3개) 등을 빌려 오는데, 그럴 적마다 눈치가 보인다고도 했다.

5월 12일 (월요일) 드디어 특별학급 문예 발표회가 열리는 날이다.

전체적인 진행은 총학생회장 곽춘화가 맡고, 문예 발표회 준비위원들(총학생회장 곽춘화, 부회장 박귀남, 학예부장 박미숙, 위원 이화순, 김선임, 이민순, 임대진, 김정미, 최미숙, 이미숙, 공향란, 김선애, 한금자, 윤수경, 박연자, 김순자, 이영님, 유난희)이 긴밀히 협조하였다.

조명 기구 활용과 강당 전깃불을 켰다 껐다 하는 일과 관람자들이 손전등으로 다채로운 조명 효과를 높이도록 하는 신호는 이민순, 김선애, 한금자, 김정미, 공향란 5학생이 맡았다.

준비위원들은 제본한 문예 발표회 문집을 학급별로 묶어 각 학급 담임교사 책상 위에 놓았다.

문집의 표지에는 맨 윗줄에 '문예 발표회'라 하고, '때: 1986년 5월 12일(월요일) 오후 6시 20분부터', '곳: 체육관(강당)', '지도교사: 허만길'이라 나타내고, 맨 아랫줄에는 '영등포여자고등학교 산업체 특별학급'이라고 했다. 문집의 '차례'(4~6쪽)를 3쪽에 걸쳐 싣고, 3학년 학생들의 21편의 문예 작품(시, 수필, 서간문)을 27쪽(7~33쪽)에 걸쳐 싣고, 마지막 34쪽에는 '산업체 특별학급 학생 찬가'(작사 허만길. 작곡 화성태)를 악보와 함께 실었다.

이 '산업체 특별학급 학생 찬가'는 내가 지난해(1985년) 5월 15일 산업체 근무자 특별학급 학생들을 위해 만든 노래 '일하며 배우며'(작사 허만길. 작곡 화성태)의 마지막 줄 "일하며 배우며 푸른 꿈을 가꾼다."를 "영여고 산업체 특별학급 학생이다."로 바꾼 것이다.

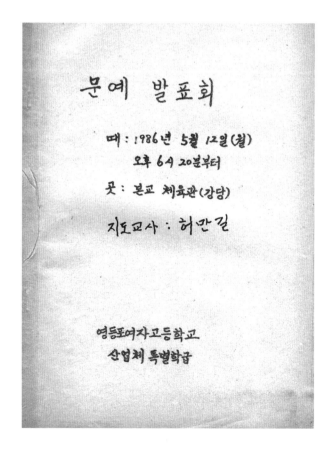

〈문예 발표회〉 문집의 표지 다음 장의 2쪽과 3쪽에는 나의 글 '문예 발표회를 지도하면서'를 나의 글씨로 실었다. 주요 내용은 다음과 같다.

문예 발표회를 지도하면서

교육 활동 가운데 학생 스스로의 창조적 활동이야말로 교육성과를 확인하고 향상하고 잠재력을 형성하는 데 크게 기여한다. 그래서 나는 전인교육에 보탬을 주고 학생들의 창조적 활동에 도움을 주고자 작년 (1985년)에는 기행문 쓰기 대회를 열었으며, 올해는 학생들의 그러한 참여 정신에 바탕 하여 문예 발표회를 열기로 마음먹었다.

야간 특별학급이라는 교육 여건의 특수성으로 말미암아, 학생 자치적인 문화 행사를 골고루 하기가 어려운지라, 이 문예 발표회를 문예 중심으로 모든 학생들이 협동적으로 즐겁게 참가하도록 하기 위해 노래, 기악, 무용, 에어로빅댄스, 촌극 등의 다양한 영역을 찬조 출연으로 삽입하고, 특히 마지막에는 출연자나 관람자 모두가 크게 흥겨울 수 있도록 디스코 시간을 넣었다.

문예 발표의 제1부에서는 학생들의 특수 환경에서의 생활을 소재로 한 작품이 중심을 이루고, 제2부에서는 기숙사 생활을 하면서 공부하는 학생으로서 고향을 그리는 작품이 중심을 이루고, 제3부에서는 밝고 진실된 꿈이 아롱진 작품이 중심을 이룬다.

회사의 사정으로 어느 학생이 연습에 참여하지 못할 때면, 서로를 안타까워하던 일이 기억에 생생하다. 문예 발표자와 찬조 출연자들이 어려운 여건과 고단함을 무릅쓰고 협동적으로 의욕적으로 준비하는 모습을 볼 때마다 가슴 뭉클함을 느꼈다.

발표회에서 아롱질 조명과 몸짓과 글알의 소리가 흥겨움과 더불어 학생들에게 지금과 내일을 살아갈 행복으로 다짐되기를 바라는 마음 간절하다.

이 발표회를 위해 여러모로 배려해 주신 박지수 교장선생님과 자주 용기를 북돋우어 주신 김호만 교감선생님과 많은 관심을 기울여 주신 여러 선생님들께 감사드린다.

1986년 5월 12일

문예 발표회 지도교사 허만길

3학년 학생들은 〈문예 발표회〉 문집을 한 권씩 들고서 강당으로 향했다. 한국수출산업공단(구로공단) 임직원과 학생들이 소속된 각 업체 관리자들도 많이 참석했다.

행사는 총학생회장 곽춘화의 개회사, 국기 경례, 학교장 격려사에 이어 제1부, 제2부, 제3부로 나뉘어 진행되었다.

제1부는 김순자의 사회로 진행되었는데, 시 '나의 일기장'(이경자), 시 '파도'(류기주) 낭독이 있은 다음 고전무용에 뛰어난 이지연의 부채춤이 화려한 수를 놓았다.

수필 '현실에 충실하자'(임혜향), 독창 '기도'(김승옥), 시 '친구를 그리며'(이선옥), 시 '상실'(권경자) 발표가 있은 다음 '바다에 누워' 중창(김경애, 이순옥)이 있었다. 시 '실가지'(김은숙), 수필 '진실한 우정'(이영님), 민요 '꽃타령'(안정화), 시 '1년'(문병숙) 발표가 있은 다음 9학생(임대진, 김춘자, 최종분, 박혜선, 이춘화, 송희정, 박금례, 황윤숙, 신영심)이 출연한 촌극 '수업 속의 즐거움'이 큰 웃음을 선사했다. 특히 안정화의 '꽃타령' 노래는 평소에도 큰 인기를 끌었던 것이다.

제2부는 채선엽의 사회로 진행되었는데, 시 '촛불'(박복순), 수필 '봄맞이'(김순자), '오빠 생각' 하모니카 연주(정화주), 시 '정겨운 고향'(유옥희), 시 '봄은 오는데'(박미례), '고향 생각'(조경련) 독창, 시 '고향 길'(신윤자), 서간문 '친구에게'(김은숙) 발표가 있은 다음 5학생(차인자, 박선희, 김경자, 국정옥, 김정미)이 무대에 올라 에어로빅댄스를 공연하자, 학생들은 일제히 몸과 손을 흔들며 환호를 올렸다.

예상했던 대로 조경련의 '고향 생각'(현제명 작사, 작곡) 독창은 많은 학생들이 떠나온 고향과 가족과 친구를 생각하면서 훌쩍이는 눈물을 감추지 못했다.

해는 져서 어두운데 찾아오는 사람 없어
밝은 달만 쳐다보니 외롭기 한이 없다.
내 동무 어디 두고 이 홀로 앉아서
이일 저일을 생각하니 눈물만 흐른다.

고향 하늘 쳐다보니 별 떨기만 반짝거려

마음 없는 별을 보고 말 전해 무엇하랴.

저 달도 서쪽 산을 다 넘어가건만

단잠 못 이뤄 애를 쓰니 이 밤을 어이해.

제3부는 김경애의 사회로 진행되었는데, 시 '한 줄기 빛이 되어'(이혜진), 시 '우정'(장순자), '고향의 봄' 기악 합주(윤진미, 최정애, 장명덕, 채선엽), 시 '진실'(조미숙), 시 '세월'(전선옥) 발표가 있은 다음 4학생(김숙립, 김주희, 권안엽, 정선금)이 출연한 촌극 '흥부전'이 관람자들의 웃음을 한껏 자아냈다. 이어서 시 '세월'(엄영분), 서간문 '사랑하는 친구에게'(허현옥) 발표가 있은 다음 흥겨운 춤 디스코가 강당을 뜨겁게 채웠다.

최종분이 구상한 흥겨운 춤 디스코는 무대에 19학생(이유자, 박미자, 박준희, 김승옥, 이혜진, 이정숙, 이동숙, 이복례, 최명옥, 이하숙, 강막례, 최종분, 조미숙, 차인자, 박선희, 우선숙, 김영미, 강문희, 이향자, 장성인)이 올라 시범을 보이는 가운데 관람석의 모든 학생과 교사와 초대 손님들이 한데 어우러져 신나게 흥을 발휘했다.

마지막으로 허만길 작사, 화성태 작곡 '산업체 특별학급 학생 찬가'를 디스코를 이끈 19학생은 무대에서, 모든 관람자들은 자리에서 일어서서 제창했다.

(시) 파도

류기주

밀치고 밀치고 또 밀쳐지면서
정착된 삶을 찾지만
어느 한 순간
정착된 삶은 없어라.

- 일부 옮김

(수필) 진실한 우정

이영님

개나리의 노란 빛깔과 더불어 연인들의 다정한 눈빛 속에 편안한 믿음의 안식처가 있다. 우리에게는 앞으로의 날이 더 많이 있다. 우리는 젊다. 그러기에 그 젊음의 책임을 져야 할 의무가 있다. 우리의 젊음은 결코 특권이 될 수 없다. 바로 책임인 것이다. 우린 그 젊음의 책임을 믿음으로 사랑으로 가꾸어 보자.

- 일부 옮김

(시) 정겨운 고향

유옥희

기차 타고 버스 타고
고향은 정겹다.
신작로에 내리면 코스모스도 활짝

가슴 깊이 밀려오는 포근함에
꼬리치는 강아지도
그리 반길 줄이야.

'어머니!' 하고 내 목소리
집 안을 울리면
장독대 뛰어 나오시던
인자하신 그 미소

ㅡ 일부 옮김

(서간문) 친구에게

김은숙

친구야! 너도 생각나니? 어느 해 몹시도 추운 겨울날, 우린 부모의 슬하를 떠나 정다운 고향을 뒤로 한 채 떨어지지 않는 발걸음을 재촉하며 눈물 흘리던 그 날을. 너와 난 몹시도 울었지. 눈물로만 지냈던 수많은 날들. 정말 잊어지지 않는 날들이었지.

친구야, 그 괴롭기만 한 날들이었지만, 그 속에서도 우린 서로 위로하면서 작지만 행복을 찾을 수 있었지. 고등학교를 가고파할 때 회사의 도움으로 고등학교에 입학할 수 있었고, 어느덧 우린 눈부신 영광된 졸업반이 된 거야.

친구야, 인제 우린 해 낸 거야. 힘을 내자꾸나. 괴롭더라도 조금만 더 고생하자꾸나. 너에겐 내가 있고, 우리에겐 선생님과 부모님이 계시지 않니?

    – 일부 옮김

(시) 한 줄기 빛이 되어

이혜진

여인의 얼굴에 흘러내리는
한 줄기의 눈물처럼
작은이의 마음속에 피어날
한 줄기 빛이 되고 싶다.

나는 한 줄기 빛이 되고 싶다.

어느 작은 소녀의 울적한

마음을 달래 주는 아름다운 꽃을

더 아름답게 빛내 줄 수 있는

그런 가늘고 영롱한

모든 이의 가슴속에 남아 있을.

– 전문 옮김

    학생들은 3시간 동안의 문예 발표회를 훌륭히 해냈다. 아리따운 한복을 입고 그들의 삶을, 그리움을, 아픔을, 소망을 시로 수필로 일기로 발표할 적이면, 이따금 낭독자의 옷고름이 눈시울을 오르내리고, 청중과 배경 음악도 목이 메는 듯 깊은 생각에 잠기었다.

    학교에 비치되어 있는 낡은 수동식 조명 기구 하나와 무대 위의 전등불을 켰다 껐다 하는 효과와 크고 작은 수많은 손전등의 기교가 때로는 가냘프고 때로는 시끄럽고 때로는 천둥처럼 요란한 음악이 문학, 노래, 춤, 악기 연주, 촌극, 에어로빅댄스, 디스코와 어우러져 모두의 가슴에 사무치게 파고들었다.

    들끓는 손뼉과 감동의 눈물과 극도의 찬사 속에 문예 발표회는 큰 성과를 거두었다. 학생도 교직원도 초대 손님도 오로지 감탄했다. 학교는 온통 잠재력과 가능성의 체험 속에 감격의 소용돌이로 들끓었다. 교내외에서 들려오는 온갖 칭찬은 학생들로 하여금 우리도 이렇게 할 수 있다는 자부심으로 배부르게 했다. 각 업체의 관리자들도 특별학급 학생의 못다 펴고 있는 숨은 능력을 새삼 이해한다고 했다.

문예 발표회가 시작되기 전, 낮부터 사전 준비를 해 온 나는 교직원 회에 참가하기 위해 교무실의 나의 자리에 앉아 있었다. 교장실에서 교장, 교감, 세 주임교사가 간부회의를 마치고 교무실로 들어왔다.

김호만 교감이 나를 불렀다.

"간부회의에서 논의한 사항인데, 3학년 학생들이 열심히 준비한 좋은 행사를 3학년만 관람하기에는 아쉬움이 있다고들 하시더군요. 어제 제가 학생들의 총연습을 지켜본 결과 매우 유익하고 흥미진진한 프로그램이었어요. 게다가 1, 2학년 학생들이 선생님들에게 자기들도 관람하게 해 달라고 야단이랍니다."

"그렇게 말씀해 주시니, 너무 고맙습니다."

"전교생이 다 관람하도록 합시다."

"알겠습니다. 그렇게 알고 준비하겠습니다."

그리하여 문예 발표회는 5월 20일(화요일)에 다시 한번 공연되어, 1학년, 2학년 학생들도 관람하면서 감동할 수 있었다.

문예 발표회는 한국수출산업공단(이사장 국회의원 김기배)에서 발행하는 〈월간 수출공단뉴스〉 제19호(1986년 6월 1일)에 크게 보도되었다.

뉴스의 2쪽에는 〈영등포여자고등학교 산업체 특별학급 문예 발표회〉라는 제목으로 취재 기사가 실리고, 5쪽에는 허만길 지도 교사의 글 '문예 발표회를 지도하면서'와 허현옥의 서간문 '사랑하는 친구에게'와 전선옥의 시 '세월'이 소개되었다. 그래서 한국수출산업공단에서는 영등포여자고등학교 특별학급의 문예 발표회가 계속해서 화제가 되었고, 학생들은 기쁜 마음이 넘쳤다.

영등포여고 산업체 특별학급 문예 발표회

영등포여고 산업체 특별학급은 지난 5월 12일(월) 오후 6시 20분부터 본교 강당에서 학생과 선생님, 공단(*한국수출산업공단) 직원 및 내빈 등이 참석한 가운데 허만길 교사의 지도로 산업체 특별학급 문예 발표회를 개최, 참석한 모든 분들에게 큰 감동을 주었다.

본 문예 발표회는 대부분 공단 근로 사원인 학생들에게 창조적인 문예 활동을 통해 전인교육에 이바지하며, 학창 시절에 문학 작품을 스스로 창작하고 발표하는 기회를 함께 가짐으로써 꿈과 낭만을 가진 아름다운 젊은이로 성장시키고, 인생을 진지하게 관조 추구하는 습성을 길러 주는 데 목적이 있다고 관계 교사(*허만길)는 말하고 있다.

또한 산업체 특별학급이라는 교육 여건의 특수성으로 말미암아 학생 자치적인 문화 행사를 골고루 다하기가 어려운지라, 이 문예 발표회를 문예 중심으로 모든 학생들이 협동적으로 즐겁게 참가하도록 하기 위해 문예 작품 외에도 노래, 기악, 무용, 촌극 등의 다양한 영역을 찬조 출연으로 삽입하고, 특히 마지막 부분에서는 참가자 모두가 크게 흥겨울 수 있도록 디스코 시간을 넣어 진행하였다.

– 한국수출산업공단 발행 〈월간 수출공단뉴스〉 제19호(1986년 6월 1일)에서

문예 발표회 참가자 가운데 허현옥(산문), 전선옥(시), 한금자(인생수필), 정화주(기행문)의 문예 작품은 뛰어났다. 허현옥은 3학년 재학 중에 국토통일원 남북대화사무국 주최 〈통일이여, 어서 오라〉 책 독후감 공모에서 장려상으로 입상하여 국토통일원장관상을 수상했다. 시상식은 1987년 2월 25일 남북대화사무국에서 개최되었는데, 나와 허현옥의 언니가 동행하였다. 국토통일원 허문도 장관은 수상자와 시상식 참가자들을 위해 다과회를 베풀었다.

한금자는 문교부에서 산업체 특별학급 학생과 산업체 부설학교 학생들을 위해 발행한 〈일하며 배우며〉 제7호 (1986년 10월 30일 발행)의 주제 항목 '나의 인생 설계'에 '흰 가운처럼 참삶을'이라는 글이 실리기도 했다.

임대진은 문예 발표회가 있은 뒤 별도로 개최된 교내 웅변대회에서 1등을 하였으며, 열띤 웅변 모습의 사진은 문교부에서 산업체 특별학급 학생과 산업체 부설학교 학생들을 위해 발행한 〈일하며 배우며〉 제7호 (1986년 10월 30일 발행)의 화보에 실리었다.

19. 서울특별시장의 장학금 직접 수여 공문을 받고

1986년 5월 21일, 서울특별시 1986학년도 1분기(3월~5월) 근로청소년 장학금을 학교 서무과에서 각 담임교사를 통해 학생들에게 전달했다. 장학생 수는 83명이며, 1인당 장학금은 35,000원이었다.

영등포여자고등학교 특별학급 학생에게 2,905,000원의 장학금이 지원된 것이다. 1인당 장학금 35,000원은 학교에 납입할 공납금 전액 15,000원과 학용품대 20,000원을 합친 금액이었다. 폐업된 영준실업에서 퇴직한 3학년 1명과 대우어패럴 퇴직자 3학년 86명(원래 87명이었으나, 1명은 1986년 4분기에 가정 사정으로 자퇴) 중 82명이 장학금 혜택을 받게 된 것이다. 대우어패럴 퇴직자 중 장학금 혜택 대상에서 제외된 4명은 재취업하여(대영상협 등) 회사에서 학비 15,000원씩을 보조받기 때문이었다.

이날 나는 서울특별시 상공과 이종선 님에게 전화하여 서울특별시에서 학생들에게 장학금을 지급해 준 데 대해 고맙다는 인사를 했다.

1986년 6월 9일에는 서울특별시 상공과 이종선 님에게 전화하여, 대우어패럴 퇴사 학생들이 무사히 졸업할 수 있도록 2분기(6월~8월), 3분기(9월~11월), 4분기(12월~2월) 장학금도 계속 지원해 달라고 간곡히 요청했다.

그리고는 6월 10일자로 '서울특별시의 근로 청소년 특별학급 장학금 지급에 대한 교사로서의 고마움과 희망 말씀'이라는 제목의 글을 써서 학교 문서 전달 담당자를 통해 서울특별시 상공과 이종선 님에게 전했다. 글로 보내야만 여러 관계관들이 장학금 지급의 절실성을 두루 돌려볼 수 있을 것이기 때문이었다.

그리하여 서울특별시 1986학년도 2분기(6월~8월) 근로 청소년 장학금을 7월에 84명에게 전할 수 있었다. 영준실업에서 퇴직한 3학년 1명과 대우어패럴 퇴사자 3학년 86명 중 미취업자 83명이 해당되었다. 대우어패럴 퇴직자 86명 중 3명은 지난 분기와 마찬가지로 대영상협에서 공납금 15,000원을 보조받을 수 있었다.

1986년 9월 10일자로 나는 대우어패럴에서 퇴사하여 현재 3학년에 재학 중인 학생들을 대상으로 간단한 설문 조사를 하였다.

작년 6월 하순 퇴사 이후 14개월이 경과한 현재 미취업 중인 학생 7명, 3분기 등록금 15,000원을 회사(대영상협)에서 납부해 준 3명을 제외한 나머지 76명을 대상으로 현재 취업하고 있는 업체에 얼마 동안 취업하고 있는가를 알아보았다.

현재의 업체에 1개월 미만 근무 학생이 12명, 1개월 근무 학생이 2명, 2개월 근무 학생이 11명, 3개월 근무 학생이 8명, 4개월 근무 학생이 7명, 5개월 근무 학생이 3명, 6개월 근무 학생이 6명, 7개월 이상 근무 학생이 27명이었다.

이 통계는 대우어패럴 퇴사 이후 학생들이 14개월이 경과한 지금에도 전혀 취업을 하지 못하고 있거나, 현재의 업체에 취업했더라도 그 기간이 매우 짧다는 것을 보여 주고 있다.

현재의 업체에 취업한 기간이 짧다는 것은 학생들이 그만큼 불안정한 취업 상태를 유지해 왔음을 의미한다. 이들이 생존하기 위해 심신이 얼마나 고달프고 불안하였겠는가를 짐작할 수 있게 한다.

학교에서 서울특별시에 1986학년도 3분기(9월~11월) 근로 청소년 장학금 지급 대상자를 추천한 바에 따라, 1986년 10월 17일 염보현 서울특별시장이 시장실에서 장학금을 직접 수여할 것이라는 공문이

학교에 접수되었다.

장학금 지급 대상자 명단에는 내가 공문을 작성하여 학교장의 결재를 받아 노동부 서울관악지방노동사무소를 거쳐 서울특별시에 보낸 명단 그대로가 반영되어 있었다.

2분기(6월~8월)보다 1명이 늘어난 85명에게 총액 2,975,000원을 장학금으로 지급하도록 되어 있었다. 1인당 지급액은 35,000원(공납금 15,000원. 학용품대 20,000원)으로서 지난 분기와 마찬가지였다. 장학금 지급 대상자 85명은 모두 3학년이다.

대우어패럴 퇴사자 3학년 86명 중 83명과 폐업된 영준실업 퇴사자 1명, 몇 달 전에 폐업한 삼경섬유 퇴사자 1명이 해당되었다. 대우어패럴 퇴사자로서 대영상협에 재취업한 3명은 계속 회사에서 공납금 보조를 받고 있었으므로, 장학금 지급 대상에서 제외되었다.

이번에 서울특별시에서 장학금을 지급받게 되는 서울 시내 특별학급 장학생 전체 수는 215명(총액 7,320,000원)으로서 대방여자중학교 특별학급 41명(중학생은 1인당 공납금 10,000원. 학용품대 20,000원), 영등포여자고등학교 특별학급 85명(고등학생은 1인당 공납금 15,000원. 학용품대 20,000원), 영등포여자상업고등학교 특별학급 50명, 명성여자고등학교 특별학급 3명, 광영여자고등학교 특별학급 36명이었다.

공문에 따르면, 서울특별시에서는 낮에는 산업체에 근무하면서 밤에 일반 야간 고등학교에 다니는 학생 13명(13개교 각 1명)에 대해서도 1개 분기 등록금에 해당하는 88,000원(총액 1,144,000원)

씩을 장학금으로 지급한다고 되어 있었다. 그러니까 1986학년도 3분기(9월~11월) 서울특별시 근로 청소년 장학금은 228명에게 총액 8,464,000원을 지급하는 것이었다.

공문에 이번 장학금은 서울특별시장이 직접 수여하며, 이 수여식에 내(영등포여자고등학교 교사 허만길)가 학생 대표 1명을 데리고 참석하도록 되어 있었다. 이 부분에 대해 학교장이 나를 불러, 이럴 경우 교장도 함께 수여식에 참석하여 시장에게 감사의 인사를 하는 것이 예의가 아니겠는가 하고 나더러 서울특별시 관계관에게 알아보라고 했다. 그래서 내가 서울특별시 상공과에 학교장의 뜻을 전했더니, 이종선 님이 다음과 같이 말했다.

"교장선생님의 뜻은 고마우신데, 시장 접견실이 좁고 이 장학금(특히 대우어패럴 퇴사자를 위한 장학금)은 허만길 교사님이 서울특별시장님께 서면으로 말씀드려 승낙된 것이므로, 서울특별시교육위원회에도 허만길 교사님을 특별히 지명하여 장학금 수여식에 꼭 참석하시도록 요청했습니다."라고 했다.

10월 17일 나는 학생들이 선정한 장학생 대표와 함께 서울특별시 상공과에 먼저 들렀다. 장학생 대표가 이종선 님에게 "고맙습니다." 하고, 몇 송이 꽃묶음을 선사했더니, 이종선 님이 몹시 기뻐했다.

나는 상공과에서 차 대접을 받으면서, 장학금 담당 이종선 님, 상공과 계장 김영권 님, 상공과 과장 김도기 님과 이야기를 나누었다. 상공과 직원들은 이번 3분기 5개교 특별학급 장학생 215명 중 85명

(대우어패럴 퇴사자 83명 포함)이 영등포여자고등학교 특별학급 학생일 뿐 아니라, 지난 1년간 서울특별시 근로 청소년 장학금이 영등포여자고등학교 대우어패럴 퇴사자 중심으로 운영된 듯하다고 했다.

직원들은,

"서울특별시장님께서 금년에 근로 청소년 장학기금을 2억이나 추가로 확보하도록 한 것은 허만길 교사님의 편지와 노력 때문입니다. 그 덕택으로 내년(1987년) 2월에 대우어패럴 퇴사자가 모두 졸업하고 나면, 장학기금이 넉넉하여 다른 많은 학생들이 유익하게 혜택을 보게 될 것입니다."라고 했다.

이것은 서울특별시에서 1986년 2월 6일자로 시행한 공문 '1986년 서울특별시 근로 청소년 장학금 운용 계획'(문서번호 상공32144-107. 1986. 2. 6.)에서 1986년도 장학금 조성액 355,559,000원(3억 5천5백5십5만 9천 원)이 장학기금 326,000,000원(1986년도 기금 증액 2억 원 포함)과 이자 보유액 29,559,000원으로 구성되며, 장학기금 3억 2천6백만 원은 1986년도에 2억 원을 증액한 것으로서 그 증액이 바로 내가 염보현 서울특별시장에게 간청한 결과 때문이라는 것을 뜻했다.

이날 장학금은 염보현 시장이 직접 수여하기로 하였으나, 염보현 시장의 긴급한 외부 일정으로 김진원 부시장이 부시장실에서 근로 청소년 장학생 대표 6명에게 장학증서와 장학금을 주었다. 그리고 장학금 수여식에는 서울특별시교육위원회 한경환 장학사와 나를 포함한 5개교 교사 5명이 참석했다.

20. 🖋️ 서울특별시장에게 두 번째 감사 편지와 상공과 이종성 님에게 학교장 감사패 드림

서울특별시 부시장실에서 장학금 수여식이 있고 난 19일째 되는 1986년 11월 5일 나는 서울특별시 상공과 이종선 님에게 '서울특별시 근로 청소년 장학금 관련 업무 연락'이라는 제목으로 글을 보냈다. 지난번 영등포여자고등학교 특별학급 85명에게 1986년 3분기(9월~11월) 장학금을 지급해 준 것에 대한 고마움을 표시하고, 대우어패럴 퇴사 학생들의 지속적인 어려운 상황을 적었다.

이로부터 일주일 뒤 1986년 11월 12일에 나는 염보현 서울특별시장에게 영등포여자고등학교 특별학급 학생들에게 장학금을 지급해 준 것에 대한 감사의 편지를 길게 써서 우편으로 보냈다. 내가 공문 형식이 아니고 편지 형식으로 염보현 시장에게 보낸 글로서는 이것이 두 번째였다.

이 편지와 더불어 일하며 배우는 학생들을 위해 지난해(1985년) 5월 15일 내가 작사하고 화성태(고등학교 음악과 교사) 님이 작곡한 '일하며 배우며' 가사와 악보도 보냈다.

감사원에서 서울특별시교육위원회를 감사할 때 1986년 11월 30일 감사팀이 영등포여자고등학교에 감사 자료로 요청한 바에 따라 학교에서 작성한 통계에 따르면 상당히 유의할 만한 내용이 있었다.

1학년(16반~19반) 4학급의 학생 수는 200명인데, 등록금을 업체에서 부담하는 학생 수는 193명이고, 학생 본인이 부담하는 학생 수는

7명이었다.

2학년(16반~21반) 6학급의 학생 수는 305명인데, 등록금을 업체에서 부담하는 학생 수는 256명이고, 학생 본인이 부담하는 학생 수는 49명이었다.

나는 이 통계를 이종선 님에게 전화로 알렸더니, 이종선 님은 이 문제에 대해 꾸준히 연구해 보겠다고 했다.

학생들은 12월 하순이면 겨울 방학에 들어간다. 다음해(1987년) 2월에 개학하고, 3학년 학생들은 개학 후 바로 졸업식을 맞이하게 된다.

나는 1986년 11월 29일(토요일) 대우어패럴 퇴사 학생들과 대화의 시간을 가졌다. 지난해(1985년) 6월 24일 대우어패럴 사태 이후 이루 말할 수 없는 혹독한 어려움을 겪으면서도 용기와 인내로 학업을 지속해 온 것을 칭찬하고, 얼마 남지 않은 졸업 때까지 계속 잘해 줄 것을 부탁했다. 졸업 후에는 어떤 생활을 할 것인가에 대해서도 착실한 설계와 준비를 하기 바란다고 했다.

그리고 나는 학생들에게 장학금에 관한 이야기를 꺼냈다.

"지난해 대우어패럴 퇴사 학생 137명 중 2명(당시 2학년 1명. 3학년 1명)은 대우어패럴의 후신인 세계물산에 재취업되고, 135명(당시 2학년 87명. 3학년 48명)이 1985년 3분기(9월~11월)에 서울특별시 장학금을 받았습니다.

뿐만 아니라 그때는 폐업(민우실업, 영준실업, 효성물산 등 3개 업체 9명) 및 회사 지방 이전(청양 1개 업체 18명. 1학년 1명. 2학년 9명. 3

학년 8명)에 따른 퇴사 학생 27명을 포함하여 모두 162명이 서울특별시 장학금을 받았습니다.

2학년 1명(박00)이 가정의 특별한 사정으로 지난해 12월에 자퇴함에 따라 지난해 4분기(1985년 12월~1986년 2월)에는 대우어패럴 퇴사 학생 134명(2학년 86명. 3학년 48명)이 서울특별시 장학금을 받았습니다. 올해 1986년 2월에는 대우어패럴 퇴사 학생 3학년 48명이 졸업함으로써 대우어패럴 퇴사 학생은 86명이 되었습니다.

올해에 3학년이 된 대우어패럴 퇴사 학생 86명 중 4명은 1분기(3월~5월)에 재취업한 업체에서 공납금(등록금. 학교 납입금)을 부담해 주어 82명이 서울특별시 장학금을 받았으며, 2분기(6월~8월)와 3분기(9월~11월)에는 업체에서 3명의 공납금을 부담해 주어 83명이 서울특별시 장학금을 받았습니다.

종전에 서울특별시는 장학기금의 이자로 장학금을 지급해 왔는데, 대우어패럴 사태라는 예상하지 못한 상황으로 지난해에는 예금해 두었던 장학기금을 해지하여 원금으로 대우어패럴 퇴사 학생들에게 장학금을 지급하고, 올해는 염보현 서울특별시장님의 특별한 배려로 서울특별시 장학기금을 2억 원 추가 배정하기까지 했습니다.

생각해 보면, 서울특별시의 이러한 노력은 여러분들에게 참으로 고마운 일이 아닐 수 없습니다. 이제 여러분은 이번 겨울방학이 지나면 고등학교 졸업장을 안게 될 것입니다. 그래서 나는 여러분들에게 한 가지 의견을 제시합니다.

이제 경기도 불황에서 조금씩 벗어나는 것 같고, 겨울방학 중에는 오후 5시에 업체에서 퇴근하지 않아도 되므로, 일자리 구하기가 좀 더 쉬워지리라 봅니다. 그동안 우리 학교 학생들이 다른 학교에 비해 많은 장학금 혜택을 받아 왔음을 생각하고, 서울특별시에서 앞으로 더 많은 학생들에게 장학금 혜택을 줄 수 있도록 하기 위하여 이번 마지막 분기(1986년 12월~1987년 2월) 장학생 추천은 업체에서 공납금을 부담해 주지 않더라도 일시적이나마 취업한 상태의 학생은 제외하는 것이 어떨까 하는 생각이 듭니다."

학생들은 나의 의견에 모두들 찬성했다. 학생들은 재학 중 마지막 어려움을 스스로 극복하겠다는 의지가 강렬했다.

12월 1일(월요일), 나는 서울특별시 상공과 이종선 님에게 전화로 1986학년도 4분기 장학금 지급 대상자 추천은 업체에서 공납금 지원을 받지 않더라도 일시적이나마 취업 상태에 있는 학생을 제외한 미취업 학생만을 대상으로 추천하겠다고 했다. 또 학생들이 졸업을 앞둔 상태이므로, 장학금 액수도 서울특별시의 사정을 고려하여 적절히 조정하여 지급해 주더라도 고마운 일이 되겠다고 했다.

또 이날 나는 학교장에게 서울특별시에서 대우어패럴 퇴사 학생을 비롯해 우리 학교의 많은 학생들(가장 많을 때의 장학생 수 162명)에게 장학금을 지급해 왔는데, 이는 다른 학교에 비해 훨씬 많은 숫자인 점을 고려하여, 고마움을 나타내는 뜻으로 서울특별시 상공과 장학금 담당 이종선 님에게 학교장 감사패를 수여할 수 있으면 좋겠다고 했다.

학교장은 좋은 생각이라고 했다. 학교에서는 주임교사 협의를 거친 뒤 나더러 이에 대해 공문 기안(초안)을 하도록 했다.

학교장의 공식 결재를 받은 뒤, 나는 이종선 님에게 이 사실을 알렸다. 이종선 님은 당연한 일을 한 것이라면서 사양의 뜻을 나타냈다. 그러나 나는 이것이 학교에서 고마움을 표시할 수 있는 예의라며 사양하지 말기를 바란다고 했다.

학교에서는 12월 15일(월요일) 오전 이종선 님을 학교로 초청했다.
내가 회사에 출근하지 않는 학생들과 함께 교문 밖에까지 나가 이종선 님을 마중해 교장실로 안내했다. 교장실에는 학교장과 여러 교직원들이 고마운 손님을 기다리고 있었다.
영등포여자고등학교 교표가 새겨져 있는 감사패 글을 학교장이 읽었다.

감 사 패

서울특별시 상공과
이 종 선 님

귀하께서는 성실한 공무 수행을 하시면서, 일하며 배우는 학생을 위해 장학금을 지급해 주시는 일에 특별한 정성과 힘을 기울이시어, 학생들이 역경을 딛고 일어서는 데 많은 도움을 주셨으므로, 이에 감사의 뜻을 드립니다.

1986년 12월 15일
영등포여자고등학교장 박지수

학교장이 이종선 님에게 감사패를 전달하자, 교직원들과 학생들이 축하와 고마움의 손뼉을 쳤다. 학생들이 꽃과 고마움을 적은 예쁜 카드를 전했다. 기념 촬영도 했다.

순수한 마음이 담긴 감사패를 받은 이종선 님은 몹시 좋은 표정이었다. 이종선 님이 좋아하는 모습을 보니, 그동안 고마움을 제대로 표현할 길 없었던 나도 기분이 좋았다.

박지수 교장이 이종선 님에게 점심식사 대접을 했다. 황학연 특별학급 교도(상담)주임교사와 나도 자리를 같이했다. 학교장과 교도주임교사가 서울특별시의 장학금이 큰 어려움을 당한 학생들을 졸업으로까지 이끄는 데 큰 힘이 되었음을 되풀이해 말했다.

이종선 님은 대우어패럴에 근무했던 학생들처럼 갑자기 많은 학생이 퇴사하여 학업에 어려움을 겪을 일이 있으리라고는 생각지도 못했는데, 많은 학생들에게 장학금을 지급하기 위해 이자로써는 충당할 수 없어 예금했던 장학기금을 해지하기도 하고, 염보현 시장이 장학기금을 2억 원이나 추가 배정하도록 조치하였던 것은 허만길 선생님의 제자 사랑의 사명감이 남달랐기 때문이라고 했다.

이종선 님이 시청으로 돌아간 뒤, 오후 늦게 3학년 학생 대표 4명(00자. 00영. 00옥. 00임)과 내가 서울특별시청을 방문했다. 겨울방학과 졸업을 앞두고 장학금을 받은 학생들이 고마움의 인사를 하기 위한 방문이었다.

상공과에 먼저 들렀다. 학생들은 이종선 님, 김영권 계장, 김두기과장에게 서울특별시의 장학금 혜택을 받고서 무사히 졸업하게 된다는 인사를 했다.

학생들이 직접 만든 손수건과 고마움을 적은 예쁜 카드와 다섯 송이 꽃묶음을 전했다. 학생들은 산업국장실에서 김제량 산업국장이 권하는 차를 마셨다. 김진원 부시장과 염보현 시장은 출장 중이었다. 부시장 비서실에서도 차 대접을 받고, 시장실에서 비서실장의 격려를 받았다. 산업국장, 부시장, 시장에게도 학생들이 직접 만든 소박한 선물을 전했다.

1986년 12월 26일 학교 서무과에서는 서울특별시에서 영등포구청으로 보낸 특별학급 학생들의 1986학년도 4기분(1986년 12월~1987년 2월) 장학금을 받아, 학교 특별학급 은행통장에 입금했다. 이것은 졸업을 앞둔 학생들에게는 마지막 장학금이었다.

겨울방학 중인지라 학생들은 등교하지 않고 있었다. 지난 12월 1일 내가 서울특별시 상공과 이종선 님에게 미리 말하고서 장학금 지급 대상자를 추천했던 대로 일시적이라도 취업 상태에 있는 학생들은 제외된 3학년 24명의 학생이 장학금을 받게 되었다.

대우어패럴 퇴사자 현재 3학년 86명 중 23명과 질병으로 한국트랜스에서 퇴사하여 치료를 받고 있는 3학년 1명이 장학생 해당자(모두 24명)였다. 1인당 장학금 액수는 1986학년도 1분기, 2분기 3분기 35,000원보다 5,000원이 적은 30,000원이었다. 공납금(등록금) 10,000원(실제 학교 납입액 15,000원)과 학용품대 20,000원으로 계산하였던 것이다.

이것은 내가 영등포여자고등학교 특별학급 교사로 근무하는(1986년 3월 1일~1987년 2월 28일) 동안 서울특별시에서 지급하는 마지막 특별학급 학생 장학금이기도 했다. 이 장학금은 학생들이 겨울방학을 마치고 학교에 출석한 1987년 2월 5일에 학교 서무과에서 해당 학생들에게 직접 전달하였다.

나는 특별학급 장학금 업무를 맡은 2년간의 서울특별시 장학금 혜택자 수를 정리해 보았다.

대우어패럴 사태 이전 1985학년도 1분기(3월~5월)에는 43명(휴업, 폐업, 회사 지방 이전 6개 업체 소속)이, 2분기(6월~8월)에는 26명(휴업, 폐업, 회사 지방 이전 6개 업체 소속)이 서울특별시 근로 청소년 장학금 혜택을 받았다.

대우어패럴 사태에 따른 폐업으로 퇴사 학생이 많이 늘어나, 1985학년도 3분기(9월~11월)에 162명(대우어패럴 퇴사 135명. 그 밖에 폐업과 회사 지방 이전 업체 퇴사 27명), 4분기(1985년 11월~1986년 2월)에 159명(대우어패럴 퇴사 134명. 그 밖에 폐업과 회사 지방 이전 업체 퇴사 25명), 1986학년도 1분기(3월~5월)에 83명(대우어패럴 퇴사 3학년 82명, 그 밖에 폐업 퇴사 1명). 2분기(6월~8월)에 84명(대우어패럴 퇴사 3학년 82명, 그 밖에 폐업 퇴사 3학년 1명), 3분기(9월~11월)에 85명(대우어패럴 퇴사 3학년 83명, 그 밖에 폐업 퇴사 3학년 2명), 4분기(1986년 12월~1987년 2월)에는 일시적이라도 취업 상태에 있는 학생은 제외한 24명(대우어패럴 퇴사 3학년 23명, 질병 퇴사 3학년 1명)이 서울특별시 근로 청소년 장학금 혜택을 받았다.

21. ✎ 제자들 졸업 앞두고 생각나는 고마운 분들

나는 나의 장학금 업무와 관련하여 잊을 수 없는 사람들이 매우 많았다. 모든 분들에게 고마운 마음 그지없었다.

1986년 12월 21일 나는 대우어패럴 퇴사 학생 2명(O선O, OO진)과 함께 노동부 서울관악지방노동사무소를 방문했다.

서울관악지방노동사무소는 학생들이 업체에서 일하면서 사고를 당하고도 치료 혜택을 받지 못하는 경우나 업체에서 학생들에게 급료를 지불하지 않을 경우가 있으면 내가 일차적으로 협조를 구하던 기관이다.

서울특별시 근로 청소년 장학금 지급 대상자를 서울특별시에 추천하는 과정에서 일차적으로 학교에서 서울관악지방노동사무소에 명단을 보내면, 서울관악지방노동사무소에서 추천된 학생이 소속했던 회사가 휴업이나 폐업이 정확한지를 확인하여 서울특별시에 최종적으로 장학금 지급 대상자를 추천하는 경유 기관이었으므로, 장학생들과도 가까운 관계에 있었다.

나는 학생들과 함께 사무소장실에서 노중석 사무소장, 근로감독과 과장, 윤성자 근로감독관에게 그동안 애써 준 일에 대해 고마웠다는 인사를 했다. 관계관들은 학생들이 많은 시련을 딛고 머지않아 졸업의 영광을 안게 되는 것을 축하했다. 특히 윤성자 근로감독관은 수시로 회사와 학교를 드나들면서 특별학급 학생들의 고민을 해결해 주려고 실무적으로 많은 애를 썼었다.

관계관들은 학생들이 직접 만든 손수건, 고마움을 적은 예쁜 카드를 받고서 학생들에게 따끈한 차를 대접하면서 언제나 행복하기를 바란다고 했다.

노중석 사무소장은 작년 연말에 나와 장학생 대표가 사무소를 찾아 고마움을 적은 예쁜 카드와 양말 한 켤레를 선물로 받은 것을 회상했다. 노 사무소장은 그때 너무 감격해서 그것을 소재로 수필을 써서 노동부 발행 기관지 〈노동〉에 실었다고 했다. 사무소장은 앞으로도 특별학급 학생들을 위해 많은 노력을 하겠다고 했다.

한국수출산업공단(서울 구로공단)을 비롯해 서울 남부 지역의 업체를 수시로 순회하며 노동자들의 권익을 위해 애써 온 윤성자 근로감독관은,

"허만길 선생님처럼 학생들을 위하여 헌신적으로 일하시는 분은 처음 보았습니다. 업체에 나가면 사원들이 허만길 선생님 이야기를 많이 합니다. 허만길 선생님의 노고는 훌륭한 미담으로 길이 남을 것입니다."라고 했다.

며칠 뒤 나는 혼자 한국수출산업공단본부를 찾았다. 나는 그동안 한국수출산업공단본부를 자주 찾아 특별학급 학생들의 복지에 대해 의논하곤 했었다. 그래서 공단본부의 여러 부서를 돌며 고마움의 인사를 했다. 특히 복지과 이민숙 님은 학생들의 애로 사항을 매우 친절하게 상담해 주고 어려운 점을 이해해 주었다. 그때 복지과의 전화번호는 오래도록 나에게 기억될 것이었다.

학생들의 졸업식 전날 1987년 2월 12일, 나는 서울특별시 상공과 이종선 님에게 전화하여 대우어패럴 퇴사 학생을 비롯해 서울특별시의 장학금을 받은 학생들이 모두 졸업하게 된 것을 고맙게 생각한다고 인사했다.

　그리고 1987년 2월 현재에서 예상해 보면, 1987학년도 1분기(3월~5월)에 영등포여자고등학교 특별학급에서는 업체(회사)의 휴업이나 폐업에 따른 퇴사(퇴직)로 말미암아 서울특별시 근로 청소년 장학금을 받을 학생은 없을 것 같다고 했다.

　이종선 님은 비로소 서울특별시 근로 청소년 장학금 운영에 여유가 있을 것 같다고 했다. 그래서 나는 장학금 운영에 여유가 있게 되면, 공납금 납입에 있어 현실적인 어려움을 겪고 있는 또 다른 경우에 대해서 말했다.

　작은 규모의 업체나 공공기관에 근무하는 특별학급 학생들은 입학 서류를 학교에 제출할 때, 공납금(등록금)을 학생 스스로가 부담한다는 조건으로 근무처에서 입학 추천을 해 주는 경우가 대부분이므로, 장차 이들 학생들에게도 서울특별시에서 장학금을 지급해 주면 좋겠다고 했다.

　1985년 6월에는 한국노총(한국노동조합총연맹. 사무실 여의도동 노총회관)에서 특별학급 3학생(3학년 2명. 2학년 1명)에게 각각 5만 원씩의 장학금을 수여했다. 이들 3학생은 12월에 다시 한국노총으로부터 각각 25,000원씩의 장학금을 받았다.

　1985년 5월에는 영등포여자고등학교 동창회로부터 3학생(3학년 2

명. 2학년 1명)이 각각 5만 원씩의 장학금을 받았다. 11월에는 15명의 학생이 각각 1만 원씩의 장학금을 받았는데, 이들은 대우어패럴 퇴사 학생들이었다. 동창회 장학금은 1986년도에도 지급되었다.

1985년 5월에는 서울 구로구 약사회에서 3학년 2명에게 각각 5만 원씩의 장학금을 수여했다.

나는 서울 구로구 약사회(시흥1동 무지개상가 3층) 조정기 회장에게 장학금 지급에 관해 고마움의 편지를 보낸 바 있다.

조정기 약사회 회장님

지난 5월 9일 우리 학교 3학년 두 학생이 서울특별시 구로구 약사회에서 주시는 장학증서와 장학금 50,000원씩을 받고 몹시 기뻐함을 보았습니다.

이 장학증서와 장학금은 5월 13일 전교생 앞에서 해당 학생들에게 전달했습니다.

회장님과 회원님들께서 펼치시는 장학의 뜻은 많은 사람들의 용기와 희망의 씨앗이 될 것입니다.

우리 학교 산업체 근무 학생들을 위한 특별학급(야간)에 소속된 약 1,300명 학생은 대부분 고향을 떠나 기숙사 생활을 하면서 고난과 외로움과 가난을 향학열로 달래고 있습니다.

이들에게 좋은 정성을 주신 데 대하여 깊은 감사를 드리며, 앞으로도 관심을 가져 주시면 고맙겠습니다.

하시는 일 잘 되시고 늘 건강하시기를 바랍니다.

1985년 5월 18일
영등포여자고등학교 특별학급 교사 허만길 올림

1986년 3월에도 서울 구로구 약사회(회장 김희중)에서는 3학년 학생 1명에게 8만 원의 장학금을 수여하였다.

특히 2년 동안 영등포여자고등학교 특별학급 장학금 인수 및 인출, 특별학급의 각종 회계 업무를 맡았던 서무괴(행정 업무부시) 최정옥 님의 정확하고 성실했던 모습을 잊을 수가 없다. 좋은 배우자를 만나 행복하게 살기를 마음속으로 바랐다.

22. 492명의 사은회와 영광의 졸업

겨울방학에 들어가기 전 1986년 12월 16일 밤, 대우어패럴 퇴사자를 포함한 3학년 9학급 492명의 졸업 예정자들이 아름다운 한복차림으로 티 없이 안온하게 밝은 촛불을 들고 강당에서 사은회를 베풀었다. 학생들은 즐겁게 노래도 하고 화려하게 춤도 추었다. 나는 그들이 어느새 그렇게 성숙하고 평화로워졌는가를 꿈인 듯이 생각하며, 마음이 한결 가벼웠다.

그들이 사은회의 마지막 순서로 경건하게 눈시울을 적시며 '스승의 은혜' 노래를 제창하기 직전, 나는 그들에게 내가 쓴 2편의 시를 낭독해 주었다.

하나는 학교에서 각 회사와 협의하여 1986년 12월 6일 토요일 하루 학생들이 졸업 여행을 하던 때를 생각하며 읊은 시 '산업체 근무 여학생 졸업 여행'이고, 또 하나는 그들 인생의 행복을 격려하는 시 '꽃과 가을이 주는 말을'이었다.

산업체 근무 여학생 졸업 여행

허만길

손 부르튼 회사 일
간신히 떨치고
1986년 12월 6일
겨우겨우 토요일 하루 말미
낮에는 일하고 밤에 배우는
서울 영등포여자고등학교 특별학급
아홉 학급 사백아흔두 제자
겨울 졸업 여행

차령고개 넘어서는
눈이라도 내렸으면 싶었다.

한 줄기 놀라운 감탄사
하늘에서 만들어 주었으면 싶었다.

천안이라 능수버들
가슴 깃 하얀
아기까치들 예쁘기도 했지.

공주에서 부여에서
고란사에서 백마강에서
추억과 우정
꽃잎처럼 굳게 새기디라.

세월 흘러도 이야기는 남으리.
졸음 쫓으며 고단하여도
희망이 별빛처럼 살아있는 공부
외롭고 고달파도
아프도록 꿈 설레던
여자고등학교 학창 시절

먼 뒷날 다시 뒤적이면
불길 같은 그리움이리.
하늘 꽃 같은 뜨거운 그리움
무지개로 피어 높으리.

꽃과 가을이 주는 말을

허만길

햇살 보드라운 잔디에 앉아
장미를 말할 적에
장미는 인생을 붉고 아름답게 살라 했지.

등나무 그늘에 앉아
라일락을 말할 적에
라일락은 인생을 향긋하고 푸르게 살라 했지.

소나무 가지에 기대어
단풍잎 가을을 마실 적에
가을은 인생을 강하고 황홀한 결실로 살라 했지.

아픔 같은 밤을 근근이 걸어
그대 진초록물만 출렁이는 꽃병을 들었기에
나는 장미도 라일락도 가을도 전하면서
달맞이꽃, 해바라기도 분명히 건네었지.

1987년 2월 13일(금요일) 오후 2시, 영등포여자고등학교 특별학급 3학년 9학급(3학년 16반~24반) 492명의 졸업식이 있었다. 그들은 일반 고등학생들로서는 감히 상상하기 어려운 소중하고 값진 영등포여자고등학교 졸업장을 받았다. 영광의 고등학교 졸업장이었다.

많은 학생들이 영예로운 상장을 받았다.

3개년 우등상(9명), 3개년 개근상(119명), 3개년 정근상(37명), 1년 개근상(63명), 공로상(1명. 총학생회장 곽춘화), 봉사상(13명), 선행상(2명), 기능상(9명), 서울특별시 교육감상(1명. 김미영), 한국수출산업공단 이사장상(1명), 서울특별시 교육회장상(1명), 영등포여자고등학교 동창회장상(1명), 영등포여자고등학교 육성회장상(1명), 노동부 서울관악사무소장상(1명), 노동부 서울남부사무소장상(1명), 제일은행장상(1명), 외환은행장상(1명) 등의 상장이 있었다.

강당에서 졸업식이 있은 다음 학생들은 각 교실로 가서 담임교사에게서 졸업장을 받고서 담임교사와의 이별의 시간을 가졌다.

나는 3학년 18반 56명의 담임교사로서 축하와 마지막 교훈을 전했다.

"영등포여자고등학교 3학년 18반 56명 여러분의 고등학교 졸업을 축하합니다.

여러분은 어려움 속에서도 대단한 영광을 이루어냈습니다. 앞으로 긴 인생을 살면서 무슨 일이든 해낼 수 있다는 자신감을 지녀 주기 바랍니다. 열심히 자신의 삶을 이루어내기 바랍니다. 커다란 인생 목표를 설정하여 성취하기 바랍니다.

여러분에게는 무한한 힘이 숨어 있습니다. 할 수 있다는 신념을 발휘해 주기 바랍니다. 여러분에게 행운이 함께 하기를 빕니다. 다시 한번 여러분의 졸업을 축하합니다."

나는 학급 학생들에게 차례로 졸업장과 함께 200원짜리 초콜릿을 포장하여 "○○○에게. 졸업을 축하하며. 담임교사 허만길"이라고 쓴 것을 선물로 주며 축하했다.

학급 학생들과 작별의 인사를 하고 교무실로 돌아와 책상을 정리하고 있었다. 졸업생들이 마구 몰려와.

"선생님, 사진 찍어요." 하고 나를 운동장으로 끌고 갔다.

이리 끌려가고 저리 끌려가며 한참을 졸업생들과 사진을 찍고, 다시 교무실로 들어왔다.

"선생님, 고맙습니다." 하고 기다리고 있던 한 졸업생이 와이셔츠를 선물로 주는 것이었다. 일자리를 소개해 주었던 졸업생이었다.

"졸업 축하한다. 왜 이리 값비싼 걸 준비했니?

오늘은 되돌려주지 않으마."

나는 그동안 학생들에게 나에게 일절 선물하는 일이 없도록 엄격하게 말해 왔던 것이다.

또 다른 졸업생이 양말 한 켤레를 선물로 수줍게 내밀며,

"선생님, 고맙습니다."라고 했다.

"고마워. 정말 열심히 했다. 축하한다."

또 다른 졸업생이 웃으며 다가왔다. 종이학을 가득 접어 담은 유리 상자를 주는 것이었다.

"선생님, 많이 힘드셨지요.

선생님, 선생님, 고맙습니다,"

"졸업 축하한다. 선물 만드느라고 잠을 적게 잤겠구나.

고마워."

낮에는 일하고 밤에 배우는 야간 특별학급 모든 학생들은 기본적으로 일반 고등학생들보다 비교하기 어려울 정도의 역경을 안고 배움에 희망을 둔 학생들이었다.

기본적으로 먹을 것, 입을 것, 잠잘 곳을 갖춘 사람들에게는 회사가 문을 닫고 안 닫고가 별일로 생각되지 않을지 모르지만, 시골의 부모와 형제자매를 떠나 외롭고 고달픈 가운데도 일하면서 가족도 돕고 스스로도 배우겠다는 희망으로 살아가는 특별학급 학생들에게는 그 일터가 바로 생명줄과 같았다.

그런데 대우어패럴에 몸담았던 미성년 학생들은 왜 그처럼 어려운 일을 당해야만 했던 것일까? 나의 사랑하는 제자들이 그 엄청난 아픔을 굳이 겪어야 했던 근본이 무엇이었을까.

23. 특별학급 교육을 떠나면서

나는 졸업식이 있은 다음 문교부(교육부)에서 1명을 뽑는 국어과 편수관(교육연구사) 공개 전형 응시에 합격하여, 1987년 3월 2일 오전

문교부 장관이 주는 임용장(발령장)을 받았다.

저녁에는 영등포여자고등학교 특별학급 입학식 겸 새 학년 개학식에 참석했다. 학생들에게 떠나는 인사말을 해야 했기 때문이다. 신입생들은 내 얼굴은 잘 모르지만 구로공단에 근무하는 학생들은 선배들로부터 나에 대한 이야기를 자주 들어 왔던 것이다. 2학년, 3학년 학생들은 나에게서 직접 수업을 받지는 않았지만, 희로애락을 함께 한 학생들이었다.

강당의 은은한 전깃불 아래서 나는 말을 이어 갔다.

"먼저 신입생 여러분의 고등학교 입학을 축하합니다. 2학년, 3학년 학생 여러분의 새 학년 진급을 축하합니다.

나는 2년 동안의 특별학급 학생들과의 정든 생활을 마치고 떠나게 되어, 아프고 미안한 마음이 가득합니다.

여러분이 손끝을 아파하며 업체에서 일할 때 나는 일부러 공단의 거리를 거닐 때가 많았습니다. 여러분의 건강을 빌었습니다. 학교가 쉬는 날에는 공단의 밤거리를 일부러 혼자 걷거나 버스를 타고 지날 때가 많았습니다. 얼마나 여러분이 고단할까를 생각했습니다. 고향의 어머니, 아버지, 동생을 생각하며 외로움에 베갯잇을 적시고 있지는 않나 상상하며 여러분의 행복을 빌었습니다.

여러분이 힘들게 일한 보람으로 우리의 국력은 힘세어졌으며, 놀라운 경제 성장을 이루어 가고 있습니다. 여러분은 외로움을 달래며 부지런히 일하면서 열심히 배워 왔으므로, 이미 여러분은 위대한 인생을 실천해 왔음을 자랑스러워하기 바랍니다.

나는 항상 여러분의 안녕과 건강을 빌 것입니다. 밤늦게 교실에 혼자 남지 말고, 버스 탈 때에도 여럿이 함께 안전하게 타고서 기숙사와 숙소로 돌아가기 바랍니다.

나만 외롭다 생각 말고, 나보다 남이 더 외로울 수 있다 함도 알아주기 바랍니다. 내가 먼저 남의 손을 잡아 위로하고 마음을 붙들어 주며 착하고 강하게 살아가는 자세를 지녀 주기 바랍니다.

여러분, 부디 건강하고 행복하기를 빕니다."

입학식 겸 새 학년 개학식이 끝난 뒤 나는 강당의 무대를 내려섰다. 학생들이 내게로 몰려들었다. 학생들은 올해는 반드시 나에게서 교실 수업을 받으리라 벼르고 있었다며, 눈물과 몸으로 우르르 우르르 나를 막았다.

"선생님, 가지 마세요."

"선생님, 안 가시면 안 되세요?"

"꼭 가야 되세요?"

"선생님이 저희를 버리시는 기분이에요."

"선생님은 영원히 저희 곁에 계실 줄 알았는데……."

내가 영등포여자고등학교를 떠났다는 소식을 들은 졸업생들에게서 글들이 날아왔다. 앞을 가리는 눈물을 가눌 길이 없다고들 했다.

24. 저 푸른 별들에
그리운 제자들의 아픔과 소망이

학교에서는 겨울방학 중 1987년 2월 7일에 한국수출산업공단본부 (복지과)에서 보낸 공문 하나를 받았다. 근로 청소년 교육 특별학급 교육 유공 교사 표창 추천에 관한 공문이었다. 학교에서는 간부회의 (교장. 교감. 세 주임교사. 서무과장)를 거쳐 나를 표창 후보자로 추천하였던 것이다.

공적의 중심 내용은 특별학급 학생 성실한 상담, 학생들의 업체 부적응 문제 협력 해결, 폐업 및 휴업 회사 퇴사 학생들의 재취업 알선, 학생 장학금 지원 확대, 첫 학생 문예 발표회 기획 및 지도, 대우어패럴 퇴사자 생활지도, 1986년 문교부 발행 〈일하며 배우며〉 제7호 편집위원 활동 등에 헌신적으로 노력하였다는 것이었다.

나는 1986년 5월 10일 문교부 장관으로부터 산업체 근로 청소년 교육을 위한 일반 학교(중학교, 고등학교) 특별학급 및 산업체 부설 학교(중학교, 고등학교) 학생용 책 문교부 발행 〈일하며 배우며〉 제7호(1986년 10월 31일 발행) 편집위원으로 위촉받았었다.

책 〈일하며 배우며〉는 1년에 한 번씩 발행되었는데, 일반 학교 교지의 성격과 비슷했다. 그 책은 전국의 각 특별학급 및 산업체 부설 학교에 여러 권씩 배포되었으며, 2022년 현재 국립중앙도서관에도 보관되어 있다.

편집위원은 모두 8명이었는데, 문교부 관계관 4명과 고등학교 교사

4명으로 구성되었다. 문교부 관계관은 박병용(문교부 보통교육국장), 류근하(문교부 보통교육국 교육행정과장), 신양승(문교부 교육행정과 행정주사), 하현삼(문교부 교육행정과 행정주사보) 님들이었는데, 관계관들은 주로 편집의 기본 지침 제시와 필요한 행정 지원을 했다.

　책 편집의 실무적인 일은 고등학교 교사 4명이 추진했다. 교사 출신 편집위원은 박기복(성동여자실업고등학교 교사. 표지화 및 삽화 담당), 이우식(서울기계공업고등학교 교사), 전대석(서울여자고등학교 교사), 허만길(영등포여자고등학교 교사) 님들이었다.

　나(허만길)는 편집 업무를 추진하면서, 1986년 8월 7일 특별학급 및 산업체 부설 학교 학생들의 좌담회 '일하며 배우며 학생 좌담회'를 개최하여 그 내용을 책에 실었다. 교사 출신 편집위원들은 각각 문교부 직원 1명과 짝이 되어 전국 각 지역을 나누어 특별학급 설치 학교와 산업체 부설 학교와 학생들이 땀 흘리며 일하는 업체를 방문하여 그 방문기를 책에 실었다.

　박기복 편집위원은 문교부 허현욱 님과 함께 서울 · 인천 · 경기 지역 산업체 부설 학교와 업체를 방문하였고, 이우식 편집위원은 문교부 민병제 님과 함께 전북 · 전남 지역 산업체 부설 학교와 업체를 방문하였고, 전대석 편집위원은 문교부 서세현 님과 함께 경남 · 부산 지역 산업체 부설 학교와 업체를 방문하였고, 허만길 편집위원은 문교부 하현삼 님과 함께 충남 · 대구 · 경북 지역 산업체 부설 학교와 업체를 방문하였다.

문교부 발행 〈일하며 배우며〉 제7호의 책 체재는 국판(가로 15cm, 세로 22cm). 본문 298쪽이었다. 책의 구성은 대체로 다음과 같다.

- 화보(학생들의 각종 교육 활동)
- 발간사(문교부 장관 손제석): 희망과 용기로 미래의 삶을 보람있게 가꾸자
- 격려사(노동부장관 이헌기): 성실한 삶의 자세
- 시련 극복을 위한 도움 말씀
  고난 이긴 아름다운 역사 기록하기를(럭키금성 회장 구자경)
  극기, 자신과의 영원한 싸움(영안모자상사 사장 백성학)
- 특집(2000년대의 한국): 정보화 시대가 다가오고 있다(고려대 교육대학원장 김정흠). 2000년대를 이끌 유전공학(서울대 교수 노현모). 전통문화의 계승과 발전(인간문화재 박병천). 서기 2000년의 우리 경제 전망(중앙교육연수원 교수 신의철). 평생 교육(연세대 교수 오인탁)
- 교육논단: 교사 6명
- 특별기고: 레크리에이션의 의의와 실제(한국레크리에이션협회 전문위원 하춘매)
- 감사의 글: 학생 3명
- 나의 인생 설계: 학생 3명
- 학교 · 업체 방문기: 서울 · 인천 · 경기 지역(편집위원 박기복). 전북 · 전남 지역(편집위원 이우식). 경남 · 부산 지역(편집위원 전대석). 충남 · 대구 · 경북 지역(편집위원 허만길)
- 일하며 배우며 학생 좌담회(사회 편집위원/영등포여자고등학교

교사 허만길)

⊙ 미담 · 모범 사례: 교사 1명. 고교 학생 2명

⊙ 학교 자랑, 업체 자랑: 학생 4명

⊙ 생활 수기: 중학생 1명. 고등학생 7명

⊙ 문예 동산: 교사 6명. 육성회 이사 1명. 졸업생 1명. 학생 작품
(시 22명. 수필 14명. 서간문 6명. 독후감 1명. 단편소설 1명)

⊙ 부록: 근로 청소년의 교육 기회 확대(문교부 보통교육국). 특별
학급 및 산업체 부설 학교 현황(문교부 보통교육국)

⊙ 편집 후기

1987년 3월부터 정부종합청사에서 문교부 교육연구사(국어과 편수
관)로 근무하고 있던 나에게 한국수출산업공단에서 전화 연락이 왔
다. 내가 상공부 장관 표창을 받게 되었으니, 3월 7일(토요일) 공단

이사장실로 와 달라는 것이었다.

뜻밖의 소식이었다. 제자들을 위해 당연한 일을 했을 뿐이다. 문교부에 근무하면서도 제자들이 계속 떠오르면서 사회생활에 잘 적응하고 있는지 걱정이 끊이지 않았는데, 내가 상공부 장관 표창을 받게 되었다니, 기쁨보다는 오히려 민망한 마음이 들었다.

그래도 나의 조그만 노력에 장관 표창을 받을 기회를 준 학교와 한국산업수출공단과 상공부에 고마운 마음은 한량없었다.

1987년 3월 7일 서울특별시 구로구 가리봉동 한국산업수출공단 이사장실로 갔다. 김기배 이사장(구로구 국회의원)이 상공부 장관을 대신하여 나에게 표창장을 수여했다.

표 창 장

(제9404호)

영등포여자고등학교
교사 허 만 길

위 사람은 산업체 근로 청소년 교육을 위한 특별학급의 육성 발전에 기여한 공이 크므로 이에 표창함.

1987년 3월 7일
상공부 장관 나 웅 배

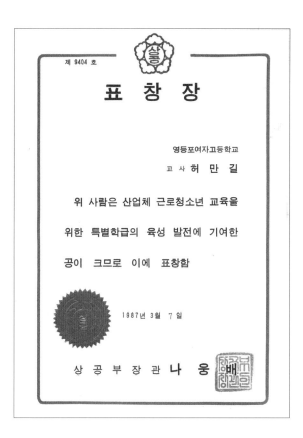

제 9404 호

표 창 장

영등포여자고등학교

교 사 **허 만 길**

위 사람은 산업체 근로청소년 교육을

위한 특별학급의 육성 발전에 기여한

공이 크므로 이에 표창함

1987년 3월 7일

상 공 부 장 관 **나 웅**

표창장에서 나를 '영등포여자고등학교 교사'라고 한 것은 표창장 준비 과정에서 내가 3월 1일자로 문교부로 발령 나게 될 것임을 예측하지 못했기 때문이었던 것이다.

표창장을 받은 나는 상공부 장관님을 비롯하여 모든 관계자 분들이 고맙고, 나의 사랑하는 제자들이 고마웠다. "제자들이여, 제발 건강하고 행복하게 잘 살아다오." 하는 마음이 북받쳐 올랐다.

표창장을 받은 다음 나는 김기배 이사장과 차를 마시며 이야기를 나누었다. 나는 이사장에게 산업체 근무 청소년들의 어려움 개선에 노력해 줄 것을 요청했다.

○ 근로 청소년들이 오전 내내 오후 내내 쉬는 시간 없이 일을 하곤 하는데, 적어도 2시간 단위로 휴식 시간을 주어 건강관리를 할 수 있도록 해 주기를 바랍니다. 위장병, 관절염, 눈병을 앓는 특별학급 학생들이 많습니다. 업체에서 일하다가 화장실에 조금만 오래 있어도 어서 나오라고 불러낼 정도로 근로 청소년들에게 시간 여유를 별로 주지 않는 경우가 많은 것 같습니다.

○ 특별학급 학생들이 학교에서 야간 공부를 하고서 회사에 가서도 밤샘을 하며 일하는 경우가 많은데, 잔업(남은 일)을 줄여 주기 바랍니다.

○ 임금이 너무 적어 학생들이 고향에 돈을 조금 보내고 나면, 자신들은 라면이나 건빵으로 끼니를 때우는 경우가 많은데 임금을 높여 주기 바랍니다.

○ 점심시간을 30분밖에 주지 않고 바로 작업하도록 하는 회사가 있는데, 이를 개선해 주기 바랍니다.

○ 회사 기숙사 방을 특별학급 학생과 일반 사원이 함께 사용하여 학생이 전깃불을 늦게까지 켜고서 공부하기가 눈치 보이므로, 학생 방을 따로 구분해 줄 수 있으면 좋겠습니다.

상공부 장관 표창장을 받고, 한국수출산업공단을 이리저리 걸었다. 제자들의 땀이 아롱지고 삶이 커 가는 곳이었기에 더욱 애정이 가던 서울 구로공단의 거리였다. 나는 어느 일요일 선선한 가을비가 내린 석양의 이 거리를 거닐다가 문득 하늘에 무지개가 서림을 보았다. 혼자 바라보기에는 너무나 아쉬워 여기저기를 지나가는 제자들을 불러, 그들의 꿈처럼 곱다란 무지개를 그들과 함께 즐기었다.

나는 상공부 장관 표창장을 받은 그날 밤, 내가 사는 동네의 높은 지대를 걷다가 특별학급 제자들이 생각나서 구로공단이 있는 쪽을 바라보았다. 뼈아픈 역경 속에서도 착하고 강하게 자기를 성취해 낸 그 얼굴들이 눈앞에 가득히 떠올랐다.

높은 밤하늘을 보았다. 나의 사랑하는 제자들은 어떻게 지내고 있을까를 생각했다. 푸른 별들이 나를 바라보고 있었다. 저 푸른 별들에 그리운 제자들의 아픔과 소망이 유난히 맑게 서려 있는 듯했다.

제2부

1986년 일하며 배우며
학생 좌담회

사회 허만길

일하며 배우며 학생 좌담회 개최

고등학교 특별학급 및 산업체 부설 고등학교 학생 대표들과의 이야기

문교부 〈일하며 배우며〉 제7호 편집위원

영등포여자고등학교 교사 허만길

영등포여자고등학교 특별학급 교사 허만길은 1986년 5월 10일 문교부 장관으로부터 산업체 근로 청소년 교육을 위한 일반 학교(중학교, 고등학교) 특별학급 및 산업체 부설 학교(중학교, 고등학교) 학생용 책 문교부 발행 〈일하며 배우며〉 제7호(1986년 10월 31일 발행) 편집위원으로 위촉받아, 1986년 8월 7일 특별학급 및 산업체 부설 학교 소속 학생들의 좌담회를 개최했다. 이름하여 '일하며 배우며 학생 좌담회'라고 했다. 허만길 편집위원이 직접 사회를 맡았다.

그 내용은 문교부(*뒤에 '교육부'로 명칭 변경) 발행 〈일하며 배우며〉 제7호 141~149쪽(1986. 10. 31.)에 실리었다. 책 〈일하며 배우며〉는 1년에 한 번씩 발행되었는데, 일반 학교 교지의 성격과 비슷했다. 그 책은 전국의 각 특별학급 및 산업체 부설 학교에 여러 권씩 배포되었으며, 국립중앙도서관에도 보관되어 있다.

1986년도 중학교 특별학급은 전국에서 24학교 81학급에 3,419명이 재학하고 있었다. 1986년도 고등학교 특별학급은 전국에서 95학교 1,036학급에 57,481명이 재학하고 있었다.

　　1986년 산업체 부설 중학교는 4학교 11학급에 449명이 재학하고 있었다. 1986년도 산업체 부설 고등학교는 37학교 744학급에 41,736명이 재학하고 있었다. 〈'일하며 배우며' 제7호(1986. 10. 31.)에 나타난 문교부 보통교육국 통계〉

일하며 배우며 학생 좌담회 내용

내용 전문은 문교부 발행 〈일하며 배우며〉 제7호(1986. 10. 31.) 수록

●

■ 좌담회

- 때: 1986년 8월 7일 16시~19시
- 곳: 영등포여자고등학교 특별학급 교무실
- 사회: 허만길('일하며 배우며' 제7호 편집위원, 영등포여자고등학교 특별학급
  교사)
- 참가 학생

(서울 공립) 서울기계공업고등학교 특별학급 학생회장 김만용

(서울 공립) 영등포여자고등학교 특별학급 학생회장 곽춘화

(경기도 안양시, 삼풍주식회사 부설) 풍명실업고등학교 학생회장 이영희

(인천시, 동일방직주식회사 부설) 동일여자상업고등학교 학생회 부회장 채정순

- 녹음: 채선엽, 김순자(영등포여자고등학교 특별학급 방송반)

   (좌담회는 국민의례에 이어, 영등포여자고등학교 김호만 교감선생님
의 환영 말씀이 있은 다음, 오후 4시부터 7시까지 3시간 동안 '역경 속의
면학'이란 공동 운명을 의식하면서, 뜨거운 눈시울, 깨무는 입술, 환희
의 웃음을 번갈며 여름 날씨처럼 뜨겁게 진행되었다.)

김호만 교감: 본교에서 이런 뜻있는 좌담회가 열리게 되어 기쁩니다. 일하며 배우는 학생으로서의 어려움이 참 많을 겁니다. 이 순간에도 열심히 일하는 여러분의 학우들의 모습을 그려 보면서, 여러분의 앞날과 이 좌담회에 좋은 결실이 있기를 바라겠습니다.

사회 허만길 교사: 이 자리에는 서울 거주 학생과 지방 거주 학생이 함께 모였으며, 산업체 부설 고등학교 학생과 고등학교 특별학급 학생이 함께 모였습니다. 그리고 여러분들은 모두 각 학교의 임원입니다.

1977년 산업체 부설 학교와 특별학급이 개설된 이래 10년이 지난 지금, 일하며 배우는 학생들의 생활 모습을 정리하고, 앞으로의 바람직한 생활상을 스스로 인식하고 모색하고, 전반적인 삶의 자세를 진지하게 다지려는 노력이 매우 필요하다고 생각하기에 이 좌담회를 열게 되었습니다.

먼저 각자 소속한 학교와 업체부터 소개할까요?

채정순: 우리 학교는 인천시에 있는 동일방직주식회사 부설 동일여자상업고등학교인데요, 1981년에 개교했어요.

학교가 회사 안에 있기 때문에 교통 문제가 없으며, 시간 여유가 좀 있는 편이지요. 회사가 3교대로 움직이기 때문에 수업도 3교대 수업을 하는데, 같은 학생이 첫째 주는 9시에 시작되는 수업을 하고, 둘째 주는 오후 2시에 시작되는 수업을 하고, 셋째 주는 오후 3시에 시작되는 수업을 하지요. 매일 9시 시작, 2시 시작, 3시 시작 수업이 있는 셈이지요.

수업료는 모두 회사에서 부담하고, 방직의 일을 하기 때문에 여름

철엔 상당히 고역이에요. 종업원은 약 2,000명인데, 학생은 550명쯤 이에요. 교장선생님 외는 모두 여자 선생님들이 우리를 가르치시기 때문에 남자 선생님에게서도 배우는 학생들을 몹시 부러워해요. 여자 선생님들도 한 분 외는 모두 처녀 선생님들이랍니다.(여자 선생님만으로 학생들을 가르친다니까, 모두들 눈이 휘둥그레진다.)

김만용: 저는 서울기계공업고등학교 특별학급에 다니는데요, 학교는 대방동 삼거리 쪽이에요. 군 복무를 마치고 특별학급에 입학했는데, 600여 명의 학생이 열심히 공부하는 것을 보고 많은 감명을 받았어요. 저는 10여 명의 종업원이 있는 동아초경공업사에서 일하고 있어요. 우리 학교는 각 학년이 전기과, 기계과, 전자과로 나누어지는데, 저는 전기과에 소속되어 있어요. 국사 선생님만 여자 선생님이시고, 모두 남자 선생님들이시어, 동일여상고와는 너무나 대조가 되는군요. (모두 웃음) 학교 수업은 오후 6시에 시작돼요.

이영희 : 저는 남자 기성 신사복을 만드는 경기도 안양시의 삼풍주식회사 부설 풍명실업고등학교에 다녀요. 공장장님이 학교장을 겸임하시고, 모두 의류과 과정의 수업을 받아요. 우리 학교는 금년(1986년 2월)에 제6회 졸업생을 냈어요.

회사 종업원은 3,000여 명이고, 학생은 약 650명인데 그중 남학생이 50명이에요. 남학생은 각 학급에 3~4명씩 배정되어 있는데, 말하자면 우리는 남녀 혼성반에서 공부하고 있어요. 남학생이 수적으로 적어 좀 측은한 생각이 들기도 하지요. 회사 일이 오전 7시 30분에 시작되어, 오후 4시 30분에 끝나는데, 우리는 50분 뒤이면 학생 신분으로 탈바꿈하는 요정들이지요.

곽춘화 : 우리 학교는 여러분이 직접 보신 이곳 그대로입니다. 영등포여자고등학교는 특별학급의 요람이며 중심이라고 우리는 생각하면서 노력하지만, 몇 해 전부터 30학급에서 27학급으로, 27학급에서 24학급으로, 그러다가 금년(1986년)에는 19학급으로 학생 수가 주는 바람에 상대적으로 주간 규모에 위축되는 듯한 인상이 있어요.

대통령 각하께서도 다녀가신 우리 학교 특별학급은 학생들이 약 110개의 업체에서 근무하고 있어요.

저는 한국산업수출공단(서울특별시 구로동, 가리봉동에 위치하며, 흔히 '구로공단'으로 부르고 있음.)에 있는 크라운전자주식회사에 다니는데, 아침 8시부터 오후 5시까지 냉방이 된 실내에서 일하고 있어요. 방학 중이라고 해서 특별한 잔업도 강요받지 않아, 비교적 근무 조건이 좋고 개인 시간도 좀 활용할 수 있어요. 1교시 수업은 오후 6시 20분에 시작하여 마지막 4교시 수업은 9시 15분에 끝나요.

채정순: 특별학급은 여러 업체에서 학생들이 모여들기 때문에 모이면 이야기 거리도 많겠군요. 산업체 부설 학교 학생들은 회사의 얼굴이 그대로 학교의 얼굴이에요. (모두들 고개를 끄덕인다.)

사회 허만길 교사: 이번에는 일하며 배우는 학생으로서의 보람과 애로에 대해 이야기를 나누어 볼까요?

채정순: 저는 오빠와 동생의 학업을 위해 제가 자진하여 일반 학교를 포기했어요. 처음 회사의 기숙사에 들어갔을 때는 가족이 보고 싶어 한없이 울었어요. 가정은 너무나 소중한 행복의 보금자리란 걸 그때 알았어요. 회사만 다닐 때는 자신이 초라하기 짝이 없었는데, 학교생활을 겸하게 되니, 배워야 사는 맛이 나는구나, 배움 없으면 무의미하구나, 배운 사람과 안 배운 사람의 차이를 알겠구나 하는 생각이 들었어요.

스승의 사랑, 참다운 우정, 양보와 정신적 성장이 무엇인가도 알았어요. 회사의 온도와 습도 때문에 쓰러지기도 하고, 병원 갈 시간도 내기 어려운 친구를 볼 때면 불쌍하기도 해요. 그러나 우리는 온상 속의 꽃이 아닌, 자립으로 사는 사람이기에 적금 통장을 보며 밝게 웃기도 해요. 고단해서 교실에서 졸지 않을 수 없을 때, 외로움과 고독을 감당하기 어려운 때, 항상 바쁘기만 하고 긴장감이 쌓일 경우가 많지만, 내 삶에 대한 책임과 자립성에 대한 긍지와 보람을 느끼고 있어요.

이영희: 처음 고향을 떠나 부산의 어느 업체에 갔을 때는 엄마가 보고 싶어 고향으로 되돌아오기도 했어요. 현재의 회사에서 6년 동안 일하다 보니, 눈물을 삼키던 세월도 벌써 졸업 사진 촬영에 이르게 되었어요.

스스로 좋은 일도 하고, 궂은일도 남 먼저 하고, 기술을 익혀 사회에 봉사한다는 생각도 하니, 보람도 크지만, 얼마 되지 않는 급료를 받으면서도 공부하고 있다는 내 모습이 무엇보다 자랑스러워요.

남들은 저녁 시간이 되면 부모와 함께 정겹게 식사도 하고 TV도

감상하는데, 우리는 외롭고 고달프게 일한다는 생각이 들 때의 그 심정은 함께 체험하지 않은 사람은 정말 모를 거예요. (모두들 눈시울이 뜨거워진다.) 그렇지만, 배움의 기회를 준 국가에 대한 감사는 너무나 커요. 회사의 상사가 고맙고, 어깨를 두드려 축 처진 어깨를 다시 치솟게 하시는 선생님이 고마워요.

피곤해서 공부가 밀릴 때, 식사 챙겨 주는 사람이 없어 식사를 거르게 되어 위장병 앓는 친구들을 볼 때, 40℃ 이상 되는 작업장에서 8시간 동안 다리미질을 하고서 다리가 부은 채 그래도 배워야겠다는 일념으로 등교하는 모습들을 볼 때, (참석자들은 눈시울을 닦고 입술을 깨물기도 한다.) 이 고생이 앞으로는 더 어려운 일을 극복하는 발판이 되겠지 하는 생각으로 자부심과 용기와 인내를 가다듬어요. 남보다 고생하면 남보다 열심히 사는 결과가 되겠지요. 고난을 뒤로 하고 목표를 향해 뛰어야지 하며 우리는 묵묵해지기도 하지요.

곽춘화: 두 사람의 이야기에 전적으로 공감합니다. 저는 못 배운 열등감 속에 일하면서 서울의 대방여자중학교 특별학급을 나왔어요. 그때의 업체는 고등학교는 보내 주지 않는다기에 다시 회사를 옮겨, 이렇게 고등학교 공부를 하고 있어요. 일반 학생보다 더 피곤하고 더 졸리고, 시간이 너무 부족하고, 체력이 지탱되지 못하는 친구들이 안쓰러워요.

김만용: 1983년에 제대를 하고 건설 업체에 근무했는데, 한 종업원이 일하다가 공부하러 가는 것을 보고 기특하게 여기고 있던 중, 어느 공업 전문대학을 나온 종업원이 나를 무시하기에 돈에 대한 애착

보다는 학업에 대한 관심을 더 크게 가지다가, 마침 현재 다니는 업체에서 취학 동의서를 떼어주고 학업에 지장이 없도록 고려해 주겠다기에 지금 27살의 나이로 특별학급 3학년에 재학 중입니다.

작년부터 월급도 오르고 한 달에 16만 원씩 적금하는데, 모교의 고마움을 영원히 잊지 못할 거예요. 저녁밥을 먹지 않고 등교했다가 수업이 끝난 뒤 밤 10시가 넘어 자취방으로 돌아가 저녁식사를 하는 친구들을 볼 때 참 안타까워요.

사회 허만길 교사: 학교의 특색 있는 학생 활동을 소개하면서 바람직한 학생 중심의 교육 활동 방향에 대해 생각해 볼까요?

곽춘화: 수학여행, 소풍 등은 어느 학교에서나 있겠지만, 금년에 우리 학교에서는 여기 계시는 허만길 선생님의 지도로 첫 '문예 발표회'를 열었어요. 그것은 문예 발표를 통한 전인 교육에 이바지하고, 꿈과 낭만을 가진 젊은이로 성장하고, 인생을 진지하게 관조 추구하는 습성을 기르기 위해서였지요. 학생 문화 행사를 골고루 다하기 어려운지라 휘황한 조명 속에 문예 작품 외에도 노래, 기악, 무용, 촌극 등 다양한 찬조 출연을 삽입하였고, 마지막에는 모두가 흥겨울 수 있는 디스코 춤 시간도 가졌어요. 교내외의 반응은 대단했어요. 한국수출산업공단 본부에서는 〈월간 수출공단뉴스〉 19호(한국수출산업공단 발행. 1986년 6월 1일)에 크게 소개하기도 했어요.

이런 발표회를 개최하니, 숨은 재주꾼이 많음을 알 수 있었어요. 누가 무슨 재주가 있는지 여러 학생 활동을 통해 학생들의 재주를 발굴하고 키워 주려는 노력이 필요하다고 봐요.

김만용: 우리는 5월의 개교기념일을 중심으로 주·야간 합동 체육
대회를 열어 한 울타리 안에서 공부하는 학생들이 한 가족 의식으로
우의를 다질 기회를 가지도록 교장선생님이 애를 써 주셨어요. 지난
번에 남학생이 여자 복장으로 변장하여 출연하는 '여장 미인 대회'를
열었는데, 배꼽이 빠져라 웃었지요. 어느 학교에서나 주·야간의 우
정을 다지게 하고 모두가 한 학교 학생이라는 인식을 심어 주는 일은
꼭 고려되어야 할 것 같아요.

이영희: 우리 하교엔 11월이면 졸업반의 의상 발표회가 있어요. 1
학년 때부터 재단을 비롯 차근차근 배워 3학년이 되면 옷을 처음부터
끝까지 다 만들 수 있어요. 그래서 졸업 전에 전 학생이 1작품씩 자
기가 만든 의상 곧 숙녀복, 결혼 예복 등으로 큰 의상 발표회를 열어
요. 금년엔 이 자리에 모인 여러분께 특별 초대장을 내겠어요. (듣는
이들은 흐뭇하면서도 당연하다는 듯 만족해한다.)
30명으로 구성된 산악회는 가끔 산악 훈련을 가지요. 연극부에서
는 월 1회 연극 관람을 하고 1년에 한 번씩 연극 발표회를 열어요. 예
절반에서는 여성의 예절을 배우고 음식 솜씨를 길러 뷔페식의 큰 잔
치를 열어요. 그리고 전교생은 6폭짜리 병풍 1개씩을 만들어 혼수를
준비하고, 수놓기도 꾸준히 해요.

사회 허만길 교사: 학생 중심의 활동은 문교부 발행 〈일하며 배우며〉

제7호 편집위원 선생님들이 전국의 몇 학교와 업체를 방문한 내용을 책에 실을 예정인데, 나중에 그것을 읽어 보면 상당한 도움이 될 것 같네요. 그리고 각 학교의 주요 행사는 학교의 승인을 받아 가까운 학교의 학생 대표만이라도 초대하는 방법을 검토해 볼 필요가 있을 겁니다.

채정순: 우리 학교는 11월에 '열매전'을 열어요. 금년에는 4회째가 되어요. 귀빈도 참가한 가운데, 강당에서 수예, 조각, 뜨개질 등 각자의 장기를 전시하는 일이지요. 또 바둑반의 활동과 컴퓨터 시설 활용도 대단해요.

사회 허만길 교사: 앞으로의 진로와 인생을 살아갈 자세에 대해 서로 말해 볼까요?

김만용: 졸업장을 받기 위한 대학 진학은 무의미하다고 봐요. 저의 여건으로는 개방대학(*근로 청소년·직장인·시민들에게 대학 과정의 평생 교육 기회를 주는 대학교. 개방대학은 한국에 1981년에 도입되어, 1996년 산업대학으로 명칭이 바뀌었음.)에 많은 미련이 가요. 건전한 삶을 누리면서 상업과 같은 자유업을 하고 싶어요.

채정순: 대학 진학의 욕심은 있으나, 환경이 허락하지 않을 것 같아요. 남은 잘나 보이고 자기는 초라해 보이는 자학을 멀리하고, 자부심을 갖고서 회사에서 원하는 만큼 보답할 수 있는 사무직에 매력을 느끼고 있어요. 슬기와 재치와 적극성을 갖춘 여성이 되고 싶어요.

이영희: 여건만 허락하면 방송통신대학에 진학하고 싶어요. 올챙이 적 생활을 모른다는 소리를 듣지 않게 겸손하고 꼭 필요한 사람이 되고파요. 성실, 근면, 소박을 염두에 두면서요.

곽춘화 : 저는 방송통신대학(*원격 교육 방식으로 교육하는 대학. 한국에는 1972년에 개교한 '한국방송통신대학교'가 있음.) 진학을 고려하고 있어요. 피아노 공부를 열심히 하여 피아노 교습소를 운영하고 싶기도 하고, 공무원이 되고 싶기도 해요. 그 어떤 위치에서 일하든 능력껏 노력하는 여성, 긍정적으로 살아가는 여성이 되려고 해요.

사회 허만길 교사: 여러분은 모두 학생회 임원인데, 학생회 임원으로서의 애로점은 어떤 것이 있을까요?

곽춘화: 임원의 일을 보면서 남몰래 운 적도 있어요. 학생회에서 건의된 사항들이 교무실에서는 학교 사정상 받아들여지지 않고, 학생들 또한 그걸 이해 못 해 줄 때 중간에서 매우 거북해요.

채정순: 반장으로서 55명 모두의 소리를 다 못 들어 줄 때, 그리고 휴식 시간 5분 동안에 학급 일이나 선생님의 심부름으로 마구 뛰어다닐 때 반장은 너무 책임량이 많음을 절감해요.

이영희: 우리는 산업체 부설 학교이므로, 학생들이 애교심보다 애사심이 커서 어려운 점이 있어요. 열 번 잘 해도 한 번 실수하면 욕을

듣는 경우 임원은 외로운 것 같아요. 저녁도 못 먹고 학교의 지하에서 4층까지 뛰면서 일해야 할 때면 너무 바쁘고 고역스러워요. 나이든 학생들은 데이트를 위해서 멋 부리는 경우도 있는데, 일률적으로 학생 선도 규정을 적용하지 못할 때도 괴롭고요.

김만용: 저도 전체 학생의 소리와 선생님들과의 사이에서 이럴 수도 저럴 수도 없을 때 참 난처해요.

사회 허만길 교사: 5분간의 휴식 시간에 반장이나 회장으로서 혼자 뛴다는 것은 힘겨우므로, 선생님들과 상의하여 학급의 부장들과 일을 분담하도록 하는 방법도 좋을 것입니다. 임원은 임원으로서의 도리를 늘 생각하고 연마하면서 설득과 격려와 통제와 창의와 융화를 원만히 발휘하도록 해야 할 것입니다.

그러면 산업체 근무 학생으로서 우리들 주변에 바라고 싶은 사항이 있으면 말해 보세요.

채정순: 우리들이 더 이상 어렵지 않고 순탄한 배움의 길을 걷도록 더욱 배려해 주면 좋겠어요. 그리고 사회에서 일반 학교 졸업생과 부설 학교 및 특별학급 졸업생에 대해 차별 대우를 하지 않았으면 해요. 또 객지에서 기숙사 생활을 하는 학생 중에는 인간관계로 말미암아 정신적 고민을 감당하지 못하고, 혼자서 끙끙 앓으면서 신경성 질병의 상태로까지 가는 수가 많은데, 학교나 회사에서 적극적인 상담은 물론 기분 전환, 긴장감 해소, 우정 나누기에 도움이 되는 방안들

을 제시해 주면 좋겠어요.

이영희: 여러 회사가 학업에 지장을 줄 정도로 학생들에게 연장 근무를 하게 하는 경우가 많다는데 개선되었으면 좋겠어요. 우리들이 일반적으로 다른 사람보다 잘하더라도 한 가지만 잘못하면, 사회인들은 야간 다니는 학생이니까 저럴 수밖에 없다는 식의 핀잔을 줄 때면, 하늘이 무너지는 듯하고 큰 화살에 맞은 듯해요. 사회인의 선입관이 해소되었으면 해요.

사회 허만길 교사: 일반인의 사고방식에서 당착과 모순이 생겨 일어난 일은 일반인이 반성해야겠지만, 그런 사고방식에 조금도 실망하지 말고, 꿋꿋이 살아간다는 긍지와 자부심의 인식도 중요합니다.

김만용: 기숙사가 없는 업체의 학생들을 위해, 학생들이 원한다면 누구나 기숙사 생활을 하면서 주경야독할 수 있도록 기숙사 시설도 계획되었으면 해요.

곽춘화: 일반 학교만큼 학생 행사를 다 못 할지라도, 산업체 근무 학생들을 위해 학교에서 해야 할 최소한의 학생 행사를 문교부에서 각 학교에 제시해 주면 좋겠어요. 어떤 학교는 생활관 교육, 야영 대회, 하계 해양 훈련, 음악 경연 대회, 문예 발표회, 종합 전시회, 방송제를 하는데, 어떤 학교는 운동회, 소풍, 수학여행 외는 별다른 행사를 안 해 아쉬워하는 경향이 있거든요.

친구들의 이야기를 들어 보면, 어떤 회사는 종업원을 학교 보내는 일을 단순히 회사를 그만두지 못하게 하는 수단으로 생각하고 학생들의 공부에 대해서는 탐탁잖게 여기는 경우도 있는 것 같아요. 그런 회사들도 국가에서 잘 타일러 주면 좋겠어요.

사회 허만길 교사: 이제 마지막으로, 일하며 배우는 학생인으로서의 각오를 한 마디씩 남겨 볼까요?

이영희: 다른 사람보다 위로받을 곳도 많지 않으므로, 우리 자신이 우리의 스승이 되어 때로는 우리보다 더 못한 처지의 사람들을 생각하며 끊임없이 오뚝이처럼 일어서려는 자세를 지녀야겠어요.

채정순: 인내와 적극성과 수긍적 자세로 자기 언행에 책임을 지면서, 좌절하지 말고, 나은 미래와 더 큰 목표를 향해 밝고 건강하게 나아가야겠어요.

김만용: 어려움에 패배하면 우리도 하찮은 인간으로 전락할 수밖에 없잖아요? 오늘보다 내일을 생각하며 어려움을 이기는 의연한 자세로 행동화해야겠어요.

곽춘화: 노력한 만큼 얻어지리라 믿어요. 훌륭한 사람이라 해서 반드시 좋은 조건에서 산 것은 아니기에 노력하는 사람에게 꼭 그 보람이 열릴 것이라는 신념을 가져야겠어요.

사회 허만길 교사: 우리들의 이야기는 지금까지의 3시간만으로는 너무나 부족해요. 하지만, 오늘은 시간 관계로 마무리를 지어야겠군요.

여러분의 이야기는 전국 160개 산업체 부설 학교 및 특별학급에서 공부하는 학생들에게 많은 생각을 가다듬게 할 것입니다. 여러분의 진지한 생각과 생활을 여러분과 함께 생활해 보지 않은 사람이면 감히 짐작하기 어려울 것입니다.

주위 사람들이 여러분의 아프고도 축복된 생활을 다 이해하지 못한다 할지라도, 여러분은 영광의 삶을 이미 걷고 있음을 자부하십시오.

부모의 힘으로 편히 공부하는 사람은 그 자립된 삶이 늦게야 시작되지만, 이미 여러분은 이 세상을 용기와 의지와 인내로 모든 불우를 딛고 일어서 사회와 세상의 상당한 높이의 기둥이 된 셈입니다. 여러분은 사회와 세상을 버티는 기둥을 일찍부터 눈물겹게 실천하고 있으니, 영광 받을 삶을 살고 있는 것입니다.

많은 사람의 삶의 본보기가 되어 있음을 명심하고서, 계속 일하며 배우며 살아가는 사람으로서 서로가 우정을 다지는 한편, 어디에 있든 기둥으로서 자신과 가정과 이웃과 세상을 지탱하는 데 큰 힘이 되어 주기 바랍니다. 따뜻이 충고하고 격려하고 위로하면서 착하고 강하게 살려는 마음씨를 부디 잃지 말기 바랍니다.

감사합니다.

– 출전: 허만길, '일하며 배우며 학생 좌담회'. 〈일하며 배우며〉 제7호 141~149쪽(발행 문교부. 1986. 10. 31.)

제3부

1986년
특별학급 설치 학교 ·
산업체 부설 학교 ·
업체 방문기

허만길

특별학급 설치 학교·산업체 부설 학교· 업체 방문기

◆

문교부 〈일하며 배우며〉 제7호 편집위원

영등포여자고등학교 교사 허만길

나(허만길)는 1986년 5월 10일 문교부 장관으로부터 산업체 근로 청소년 교육을 위한 일반 학교(중학교, 고등학교) 특별학급 및 산업체 부설 학교(중학교, 고등학교) 학생용 책 문교부 발행 '일하며 배우며' 제7호(1986년 10월 31일 발행) 편집위원으로 위촉받았다. 책 '일하며 배우며'는 1년에 한 번씩 발행되었는데, 일반 학교 교지의 성격과 비슷했다.

편집위원은 모두 8명이었는데, 문교부 관계관 4명과 고등학교 교사 4명으로 구성되었다. 문교부 관계관은 박병용(문교부 보통교육국장), 류근하(문교부 보통교육국 교육행정과장), 신양승(문교부 교육행정과 행정주사), 하현삼(문교부 교육행정과 행정주사보) 님들이었는데, 관계관들은 주로 편집의 기본 지침 제시와 필요한 행정 지원을 했다.

책 편집의 실무적인 일은 고등학교 교사 4명이 추진했다. 교사 출신 편집위원은 박기복(성동여자실업고등학교 교사. 표지화 및 삽화 담당), 이우식(서울기계공업고등학교 교사), 전대석(서울여자고등학교 교사), 허만길(영등포여자고등학교 교사) 님들이었다.

교사 출신 편집위원들은 각각 문교부 직원 1명과 짝이 되어, 전국 각 지역을 나누어 특별학급 설치 학교와 산업체 부설 학교와 학생들이 땀 흘리며 일하는 업체를 방문하여, 그 방문기를 책에 실었다.

박기복 편집위원은 문교부 허현욱 님과 함께 서울·인천·경기 지역 학교와 업체를 방문하였고, 이우식 편집위원은 문교부 민병제 님과 함께 전북·전남 지역 학교와 업체를 방문하였고, 전대석 편집위원은 문교부 서세현 님과 경남·부산 지역 학교와 업체를 방문하였고, 허만길 편집위원은 문교부 하현삼 님과 함께 충남·대구·경북 지역 학교와 업체를 방문하였다.

아래에 내가 문교부 하현삼 님과 함께 충남·대구·경북 지역 특별학급 설치 학교·산업체 부설 학교·업체를 방문한 기록을 옮긴다. 원문은 문교부 발행 〈일하며 배우며〉 제7호 129~140쪽(1986. 10. 31.) '충남·대구·경북 지역 학교·업체 방문기'에 실려 있다.

학교·업체 방문기

충남 · 대구 · 경북 지역 특별학급 설치 학교 · 산업체 부설 학교 · 업체 방문기

문교부 〈일하며 배우며〉 제7호 편집위원
영등포여자고등학교 교사 허만길

　칠월은 무덥지만은 않다는 것을 실감할 수 있었다. 찐한 햇볕이 어제와는 퍽 대조되게 철든 처녀처럼 다소곳한 수그림으로 온갖 풀 내음과 꽃 내음과 물 내음을 싣고 산들산들 우리의 현장 방문을 시중들어 주었다. 고생스럽게 일하며 배우는 우리의 장한 알뜰이들과 이들을 뒷바라지하고 이끌어 주는 많은 분들에게 이 여름이 계속 시원할 수 있다면 얼마나 좋을까 하는 생각이 그칠 줄 몰랐다.

　문교부 보통교육국 교육행정과의 하현삼 님과 1986년 7월 2일 오전 11시 50분에 대전행 고속버스에 몸을 실었다. 충남, 대구, 경북 지역의 산업체 부설 학교, 정규 학교 특별학급, 업체를 방문하면서, 하현삼 님은 교육 행정의 여러 면을 현장의 실무진과 진지하게 이야기 나누면서 현장의 보람과 애로점에 정성을 다해 귀 기울였으며, 나는 나대로 책 발행을 위한 편집위원으로서만이 아니라, 한 사람의 교

육자로서 그리고 교육을 위한 한 사색인으로서 많은 것을 얻고 감동하고 연민할 수 있었다.

■ 충남교육위원회

맑고 한적한 분위기의 충남교육위원회에 들렀다. 이보륜 과학기술과장, 임상수 관리과장과 인사를 나누었다.

산업체 부설 학교 및 정규 학교 특별학급에 관한 지식이 높아, 특별학급을 착실히 운영해 보겠다는 의욕으로 자진해서 특별학급 운영을 신청하는 학교도 있다고 한다. 회사가 불경기로 어려움을 겪을 때는 산업체 부설 학교 학생들에게 영향이 있을까 봐 교육위원회에서는 마음 쥘 때가 많다고 한다.

충남에는 19개교의 산업체 부설 학교 및 특별학급이 있는데, 중학교 과정이 6개교, 고등학교 과정이 13개교이다. 충남 지역의 산업체 부설 학교 및 특별학급의 일반적인 운영 실태에 관한 이야기를 듣고, 조장희 장학사와 관리과의 복기운 님과 함께 대전시 중구 유천동에 자리 잡은 금하방직주식회사 부설 학교인 홍은여자고등학교로 향했다.

■ 홍은여자고등학교(금하방직주식회사 부설)

학교장과 사장은 사제 관계: 대지 4만 평 규모의 금하방직주식회사에 들어서자, 첫인상에 소탈하면서도 열성적인 모습의 홍은여자고등학교(대전시 중구 유천동) 민영찬 교장이 학교 현관까지 마중 나왔다.

"이 건물이 바로 공장 사무실로 쓰이던 곳인데, 학교 건물로 개조되었습니다."

민영찬 교장은 우리를 교장실로 안내하며 말했다.

금하방직주식회사 사장과는 사제 관계라고 한다. 산업체 부설 학교 설립과 기초를 다져 달라는 사장의 청을 받고, 1985년 3월에 본교의 초대 교장으로 부임한 민영찬 교장은 1983년 대전 시내 공립 중학교 교장직에서 정년퇴임을 한 분이다. 건장한 모습으로 본교의 교육 목표와 교육 추진 중점 사항을 설명하는 민영찬 교장의 어조에는 소박한 가운데 뚜렷한 교육 신념이 담겨 있었다.

현재(1986년) 1학년 5학급, 2학년 8학급으로 조직된 본교의 총 학생 수는 778명으로서 내년에 회사와 학교가 충남 연기군 남면 새 부지로 이사하게 되면, 학교의 면모가 더욱 새로워질 것이라고 했다.

저축, 덕성, 기초 교육의 강화: 나라와 겨레를 사랑하고 부모님께 효도하는 사람, 근면 절약하고 굳세게 사는 사람, 맑은 마음 밝은 행동으로 아름다운 생활을 즐기는 사람, 예의 바른 여성, 기초 학력의 충실 등을 강조하고 있는 본교는 상용 기초 한자 및 기초 영어 단어의 지도에 꾸준한 평가 분석이 진행되고 있었다.

여성으로서의 덕성을 함양하도록 하기 위해 본교는 착한 마음씨, 고운 말씨, 순결, 단아한 의생활(衣生活), 능숙한 수공예 등에 중점을 두고서, 요일별로 학교장 훈화의 날, 정서 순화의 날, 보건의 날, 명상의 날, 담임 훈화의 날, 새마을의 날을 정해 지도하고 있었다. 그리고 학생 각자의 집안 내력, 조상 묘소, 가훈을 파악하게 하는 뿌리 찾기 교육도 성의 있게 진행하고 있었다.

또 본교에서 크게 관심을 가지고 있는 것은 학생 개개인에 대한 저축 장려다. 본교 재학 기간 3년 동안 적립한 저축액과 퇴직금을 합치면 혼인 준비와 살림 도구 마련에 큰 도움이 되도록 저축 편의를 돕고 있었다. 학교에서는 상당한 학생이 500만 원을 쥐고 퇴직할 수 있으리라고 전망했다.

회사 경영진의 교육열: 금하방직주식회사는 오융승 사장이 합동방직주식회사를 인수하여 금하방직주식회사로 상호를 변경했는데, '금하'라는 이름은 평양 부근에 있는 사장의 고향 이름이라고 한다.

사장이 6.25 전쟁 때 바로 이 회사 근처에서 피란 생활을 했다고 한다. 사장과 홍은여고 교장과는 사제 관계에 있고, 사장과 백영순 교감과는 고향의 소꿉친구다. 그래서인지, 회사와 학교의 경영진은 서로 격의 없이 학교 운영에 관해 토론한다고 한다.

학교 운영의 주요 교무 협의회에는 회사에서 교육에 대한 관심이 가장 높은 조홍래 이사가 꼭 참석하여 회사의 사정이 허락하는 한 지원하려고 애쓴다.

오융승 사장은 교육의 재미가 무엇인지 날이 갈수록 이해가 간다며, "풀이 자라듯 하루하루가 다른 교육의 맛에 큰 보람을 느낀다. 정말 투자 가치가 크다. 우리 학교에서 대학 입학자도 나올 수 있다면……." 하면서 한 달에 한 번씩은 교실을 순회하며 학생들과 하루를 보낸다고 한다.

금하방직주식회사 부설 홍은여자고등학교는 이제 걸음마를 시작한 학교이기에 아직은 힘겹고 미비한 점이 한두 가지가 아닐 것이다. 가능성과 열정과 의지가 담긴 기대되는 산업체 부설 학교로서 인상이 깊었다.

■ 금하방직주식회사

"현재를 우습게 여기면서 어떻게 미래는 좀 나아지리라고 보장할 수 있을까.", "지금 하라." 등의 표어를 부각시킨 밝은 분홍빛 커튼으로 단장된 교실을 지나서, 학생들이 일하고 있는 금하방직주식회사의 현장을 둘러보았다.

이 회사는 약 2만 평의 공장 건물에서 실과 천을 뽑아내는데, 그 원료인 솜(원면)은 미국, 브라질, 파키스탄 등에서 수입하여, 그것을 가공한 실과 천을 다시 대부분 외국으로 수출한다.

2,100명의 남녀 사원 중 900명이 기숙사 생활을 하는데, 학생들은 3교대로 근무하고 있었다. 작업장에 따라, 조용한 곳과 기계 소리가 요란한 곳이 있는가 하면, 공기가 깨끗한 곳과 솜털이 날리는 곳도 있었다. 나는, 학생들에게 좀 불편하더라도 안전 규칙을 잘 지키며, 귀마개와 입가리개를 잘하라고 했다.

생산부에 근무하는 2학년 김기숙 양은 친구 30명과 사진부에서 특별활동을 하는 것이 즐겁다고 했다. 또 어떤 학생은 음악 경연 대회, 백일장에 이어, 이번 여름 전교생이 대덕군 기성면에서 즐길 하계 수련 대회(해양 훈련)가 몹시 기다려진다고 했다.

■ 대구직할시교육위원회

　대구직할시교육위원회는 과거 학교 건물이던 것을 교육위원회 청사로 사용하고 있었다. 벽돌마다 세월에 그을고 학생들의 배움의 기상이 서려 있는 듯했다. 그러나 구식 건물인지라, 현대식 냉방 장치도 보이지 않을 뿐 아니라, 차디찬 눈보라를 막기에 도움이 될 이중창문으로 개조하기도 어려운 건물인 것 같아, 나는 곧 살을 에는 겨울철이 연상되었다.

　"교육위원회별로 근검 정신 경진 대회를 열면, 아마도 대구직할시교육위원회가 단연 우승할 것 같습니다."

　배창호 관리과장에게 이렇게 말을 건넸더니, 관리과장은 좀 더 참고 견뎌야 되지 않겠느냐며 털털하게 웃었다.

　대구는 섬유 업체가 주종인 도시인데, 올해는 경기 활성화로 산업체 부설 학교나 정규 학교 특별학급 입학을 자원하는 학생도 상대적으로 늘어났다고 한다. 우리는 관리과 김태문 님의 안내로 업체와 학교의 현장 방문에 나섰다. 그런데 대구직할시에는 1986년 현재 10개교의 부설학교 및 특별학급이 개설되어 있고, 그 가운데 중학교 과정은 1개교이고, 나머지는 고등학교 과정이다.

■ 이현여자실업고등학교(갑을방적주식회사 부설)

　갑을방적주식회사의 부설인 이현여자실업고등학교(대구직할시 서구

중리동)는 1984년 3월에 가정과, 섬유과, 상과의 3개 과정으로 나누어 신입생을 뽑아, 지금(1986년)은 3개 학년 29학급으로 편성되어 있다.

갑을 계열 기업은 모두 7개 회사인데, 본교는 그 가운데 갑을방적주식회사와 갑을견직주식회사 소속의 학생 1,500여 명으로 편성되어 있다.

공장이 휴일과 명절 외는 밤낮으로 가동되기 때문에 학생들은 2부제 수업을 하고 있다. 오전반이 9시 20분부터 시작되고, 오후반이 3시 20분부터 시작된다. 배창석 교무주임과 갑을방적주식회사의 윤종린 총무부장은 회사가 아무리 바쁘더라도, 학생들을 학교에서 수업하지 못하게 하는 변칙적인 방법은 절대 취하지 않는다기에 학교와 회사의 상호 신뢰가 높으리라 짐작되었다.

마침 학기말 고사가 진행되는 중이라 학생들은 시험에 열중하고 있었는데, 말쑥하고 산뜻한 학교 건물은 학생들의 학업 분위기를 잘 조성할 것 같았다.

창작 무용 발표회 개최: 보통 교실 2개 크기 정도의 생활관 겸 무용실은 해마다 학생들이 그룹을 만들어 푸른 잔디로 단장된 넓은 운동장에서 개최한다는 무용 발표회의 싱그러움과 가을철에 행해질 예절 교육의 아늑한 분위기를 연상하게 했다. 도서실, 과학실, 음악실, 강당, 가사실 겸 시청각실을 둘러보면서, 다양하게 전개되는 교육활동이 학생들에게 값진 꿈을 심어 주리라 믿었다.

종합 전시회 개최: 체육 대회, 음악 경연 대회 외에도 미술, 수예, 서예 등으로 구성된 종합 전시회를 열고, 응급 처치를 핵심으로 하는 교련 검열 행사도 개최한다니, 일반 학교에 못지않은 향학열이 예사

로 여겨지지 않았다.

대부분 3개 이상의 통장을 지니고서 열심히 저축하고 배우는 본교의 학생들은 내년 2월이면 과연 지금의 3학년 학생들이 본교에서 발행하는 첫 회 졸업장을 안아 볼 수 있을 것인가 하며 자못 설레는 마음을 감추지 못한다고 한다. 그런가 하면, 회사와 학교는 학부모가 자녀들을 본교에 입학시키기만 하면, 안심하고 고등학교를 졸업할수 있도록 온갖 뒷바라지를 아끼지 않을 각오가 되어 있다고 한다. 사장은 멀지 않아 교실마다 좋은 비디오 시설도 설치할 계획을 세워놓고 있다고 회사의 윤종린 총무부장이 귀띔했다.

■ 동국화섬공업주식회사

대구의 비산 염색 공단에 자리 잡고 있는 동국화섬공업주식회사를 찾았다.

이 회사는 주로 합성 직물이나 실을 염색하고 나염하는(무늬 찍는) 일을 하는데, 1986년 현재 총 사원 1,160명 중 165명이 특별학급에 소속되어 있다. 1·2학년 94명은 구남여자상업고등학교에, 3학년 71명은 경상여자상업고등학교에 다닌다.

회사가 밤낮으로 가동되기 때문에 학생들이 오후 4시에 학교 수업을 마치고 돌아와 야간작업을 해야 할 경우가 있지만, 하루 8시간 근무 조건은 철저히 지켜 준다고 정철우 총무는 말했다.

'인화 단결', '솔선수범', '책임 완수'를 강조하고 있는 이 회사는

1970년에 설립되어, 1971년에 수출품 생산 지정 업체로 선정되고, 1980년에 조세의 날 석탑산업훈장, 노동절 철탑산업훈장을 수상하고, 1985년에는 전국 공장 새마을 품질 관리 경진 대회에서 동상을 수상했다. 자산 2억 3천만 원의 직장 금고 운영, 거의 원가 판매의 구판장 운영, 주 1회의 소극장 운영 등을 하고 있다.

정철우 총무는 학생들의 체력이 허약해 보일 때가 몹시 안타깝다며, 학생들을 통근 버스로 등교시킨다고 한다. 회사의 경기가 좋을 때는 학생들에게 사장이 선물과 표창으로 격려를 하기도 한다.

■ 대구경희여자고등학교 특별학급

대구경희여자고등학교(대구직할시 북구 침산동) 특별학급은 1979년에 6학급 378명의 산업체 근무 신입생을 배정받은 것을 시작으로 하여, 지금(1986년)은 16학급 909명의 재학생이 '참된 사람', '봉사하는 사람'의 교훈 아래 배움을 다져 나가고 있다.

건강 상담 실시: 권희태 교장은 특별학급 운영에 관해 남다른 의욕을 보이면서, 교육위원회나 기업체에 분주하게 다니며 활발한 의견 교환과 협조를 모색한다는 소문이 나 있었다.

그것은 본교의 특별학급 운영에 관한 교육적인 문제 분석과 해결 방안에도 잘 정돈되어 나타나 있었다. 그 가운데는 학생 상담의 미흡, 정서 함양 기회의 부족, 건강 장애로 인한 중도 탈락 학생의 발생, 일부 학생의 낭비 성향 등이 문제점으로 드러났다.

이를 해결하기 위해 모든 교사의 1일 1학생 이상 상담하기, 회사의 기숙사 사감과 긴밀히 협조하기, 자취 학생 집 방문, 도서실 활용, 특별활동의 충실, 저녁식사 시간 활용 건강 상담, 안전사고 예방, 학급별로 매일 1명씩 3분 발표하기, 저축 장려, 소비 성향 분석, 가계부 활용 등을 지도 사항으로 내세우고 있었다.

이는 다른 학교에서도 참고가 될 사항들이었다. 그리고 권희태 교장은 차량 통행의 폭주로 등하교 학생들의 안전사고 예방을 위한 학교 앞 신호등 설치, 면학 기풍 강화 및 정서 함양을 위한 도서 확충, 그리고 옥내 휴게실 시설 보완을 현재의 큰 애로 사항으로 내세우고서, 이를 위해 계속 부지런히 뛰어 보겠다는 열의를 나타냈다.

생활관 운영의 실효: 컴퓨터 시설은 학생들에게 충분한 첨단 실습을 할 수 있을 것 같았다. 2학년이 되면, 누구나 참가하게 되는 생활관 실습은 생활관 실습을 받지 못하는 다른 학교 특별학급 학생들에게는 부러운 일이 아닐 수 없다.

그리고 특별학급 학생의 실정을 잘 고려한 생활관 실습 과정은 다른 학교에도 참고가 될 것 같았다.

구분	시 간	지도 내용
제1일	16 : 30 ~ 16 : 50	입관 및 학습 일정 계획
	16 : 50 ~ 17 : 20	식사 준비, 청소
	17 : 20 ~ 18 . 10	식사 및 정리
	18 : 10 ~ 19 : 10	한복 입는 법(속옷, 고름, 버선)
	19 : 10 ~ 20 : 10	절하기(큰절, 평절)
	20 : 10 ~ 21 : 00	반상기 다루기
	21 : 00 ~ 21 : 30	평가 반성, 뒷정리
	21 : 30 ~ 21 : 10	문단속, 귀가

제2일	16 : 30 ~ 17 : 20	식사 준비
	17 : 20 ~ 18 : 40	식사 및 정리
	18 : 40 ~ 19 : 30	꽃꽂이
	19 : 30 ~ 20 : 00	다과상 차림, 냅킨 접기
	20 : 00 ~ 21 : 00	예절
	21 : 00 ~ 21 : 30	평가 반성, 기념 촬영
	21 : 30 ~ 21 : 40	문단속, 귀가

본교의 학생들은 성안섬유주식회사, 남선물산주식회사, 한국화섬 주식회사 등 36개 업체에 취업하고 있는데, 학교장은 학생들의 교육 효과를 높이기 위해 많은 산업체와의 유대 강화를 소홀히 할 수 없다 고 했다.

■ 구남여자상업고등학교 특별학급

부녀 봉사단의 급식 제공: 1980년 3월 첫 입학식을 가진 구남여자 상업고등학교(대구직할시 서구 내당동) 부설 특별학급에는 금년(1986 년)에 1학년 6학급, 2학년 6학급, 3학년 3학급 모두 15학급에 876명 이 대한방직주식회사, 동국무역주식회사 등 17개 업체에 다니면서 재적하고 있다.

본교의 조용문 교장은 올해는 학생들의 건강 문제에 특별한 관심을 가지기로 했다는데, 다른 학교에서도 유념해야 할 일이었다.

학생들 중에는 위장병, 관절염, 무좀으로 고생하는 예를 많이 볼 수 있으며, 학업 중도 탈락자의 약 50%가 체력의 한계 때문이라는 결론을 얻었다고 한다. 그래서 본교는 학생들이 제때 식사하기와 꼭 하루 세 끼씩 먹기 지도를 하고 건강에 관한 홍보 교육을 강화하고 있다.

대구직할시적십자사에서는 부녀봉사단을 통해 대구공업고등학교 특별학급 학생, 중앙상업고등학교 야간학급 학생, 그리고 본교 특별학급 학생 중 희망자들에게 반찬값 50원씩만 받고 저녁식사로 일반 음식점 가격 300원에 상당하는 라면을 제공하고 있는데, 이것은 회사에서 저녁식사를 하지 못하고 등교하는 학생들에게 큰 도움이 되고 있었다.

우리가 구남여자상업고등학교 식당 현장에 가서 알아보니, 하루에 150명 내지 170명의 학생이 각각 평균 한 봉지 반의 라면을 먹는다고 했다.

적십자반의 조직: 산업체 부설 학교나 정규 학교 특별학급에서는 대외적인 유대의 특별활동을 펼쳐 나가기가 퍽 어려운데, 본교는 작년부터 R.C.Y반(적십자반)을 조직해 대외적인 유대 관계의 특별활동을 하고 있다.

현재 75명의 적십자 반원이 4월에는 신천교 시냇물에 나가 자연 보호 활동을 벌였고, 어린이날에는 두리산 공원에서 어린이 이름표 달아 주기, 길 잃은 아이 찾아 주기, 음료수 떠 주기의 일을 벌였다, 경북 경산군 하양읍에서 양파 뽑기의 농촌 일손을 돕고, 대구·경북 지역 적십자단 전체 체육 대회에도 참가했다. 여름방학 중에는 영일군 월포리에서 열리는 적십자단 합동 하계 수련회에도 참가할 것이라고 한다.

김수복 양의 저축 미담 : 본교 2학년에 재학 중인 김수복 양은 국민학교를 졸업한 직후인 13살 때부터 회사 생활을 하면서, 대구 경명여자중학교 특별학급을 졸업하고 본교 특별학급에 입학했다.

아버지를 여의고서 어머니를 도우면서 동생 3명의 학업을 뒷바라지하고 있는 김수복 양은 11년 동안 절약과 저축을 꾸준히 실천하여, 가족들에게 500만 원짜리 전세방을 마련해 주었다. 또 470만 원짜리 재형저축, 250만 원짜리 정기예금, 320만 원짜리 정기적금을 넣어, 고등학교를 졸업할 때면 1,000만 원 이상의 저축금을 찾게 된다.

우리는 교장실에서 김수복 양의 효성과 우애와 저축 정신을 칭찬해 주었다. 김수복 양은 한동안 관절염을 앓으면서도 모범 회사원, 모범 학생으로 지내 왔는데, 마음도 착하고 의지도 굳세어 친구와 어른들의 많은 관심을 모으고 있었다.

■ 경북교육위원회

운치 있게 다듬어진 경북교육위원회의 정원을 바라보며 관리과에 들렀다. 박상태 행정계장을 비롯하여 관리과 직원 및 과학기술과의 담당 장학사와 인사를 나누었다.

교육위원회에서는 산업체 부설 학교와 정규 학교 특별학급에 대해서도 착실한 장학 지도를 계획하고 있다기에 교육 성과가 더욱 크게 기대되었다. 특히 박상태 행정계장은 산업체 부설 학교 및 특별학급 운영에 따른 행정적 여러 사항에 대해 그동안 고심하고 연구했던 일들을 조목조목 정리하여 문교부의 하현삼 님과 진지하게 상의했다. 철저하고 탐구적인 행정 자세가 몹시 좋아 보였다.

경북의 산업체 부설 학교 및 특별학급은 구미, 현풍, 포항, 달성, 경산, 월성, 경주 등에 광범위하게 분포되어 있는데, 13개교의 산업체 부설 학교 및 특별학급 가운데 중학교 과정이 1개교이고, 나머지는 고등학교 과정이다. 우리는 먼저 관리과 성태환 님의 안내로 경산읍에 자리 잡은 제일합섬주식회사 부설 성암여자실업고등학교를 찾았다.

■ 성암여자실업고등학교

제일합섬주식회사의 공장을 돌아서니, 공장의 기계 소리는 언제인 듯 잠잠해지고, 많은 살구나무들과 푸른 잔디 운동장을 정면에 둔 아늑한 차림의 한 건물이 있었다. 그 뒤로는 잔잔한 저수지가 금방이라도 조각배와 보름달을 맞이하고픈 양으로 잔뜩 정감의 나래를 감추지 못했다. 성암여자실업고등학교(경북 경산군 경산읍 중산동)는 시끄러운 기계 소리를 달래고, 그 속에서 혹시나 지칠지도 모를 소녀들의 청순한 호흡을 쓰다듬어 주리라는 심성으로 전원적인 풍치를 배경 삼아 그윽하고도 탐스럽게 서 있었다.

우아한 교복 차림: 1978년 3월에 개교한 본교는 올해(1986년) 1학년 3학급, 2학년 6학급, 3학년 6학급 모두 15학급 692명의 재학생이 가정과, 섬유과로 구분되어 있다. 학생들은 회사에서 마련해 준 하얀 상의에 자주색 치마 차림의 우아한 교복으로 2부제 수업을 하고

있었다.

예쁜 디자인의 교복을 입은 학생들에게 자신들의 교복 착용에 대해 어떻게 생각하는지 물었더니, 학생회장 한잠순 양은 학생다운 품위 유지와 사치 풍조의 배격과 불과 몇 벌만으로도 졸업 때까지 옷 걱정을 하지 않아도 되는 절약 때문에 대부분의 학생이 좋아한다고 했다.

악대반의 활약: 본교는 특별활동이 실질적인 성과를 거둘 수 있도록 노력하고 있으며, 꽃꽂이 강습, 가사 실습 등에는 회사에서 아낌없는 예산 지원을 한다고 했다. 그중에도 24명으로 구성된 관악대는 독자적인 발표회도 가끔 열 뿐 아니라, 학교나 회사의 중요 행사 때는 자신들의 실력을 한껏 발휘하게 된다. 악대반은 경북 도내 음악 경연 대회에도 참가한 경력이 있으며, 졸업생 중에는 대구 백화점 악단에 취업한 경우도 있다. 악장 조정숙 양은 반원들이 열심히 연습하고, 회사에서 연습 기회를 주기 때문에 좋은 성과를 거두고 있다며, 음악 특기생으로 대학에 진학하는 것이 소망이라고 했다.

기숙사의 편의: 교장실에서 진계술 교무주임, 김일동 학생주임, 제일합섬의 이성호 인사 담당 대리와 이야기를 나눈 뒤에는 학생회 임원들과도 짤막한 대화의 시간을 가졌다.

천미숙 양은 친구들이 부득이한 사정으로 학교를 그만둘 때가 몹시 안타깝다고 했다. 학생회 활동을 다양하게 이끌어가려고 노력한다는 한잠순 양은 우리를 기숙사 시설로 안내하면서 친구가 몸이 아파 집 생각을 할 경우와 인간관계로 고민할 때면 어떻게 도와주어야 할지 모르겠다고 안타까워했다. 나는 이런 문제는 어느 누구에게나 일어날 수 있는 중요한 일이지만, 선생님의 힘만으로도 해결하기 어려우므로, 학생들 스스로도 중요한 연구 과제로 삼고 과제 해결을 위해 상호 협조하려는 자세부터 모색하면 길이 열릴 것이라고 했다.

'매', '란', '국', '죽' 4채로 된 기숙사는 방 하나에 10명씩 거처할 수 있게 오붓한 짜임새를 이루고 있었다. 도서실 외에도 목욕탕, 세탁소, 세면실, 다리미실, 가사 실습실, 강당, 미용 체조실, 미용실, 서예실, 꽃꽂이실, 휴게실, 그리고 비디오 시설과 탁구대와 조명 시설을 갖춘 다용도실이 있었다. 기숙사의 편의 시설은 풍족하고 깨끗했다.

학생회 부회장 윤영희 양은 기숙사의 골마루에 게시된 시는 문예 발표회 때의 학생 작품이며, 하계 해양 훈련이 학생들에게 많은 활력소가 되며, 매주 목요일은 기숙사의 꽃꽂이 날이라는 등의 친절한 설명을 했다. 장래의 희망을 묻는 말에 대학에 진학하여 일본어 회화를 유창하게 하여 활용하고 싶다고 했다.

■ 제일합섬주식회사

기계는 즐비하고 사람은 띄엄띄엄한 것이 첨단 기술을 대변하고 있었다. 제일합섬주식회사는 경산 공장과 구미 공장이 있는데, 우리가 방문하고 있는 경산 공장에서는 연간 5천만 명의 사람에게 옷 한 벌씩을 만들어 줄 수 있는 6천만 야드의 복지를 생산한다고 했다.

제일합섬의 매출액은 1984년 2,000억 원이던 것이 1988년에는 5,000억 원으로 성장할 것으로 예상했다. 수출은 1984년 1억 달러에서 1985년 1억 5천만 달러였으며, 내후년 1988년에는 2억 5천만 달러에 이를 것이라 한다.

공장 안에는 '귀마개 착용'이라는 안전 사항과 '좋은 제품은 정성으로', '정성 들여 만든 제품 소비자를 보호한다'는 등의 표어가 회사원들을 끊임없이 충고하고 있었다.

총 종업원 1,623명 중 692명이 현재 성암여자실업고등학교에 재학 중이다.

■ 진량고등학교 특별학급

진량고등학교(경북 경산군 진량면) 부설 특별학급은 6년 전 1980년 3월에 개설되었다. 1986년 현재 1학년 15학급, 2학년 8학급, 3학년 12학급 모두 35학급, 2,092명이 학업에 열중하고 있다. 영남방직주식회사, 남선방직주식회사 등 16개 업체에 근무하면서 통학하고 있는 학생들은 대부분 회사에서 제공하는 통근 버스를 이용한다.

업체와의 긴밀한 협조: 3부제 수업을 하고 있는 본교는 시간 운영에서는 물론이거니와 주요 교육 문제, 교직원과 회사 측과의 인간적 유대에 있어서까지 학교와 업체가 서로 긴밀한 협조를 하려고 애쓴다고 임용선 교장은 말했다. 이런 협조가 학생들의 학업을 뒷받침하기 위한 방향으로 계속적인 노력이 이루어질 것이라 믿었다. 그것은 우리가 학교를 방문한다는 소식에 226명의 학생이 취업하고 있는 남선방직의 이상욱 노무과장이 학부모의 입장에서 함께 자리를 한 점에서도 잘 알 수 있었다.

이상욱 노무과장은 회사에서 8시간의 근로 시간 엄수, 질병 예방을 위한 노력, 피아노실·도서관·독서실 등 복지 시설 확대에 힘쓴다고 했다. 그리고 그 무엇보다 학생들을 자식이라 생각하고 회사의 기숙사를 가정 분위기로 조성하려 한다기에 우리는 퍽 흐뭇했다.

업체 순회 방문 합창 지도: 본교는 금년 졸업생 중 32명이라는 많은 학생이 서울, 대구, 안동 등지의 전문대학에 진학했다. 간호학교, 유아교육과, 관광과 등으로 진학했다는데, 평소 학생들에게 진로에 관한 의욕적인 지도를 한 결과인 것 같다.

특별활동에 있어서도 어학실을 충분히 활용하여 영어 회화에 관심을 높이고, 응급 처치반, 과학반도 학생들의 좋은 반응을 얻고 있었다. 특히 합창반을 맡고 있는 김계현 교사는 교내 합창 지도에는 물론 업체를 순회하면서 업체 종업원들에게 합창 지도를 한다는데, 이는 학교와 업체의 상호 협조에 많은 기여를 할 수 있는 일이므로, 다른 학교에서도 이와 비슷한 유형의 구체적인 산학 협동 방안을 고려해 볼 만하다.

비디오실 운영: 본교는 비디오 스튜디오가 마련되어 있고, 각 교실마다 비디오 시설이 되어 있어, 토론, 대담, 장기 자랑, 강연 등의 행사를 효율적으로 진행할 수 있고, VTR, 슬라이드, 영화를 통한 시청각 교육이 짜임새 있게 이루어질 수 있었다.

그중 청소년 문제와 관련된 시청각 교육 연간 계획은 퍽 유익하다고 생각되었다.

3월, '꽃구름 먹구름'(VTR): 근로 청소년의 이성 문제

4월, '내일의 행복'(Slide): 올바른 이성 교제

5월, ‘인구와 우리 생활’(Slide): 인구 문제

6월, ‘잃어버린 땅’(VTR): 가족 계획

7월, ‘파도타기’(VTR): 순결의 가치

8월, (명화 감상)

9월, ‘행복으로 가는 길’(VTR): 피임의 필요성

10월, ‘가족 계획과 인구 자질’(VTR): 가족 계획 및 모자 보건 사업

11월, (명화 감상)

12월, ‘내일을 위하여’(영화) : 청소년의 이성 교제

1월, (명화 감상)

2월, ‘내일은 태양’(영화) : 불건전한 이성 관계의 위험성

서울로 돌아오며

땀 흘리는 학생들의 값지고 꿋꿋한 의지를 감동하면서, 때로는 소나기를 맞으며 때로는 푸른 산야를 바라보며 일하며 배우는 학생들의 장래를 연상했다. 어려운 경영 여건 속에서도 이들을 헌신적으로 돌보아 주려는 업체에 대해서는 새삼 고마움도 느꼈다. 특수한 환경 속의 학생들을 위해 가장 유익하고 효과적인 교육의 길을 찾느라 몰두하는 교직원들의 모습도 퍽 인상적이었다.

나는 서울로 돌아오는 고속버스 안에서 회상했다. 산업체 부설 학교 및 정규 학교 특별학급 설치의 제도가 없었더라면, 해마다 얼마나 많은 젊은이가 배움에 굶주려 방황하고 있을 것인가 하고.

아직도 세부적으로는 여러 문제가 있겠지만, 이 제도는 결과적으로 국민 개인의 향상, 국가의 포괄적, 균등적 발전, 그리고 국가의 보호를 받으며 기업을 운영하는 기업 측이 큰 부담은 되겠지만, 그래도 다시 국가적인 차원에서 그 고마움을 종업원의 교육 기회라는 혜택으로 환원하는 일이라는 점을 염두에 둘 때, 얼마나 뿌듯하고 값진 일인가. 일반 학교의 상급 학교 입시 제도만 해도 어떤 형식을 택하든 문제점이 수다히 있기 마련인데, 하물며 이런 제도가 빠른 시일 안에 완전무결을 기대한다는 것은 무리가 있을 것이므로, 미흡한 점은 계속 자부심을 갖고 보완해 나가야 할 것이다.

학생들은 학생들대로 국가와 기업체와 학교에 감사하는 마음으로 회사 생활과 학교 생활에 열의를 기울여야 할 것이나.

일선 학교에서는 종전에 청와대, 문교부, 노동부, 상공부, 내무부 5개 기관이 합동으로 현장 방문을 통한 애로 사항 청취와 격려를 해 오던 관례가 중단된 것을 아쉬워하며, 노동부와 상공부만이라도 더 적극적인 지원과 관여가 있기를 바랐다.

일반 학교보다 적은 시간 배당으로 학습하는 학생들을 위해 지금은 일선 교사의 개별적 재구성에 맡겨진 교육 요소를 중앙에서 교과별로 교육 요소를 재구성하여, 우선적 학습 필수 영역(scope)과 수준(level)을 연구 제시해 주면 한결 도움이 되겠다는 일선 학교의 견해도 검토할 만한 일이었다.

- 출전: 허만길, '학교 · 업체 방문기'. 〈일하며 배우며〉 제7호 129~140쪽(발행 문교부. 1986. 10. 31.)

부록

허만길의 삶과
학문과 교육과 문학

Biography of Hur Man-gil
- His Life, Research, Education, and Literature -

〈책 소개〉

허만길 저서

〈방송통신고등학교 학생과 졸업생에게 사랑을 보내며〉

(주간 한국문학신문 2022년 1월 1일)

허만길의 삶과 학문과 교육과 문학

(2022년 현재)

■ 출생 및 가족

허만길(許萬吉)은 서울대학교 국어교육학 전공 교육학 석사, 홍익대학교 국어국문학 전공 문학 박사, 복합문학(複合文學. Complex Literature) 창시자, 시인, 소설가, 수필가, 교육자이다.

허만길은 아버지 허찬도(許贊道. 처음 이름 허기룡 許己龍. 양력 1909. 6. 17.~1968. 12. 21. *김해 허씨 25세손) 선생과 어머니 노갑선(광주 노씨. 盧甲先. 양력 1908. 9. 12.~1998. 7. 31.) 님 사이에서 태어났다. 허만길은 아버지 허찬도 선생이 한국과 일본에서 항일 독립운동을 한 관계로 1943년 3월 21일 일본 교토부(京都府) 구세군(久世郡) 오쿠보무라(大久保村) 오아자(大字) 오쿠보나이(大久保內) 30번지에서 태어나고, 첫돌을 지낸 뒤 1944년 7월부터 대한민국 경상남도 의령군 칠곡면 도산리 260번지에서 성장하였다.

허찬도 선생은 10살 때 경남 의령군 칠곡면에서 아버지 허종성(許宗成. 1891. 6. 2.~1951. 8. 31.) 선생과 함께 1919년 3·1독립운동에 참가했다가, 허종성 선생은 주재소로 끌려가 경찰서에 구속되고, 허찬도 선생은 경찰에 쫓김을 당하였다. 1936년(27살) 경남 진양군 장재못에 양수기를 설치하여 농민들의 가뭄 걱정을 덜어 주려 했으나, 고의적으로 방해하는 집현면 주재소 일본인 구로다(黑田) 부장을 가격하여 진주구치소에서 2개월간 옥고를 치렀다.

허찬도 선생은 1940년(31살) 일본 오사카부(大阪府) 사카이시(堺市) 미미하라쵸(耳原町)의 어느 가옥 2층에서 한국인 동료와 함께 자취하면서, 군수물 공장 아사히철공소(朝日鐵工所)에서 고야마(湖山)로 불리며 일하였다. 아사히철공소 조선인화친회(朝鮮人和親會)를 조직하여 회장을 맡고서, 동맹파업으로 공장 가동을 멈추게 하였다. 일본 신문에 보도되고, 한겨울 밤중에 경찰에 체포되어 호송되다가 격투하여 탈출하였다.

그는 1941년 2월 한국에 있는 그의 아내(노갑선)와 딸(허맹준)을 일본으로 이주시켰다. 그리고 1943년 3월 21일 그의 아들 허만길이 태어났다.

허찬도 선생은 오쿠보 비행장에서 노무자 일을 하던 중 1943년 9월 그의 매제 하만행(河萬幸)과 함께 강제 징병되었다. 시가켄(滋賀縣) 훈련소에서 훈련을 받다가 이질을 앓아 병실에서 치료를 받으면서 군의장(군의관 우두머리)과 꾸준한 토론을 통하여 일제의 한국 침략의 부당성을 일깨우고 군의장의 도움으로 5개월 만(1944년 2월경)에 병역 해제증을 받아 귀가하였다. 그의 매제는 훈련소에서 훈련을 마치고 마아스루 항구에서 군함에 타기 직전에 탈출하였다. 허찬도 선생은 1944년 7월 가족을 한국의 고향으로 보내고, 나라가 독립될 때까지 일본 거주 조선인들에게 항일 정신을 북돋우었다.

위와 관련된 자세한 내용은 허만길 장편복합문학 〈생명의 먼동을 더듬어〉(1980)에 나타나 있다.

허만길에게는 누나(허맹준. 양력 1933. 6. 4.~1960. 2. 27.)와 여동생(허맹임. 양력 1946. 2. 24.~1985. 5. 26.)이 있었다. 허만길의 누나는 2살 된 딸(하순희. 1958~)을 두고 26살에 세상을 떠났으므로 누나의 딸은 허만길의 한 가족이 되었다. 허만길의 여동생 역시 39살의 젊은 나이로 3아들(김성각. 김인각. 김순각)을 두고 세상을 떠났는데, 허만길은 그들이 건강하게 자라기를 한없이 빌었다.

허만길은 백부모에게서 아들이 없으므로, 고조부로부터 종손으로서 대를 잇고 있다. 허만길의 고조부(김해 허씨 22세손. 허준 許濬. 양력 1829~1898. 3. 16.), 고조모(진양 강씨 姜氏. 양력 1827. 4. 8.~1851. 3. 4.), 고조모(안동 권씨 權氏. 양력 1832. 10. 19.~1891. 12. 5.), 증조부(허억 許檍. 양력 1856. 3. 17.~1886. 2. 16.), 증조모(광산 김씨. 김덕광 金德光. 양력 1858. 12. 5.~1934. 4. 27.), 조부(허종성 許宗成. 양력 1891. 6. 2.~1951. 8. 31. *허억에게서 친아들이 없어 허억의 동생 허춘중 許櫄中의 장남 허종성이 허억의 양자가 됨.)와 조모(경주 최씨. 최성경 崔成景. 양력 1889. 1. 14.~1964. 2. 13.), 백부(김해 허씨 25세손. 허경도 許敬道. 양력 1907. 9. 30.~1978. 5. 20.), 백모(담양 전씨. 전난귀 田蘭貴. 양력 1905. 11. 7.~1965. 5. 25.), 그리고 부모(허찬도. 노갑선)의 대를 이으며 시제와 기제사를 지내고 있다.

허만길은 부산교육대학교 출신으로서 초등학교 교사였던 박지전

(1944. 2. 19.~)과 결혼하였으며, 슬하에 맏딸 허아경(배우자 김동현. 딸 김보미), 아들 허예랑(배우자 정미진. 아들 허수민 Matthew Hur), 둘째딸 허다령(배우자 이정택. 딸 이원영, 이현영)이 있다.

허만길은 1967년 11월부터 2022년 현재 서울 영등포구 신길동에서 살고 있다.

■ 성장 및 학창 시절

허만길의 아버지 허찬도 선생은 대한민국 광복 직후 일본에서 조국의 고향으로 돌아왔으나, 몹시 가난한 농부의 생활을 했다.

허만길은 3살부터 서당의 허종수(許宗壽) 선생과 할아버지 허종성(許宗成. 1891~1951) 선생에게서 한문을 배웠다. 1950년 허만길이 칠곡초등학교 2학년 때 6.25전쟁으로 학교의 건물이 불탔다. 허만길은 초등학교 5학년(1953) 때 입대한 장병들이 전사하여 유골함이 고향으로 돌아오면 칠곡면사무소에 차려진 추도식장에서 학생들을 대표하여 추도사를 낭독하였다.

허만길은 1955년 3월 의령군 칠곡면 칠곡초등학교를 졸업하면서 학업 성적 우수 의령교육감상을 받았다. 12살 중학교 1학년 여름방학 때에는 유학자인 외할아버지 노준용(盧準容. 족보 이름 노형용 盧馨容. 음력 1882. 5. 3.~1958. 3. 15.) 선생에게서 역학(易學)의 팔괘(八卦)와 택일법(擇日法)을 배우고(뒷날 추명학 및 풍수지리 연구에 큰 도움. 허만길은 대한풍수지리학회 이사 역임), 17살 진주사범학교 재학 중에는 한학자로 이름난 장지형 교장에게서 개별적으로 사서(四書)와 주역(周易)을 배웠다.

허만길은 경상남도 진주에서 진주봉래초등학교 구내 이발소에서 일하는 아버지를 도우면서 진주중학교(1958년 3월)와 진주사범학교(1961년 3월. 초등학교 교원 양성 고등학교)를 졸업했다. 비봉산 아래서 셋방을 옮겨 가며 살았는데, 비가 내리면 밤새도록 하늘이 보이는 구멍 뚫린 양철 지붕을 쳐다보며 물을 받아 내기도 했다.

진주중학교 3학년 때에 학교 도서관이 처음 생기면서 허만길은 초대 도서위원장을 맡아, 많은 독서를 하였다.

중학교 졸업 직전 고등학교 입학 최종 모의고사에서 8학급 약 470명 가운데서 1등을 하여, 졸업식에서 선생님들의 성금으로 시상하는 영예로운 '학업장려 직원상'을 수상하였다. 우등상, 도서위원장으로서의 공로상, 1년 개근상, 3년 개근상을 수상하여 선생님들과 친구들의 극찬을 받았다. 도서관 업무를 담당하는 연구부의 선생님들이 별도로 준 졸업 선물 책 서울대학교 교수 유진(柳津) 지은 〈An Outline of English Syntax〉(영어 구문론. 본문 708쪽. Index 9쪽. 발행 경문사, 서울. 1957. 8. 20.)에는 "축 졸업. 허만길 군의 성실한 인간성을 이 책자로써 기림. 단기 4291년 3월 3일. 진주중학교 연구부 일동"이라는 글이 씌어 있었다. 가족은 물론 온 동네 사람들이 한없이 기뻐했다.

허만길은 진주사범학교 졸업 성적 최우수자(남자 2명, 여자 1명)로서 1961년 3월 31일(18살) 부산거제초등학교 교사 발령을 받아 교육자로서 첫걸음을 내디디었다.

허만길은 부산에서 초등학교와 중학교 교사로 근무하면서 1967년 동아대학교 야간대학 국문학과를 졸업하였다. 1979년 서울대학교에서 교육학 석사 학위(국어교육학 전공), 1994년 홍익대학교에서 문학 박사(국어국문학 전공) 학위를 받았다.

■ 17살 1960년 진주사범학교 학생회위원장 겸 학도호국단운영위원장으로서 진주의 4.19혁명 앞장

허만길은 17살(1960년) 진주사범학교 학생회위원장 겸 학도호국단 운영위원장으로서 진주의 4.19혁명을 앞장서서 이끌었으며, 진주극장 앞 광장에서 시민들에게 선언문을 낭독하였다. 그리고 '4.19혁명 60주년 기념 특별기고'로 〈한국국보문학〉 2020년 4월호(서울)에 35쪽 분량의 논문 '진주의 4.19혁명 상황과 허만길의 선언문 회고'를 발표하여, 충절의 도시 진주의 역사 자료로 남게 하였으며, 문단과 진주 시민과 신문과 방송의 큰 관심을 모았다.

허만길은 논문에서 4.19혁명의 발단과 일반적인 진행 과정을 소개하고서, 진주의 4.19혁명 진행 상황을 날짜별로 상세히 기술했다.

그동안 잊어진 진주의 4.19혁명 상황이 허만길의 논문으로 말미암아 진주의 중요 역사 자료로 살아나게 되자, '경남도민신문'(2020년 4월 22일), '뉴스경남'(2020년 4월 23일/4월 27일), '경남도민일보'(인터넷판 2020년 4월 21일), '경남매일신문'(2020년 4월 20일), '의령시사신문'(2020년 5월 16일), '의령신문'(2020년 5월 28일), '주간 한국문학

신문'(2020년 6월 10일) 등에서 크게 보도하고, 2020년 4월 24일 KBS 진주방송국 라디오 방송은 약 15분간 생방송으로 허만길과 전화 인터뷰를 했다.

또 허만길(국제PEN한국본부 이사)은 국제PEN한국본부 발행 〈PEN 문학〉 2020년 3 · 4월호에 시 '젊은 날의 4.19혁명'을 실어 문단의 관심을 끌었는데, 국제PEN한국본부 부이사장 김용재 영문학 박사(전 미국 USC 객원교수)가 영어로 번역하여, 국제계관시인연합 한국본부 (United Poets Laureate International Korea Center) 편찬 〈Poetry Korea〉 제9호(발행 도서출판 오름. 2020년 여름)에 'April 19 Revolution in the Memories of My Youth'라는 제목으로 수록되어, 해외에 소개되었다.

■ 국가 시행 중학교교원자격검정고시 수석 합격으로 18살(1961년)에 중학교 국어과교원자격증 취득 및 고등학교교원자격 검정고시 수석 합격으로 19살(1962년)에 고등학교 국어과교원자격증취득('기네스북'의 '한국 편'에 실림.)

허만길은 진주사범학교 3학년 재학 중 1960년(17살) 9월 국가 시행 중학교교원자격검정고시에 응시하여 수석 합격으로 18살(1961년 4월 10일)에 최연소 중학교 국어과교원자격증을 받고, 1962년 국가 시행 고등학교교원자격검정고시에 응시하여 수석 합격으로 19살(1962년 12월 6일)에 최연소 고등학교 국어과교원자격증을 받았다.('기네스북' 의 '한국 편'에 실림).

* 국어학자 최현배 박사는 허만길이 1961년 18살에 중학교 국어과 교원자격증을 받았음을 알고서, 19살 1962년 4월 허만길을 서울 자택으로 초청하여 서울에서 대학 공부와 미국 유학을 지원하겠다고 하였으나 가정 형편상 사양한 후에도 두 사람은 깊은 사제 관계를 유지하였음.

■ 허만길 주요 경력 (2022년 8월 현재까지)

1961년(18살)부터 1967년 11월(24살)까지 부산 시내 초등학교 교사(부산거제초등학교. 부산중앙초등학교) 및 중학교 교사(경남중학교. 부산중앙중학교)로 근무하고, 1967년(24살) 11월부터 20년간 서울 영등포여자고등학교 교사, 경복고등학교 교사, 선린상업고등학교 교사로 근무하였다. 1987년부터 문교부 국어과 편수관, 문교부 공보관실(대변인실) 연구사, 중앙교육연수원 장학사, 서울특별시교육연구원 진로교육연구부 연구사, 서울 영원중학교 교장, 당곡고등학교 교장(2005년 8월 정년퇴직)으로 재직하였다.

허만길의 그 밖의 주요 경력은 다음과 같다.

문교부 언어생활 연구위원(1971. 28살). 문교부 주최 전국 학생 글짓기 대회 심사위원(1972). 문교부 '장학자료' 제14호(학생 언어생활 순화 지도 지침) 집필(1972. 2. 15. 발행). 문교부 '장학자료' 제26호(생활 용어 순화 자료) 집필(1977. 8. 발행). 문교부 발행 '일하며 배우며' 제7호(산업체 근로 청소년 교육 홍보용 책) 편집위원(1986. 10.

31. 발행). 교육부 국제교육진흥원 강사(1994~2004). 교육부 교육행정연수원 강사(1997). 국가수준 국어과 교육과정 시안 작성 심의위원(1991). 교육부 저작권 한국교육개발원 국어과 교과서 편찬 연구위원(1987~1996). 교육부 저작권 한국교육과정평가원 국어과 교과서 편찬 연구위원(1998~2000). 고려대학교, 한국교원대학교 공동개발 중학교 '국어' 교과서 편찬 연구위원(2000). 대한민국 학술원 부설 국어연구소 표준어 사정위원(1987). 교육부 국제교육진흥원 재외동포용 '한국어' 교재 개발 연구위원 및 심의위원(1995~1999. 5.). 한국교육과정평가원 해외 동포용 '한국어' 교재 개발 연구위원(1999. 6.~2002). 서울대학교 국어교육연구소 '국어교육학사전' 집필위원(1999년 발행). 교육부 국제교육진흥원 재외 동포 교육과정 심의위원(2000. 2. 1.~2002. 1. 31.). 한국교육개발원 '방송통신고등학교 40년사' 편찬 자문위원(2016). 한글학회 회원(*24살 최연소 회원. 1967. 5. 13.~). 한국국어교육연구회(한국어교육학회) 회원(1965~2004). 우리말내용연구회(한국어내용학회) 감사(1993. 1.~1995. 11.). 국제PEN 회원 및 국제PEN한국본부 회원(2004. 8. 30.~). 국제PEN 한국본부 이사(제35대 이사 2017. 6. 19.~2021. 3. 31. / 제36대 이사 2021. 4. 1.~). 국제PEN 한국본부 대외교류위원회 위원(2017. 9. 22.~2021년 현재). 한글문학회 부회장(회장 안장현. 1994. 3. 1.~2003. 5.). 한글문학회 이사(회장 안장현. 1995~1998). 한국글짓기지도회 이사(회장 이희승. 1976. 6.~1978. 6.). 한국문인협회 회원(2001~). 한국현대시인협회 회원(2007. 2. 27.~). 한국현대시인협회 중앙위원(2012~2014). 한국현대시인협회 이사(2014~). 한

국소설가협회 회원(2006. 11.~). 한국소설가협회 중앙위원(2016. 3.~). 한국소설가협회 복지위원(2020~2024). 한국문예춘추문인협회 고문(2015~2022. 1. 31.). 한국문예춘추문인협회 발전정책고문(2022. 2. 7.~). (충남 보령시) 시인의 성지(시와 숲길 공원) 현대문학기념관 지도위원(2020~). 월간 한국국보문학 및 한국국보문인협회 자문위원(2018~). 한국신문예문학회 자문위원(2019~). 아태문인협회 자문위원(2019~). 월간 한국국보문학 편집 고문(2021~). 국제계관시인연합 한국본부(United Poets Laureate International Korea Center) 회원(2017. 7. 1.~). 문학신문문인회 부회장(2012~2013). 서울특별시교육청 진로교육추진위원회 위원장(1997~1998). 서울특별시교육청 발행 고등학교 교과서 '진로 상담' 집필(공동 집필. 1999년 1월 초판 발행). 대한교과서주식회사 발행 고등학교 교과서 '진로와 직업' 편찬 연구위원(2003년 3월 초판 발행). 서울진로교육연구회 부회장 및 이사(1993. 3. 1.~2001. 2. 28.). 한국진로교육학회 이사(2000. 1. 1.~2005. 12. 31.). 서울초·중등학교 진로교육연구회 감사(2001. 3. 1.~2005. 2. 28.). 서울특별시교원연수원 중등학교 진로상담교사 자격 연수 교육과정 편성위원(1996). 서울특별시교원연수원 진로상담교사 자격연수 강사(1996~1998). 서울특별시교육과학연구원 진로정보센터 운영 자문위원(2003). 서울특별시교육연구원 상담자원봉사자 연수 강사(1997). 한국교육신문(한국교원단체총연합회) 신춘문예 '교단 수기' 모집 심사위원(1996, 1997). 제1회 영국기네스본부 주관(한국기네스협회 주최) 한국진기록대회 심판위원(1989. 7. 1.~1989. 7. 2.). 한국기네스협회(코리아기네스협회) 자문위원(1989). 대한풍수지리학회 이사(회장 김대은. 1991. 4. 13.). 한국스포츠마사지자격협회 회원(회장 김태영. 2005~). 국무총리실 소속 한국청소년개발원 협력 연구위원(1999). 한국직업능력개발원 전문가협의회 위원(2004). 서울특별시 양천경찰서 폭력대책위원회 자문위원(1996~1997). 한국시민자원봉사회 중앙회 중앙지도 운영위원(2003~2007). 한국방송정보교육단체연합회 이사(2003~2005). 서울대학교 교육행정연수원 중등학교 교장자격연수 현장탐구지도 강사(2003~2005). 서울특별시교육청 청소년 선도방송(마음의 문을 열고) 집필위원(KBS, SBS, EBS 라디오 방송. 1995). 서울특별시교육청 청소년 선도방송 자문위원(라디오 방송. 2003). 서울특별시 공립중등학교 교사 임용시험 논술 출제위원(1994, 1995, 1997). 서울특별시 공립중등학교 교사 임용시험 출제 본부장(2003). 학습자료심사협회 학습자료 심사위원(1987). '부산시민헌장' 공동초안(1962년 8월 15일 선포). 부산직할시 교육발전위원회 창립위원(1963), 부산시교육연구소 현직 연구위원(1963~1967). 한국청소년연맹 단원 활동 각종 상징(구호, 환호, 응원가, 대형) 제정위원(1984). 한국청소년연맹 한별단(고등학생단) 교재 '한별의 생활' 집필위원(1984년 집필, 1885년 발행). 노태우 대통령 취임사 문장 검토(의뢰 기관: 대통령 취임 준비실시단. 1988. 2.). 경남 의령문화원 특별회원(2021. 4. 16.~). 의령신문 지면평가위원회 위원 (2015~2022).

■ 표창 및 상훈

황조근정훈장(2005). 대통령 표창(1991). 국가인권위원회위원장 표창(정신대 문제 제기 활동 유공. 2004). 상공부장관 표창(산업체 근무 청소년 특별학급 교육 유공. 1987). 교육부장관 표창(1997). 환경부장관 감사글('우리 자연 우리 환경' 노래 작사. *작곡 정미진. 1995. 9. 9.). 한국교원단체총연합회장 표창(1997). 전국교육자연구발표대회 대한교육연합회장 푸른기장증(중·고등학교 교원부 1등. 1966. 7. 31. *23살. 대회 사상 최연소 '푸른기장증' 수상. 뒷날 대한교육연합회는 '한국교원단체총연합회'로 바뀜). 한글학회이사장 표창(1988). 서울특별시교육감 표창(새마을 교육 유공. 1974). 서울특별시교육감 표창(고등학교 입학 연합고사 출제 유공. 1976). 서울특별시교육감 표창(서정쇄신 모범공무원. 1978). 한글문학회 한글문학상(신인상. 1991). 문예춘추 청백문학상(작품의 청백 정신 탁월. 2011). 순수문학 작가상(월간 순수문학사 제정. 2014). 코리아기네스협회(한국기네스협회) 감사패(코리아기네스협회 자문위원 유공. 1989). 민주평화통일자문회의 영등포구협의회회장 표창(영등포를 빛낸 모범공무원. 2002). 서울특별시교원연수원장 교육연수상(중등학교 교감·교육전문직 연수 성적 우수. 1996). 서울대학교 교육행정연수원장 표창(중등학교교장 자격연수 성적 우수. 1997). 서울특별시교원단체연합회장 표창(수도교육발전 유공. 1992). 서울특별시립 정신지체인복지관 관장 감사패(2005). 부산시장 표창(교육 논문 우수상. 1963). 부산시교육감 표창(부산시 교육연구대회 우수상. 1등. 1966). 방송통신고등학교 서울지구동문회장 감사패(방송통신고등학교 교육 유공 및 '방송통신고등학교 교가' 작사. 1981). 당곡고등학교 총동창회장 감사패(학교 발전 유공. 2005). 의령 군 칠곡면장 감사패('칠곡 사랑' 노래 제작 선사 감사. 2012)

■ 18살(1961년)부터 정년퇴임(2005년) 때까지 교육자로서 교육애 에 바탕을 둔 교육, 연구하며 실천하는 교육, 창의적이고 적극적 인 교육 정책 수립 및 추진, 민주적·합리적·개방적·창의적 학교 경영 노력

허만길은 진주사범학교 졸업 후 18살 1961년 3월부터 2005년 8 월 정년퇴임 때까지 초등학교 · 중학교 · 고등학교 교사, 문교부 국어 과 편수관, 문교부 공보관실(대변인실) 연구사, 중앙교육연수원 장학 사, 서울특별시교육연구원 연구사, 중학교 교감, 서울 영원중학교 · 당곡고등학교 교장으로 근무하면서 교육자로서 교육애에 바탕을 둔 교육, 연구하며 실천하는 교육, 창의적이고 적극적인 교육 정책 수 립 및 추진, 학교 경영의 민주성 · 투명성 · 창의성 발휘에 힘썼다.

■ 21살(1964년)에 '참'(Cham, 眞, Truth)을 중심으로 기초적, 핵심 적 깨달음에 이름

허만길은 어릴 때부터 인생과 우주의 궁극적인 이치에 몰두해 오다

가, 1963년 10월 하순부터 300여 일의 집중적 구도 노력 끝에 1964
년 8월 21일(21살) 본질적, 이상적 궁극성으로서 '참'(Cham, 眞,
Truth)을 중심으로 기초적, 핵심적 깨달음에 이르렀다.

허만길은 그의 기초적 핵심적 깨달음에서 절대자(창조의 으뜸뿌
리. 하느님. 창조주. 하늘나라와 모든 우주를 포함한 최고신. 모든 추
상적 구상적 발현의 으뜸 되는 뿌리), 참(Cham, 眞, Truth. 모든 창조
에 원천적으로 부여되는 본질적 이상적 궁극성), 한힘(Hanhim. Great-
Power. 직접 간접의 창조에 부여되는 근원적 이치력과 위력과 작용력),
원기(Wongi, 源氣, Prenergy. 창조의 가장 원초적인 자료)를 4대 절대
개념으로 설정하고 있다.

자세한 내용은 허만길 저서 '인류를 위한 참얼음'(발행 시인사, 서
울. 1980. 8. 21.)와 '진리를 찾아 이상을 찾아'(발행 연인M&B, 서울.
2007. 12. 21.)에 나타난다.

■ 국어 정책, 국어학, 역동 언어 이론, 음성 언어 교육, 국어과 교육,
　국어 사랑 이론, 복합문학 개념화, 문학평론, 진로 교육, 교육 철
　학, 교육 정책, 교육 실천 연구 등 여러 분야에서 많은 연구 성과

허만길은 연구력이 강했다. 1966년(23살) 7월 대한교육연합회(뒷
날 '한국교원단체총연합회') 주최 제10회 전국교육자연구발표대회 중
등학교 교원부에서 1등을 하여 대회 사상 최연소 푸른기장증(최우수
상)을 수상하였다.

국어 교육 전공 교육학 석사 학위, 국어국문학 전공 문학 박사 학위를 받은 허만길은 국어 정책, 국어학, 역동 언어 이론, 음성 언어 교육, 국어과 교육, 국어 사랑 이론, 복합문학 개념화, 문학평론, 진로 교육, 교육 철학, 교육 정책, 교육 실천 연구 등 여러 분야에서 많은 연구 성과를 거두었다.

또한 허만길은 고향 경상남도 의령군의 역사적 인물(유학자 허원보, 의병 장군 곽재우, 가야금 음악 창시자 우륵, 학자 강응두, 독립운동가 허찬도, 열녀 겸 효부 강윤희 등), 여러 지역의 어원과 유래에 관한 많은 논문을 발표하였다.

허만길의 연구서 '한국 현대국어정책 연구'(1994)는 학계에서 매우 중요하게 평가받고 있다. 이 저서는 1945년 광복 이후 반세기 동안 정부 차원의 국어 정책에 관한 최초의 종합적인 연구서이다. 이 연구는 국어 정책의 이론을 정립하고, 학계에 알려지지 않은 수많은 자료를 발굴하고, 체계적으로 국어 정책을 평가하고, 미래의 국어 정책 방향을 제시하고 있다. 이 연구는 일제에 빼앗겼던 우리말 도로 찾기 정책, 문맹 퇴치 정책, 각종 어문 규정 정책, 한글 전용 정책, 국어 순화 정책, 국어과 교육 정책, 국어사전 편찬 정책 등 많은 정책을 다루고 있다.

허만길의 음성 언어 교육에 관한 논문 '음성 언어 교육의 영역 설정 연구', '음성 언어 교육의 원리' 등도 특기할 만하다.

■ '복합문학'(Complex Literature) 창시(1971년)

허만길은 1971년(28살) 세계 문학 사상 최초로 '복합문학'(Complex Literature)을 창시(창안)하여 첫 복합문학 '생명의 먼동을 더듬어'를 월간 〈교육신풍〉 1971년 9월호(발행 교육신풍사, 서울. 1971. 9. 1.)~11월호에 일부 연재하고, 1980년 4월 26일 교음사(서울)에서 단행본으로 발행하였다. '복합문학'은 〈두산백과사전〉(2001. 9. 1.) 등 여러 문헌에 등재되었다.

　＊ **복합문학(複合文學, Complex Literature)**: 대한민국의 허만길(許萬吉. Hur Man-gil. 1943~. 시인. 소설가. 문학 박사)이 1971년 창안한 문학 형태로서, 한 편의 문학 작품을 완성함에 있어, 시(서정시, 서사시, 극시), 소설, 희곡, 시나리오, 수필(일기, 편지 등) 등 문학의 여러 하위 장르를 두루 활용하는 문학 형태. 그는 복합문학의 전개에서는 소설의 양상이 중추적 역할을 할 수 있을 것이라 생각하였다. 그는 복합문학은 문학에 변화와 활력과 참신함을 줄 수 있고, 작품 주제의 형상화에 상승효과를 줄 수 것이라고 기대하였다. 허만길은 첫 복합문학 〈생명의 먼동을 더듬어〉를 월간 〈교육신풍〉(敎育新風) 1971년 9월호~11월호에 일부 연재하고, 1980년 4월 26일 교음사(서울)에서 단행본으로 출판하였다.

■ 시(1989년), 소설(1990년), 수필 창작 활동

허만길은 1971년(28살) 세계 문학 사상 최초로 '복합문학'(Complex Literature)을 창시(창안)하여 1980년 첫 장편복합문학 '생명의 먼동을 더듬어'를 발간하고, 〈현대문학〉 1973년 9월호에 수필 '말버릇 체험'을 발표한 이후 다양한 영역에 걸쳐 수많은 수필을 창작하였다. 그리고 〈한글문학〉을 통해 시와 소설이 추천 당선되어 시인과 소설가로서도 활발하게 창작 활동을 해 왔다.

허만길은 1989년 〈한글문학〉 제9집(1989. 1. 20.)에 시 '꽃과 가을이 주는 말을', '함께 따스한 가슴을', '가을인 날은'이 추천 당선되어 시인으로 등단하였다. 추천사: 김남석(시인. 문학평론가. 국회민족문화연구소장. 숙명여자대학교 교수).

허만길의 주요 시로는 '대한민국 상하이임시정부 자리', '백두산 바라보며', '젊은 날의 4.19혁명', '젊음', '젊은 날의 아픔', '미루나무 젊음', '꽃과 가을이 주는 말을', '나눔의 정', '방 만드는 사람들', '밤에 밤을 만나지만', '남태평양에서', '아침 강가에서', '함박눈', '초여름이 설레면', '구룡사 은행나무', '모두가 서로의 끈과 힘', '배움보다 더 어려운 가르침', '혼자 걸으면', '여름 밤하늘', '내 아내여서 행복이네', '초겨울의 미션베이', '겨울 꽃', '부르고 싶은 이름이 있다면', '가랑비', 30편 연작시 '당신이 비칩니다', 서사시 '완고와 보람', 극시 '생명 탄생 기원' 등을 들 수 있다.

시집으로는 〈당신이 비칩니다〉, 〈열다섯 살 푸른 맹세〉, 〈아침 강가에서〉 등이 있다.

허만길은 1990년 〈한글문학〉 제12집(1990. 10. 5.)에 단편소설 '원주민촌의 축제'(原住民村의 祝祭, A Feast in the Village of Natives)가 추천 당선되어, 시인 등단에 이어 소설가로도 등단하였다. 추천사: 구인환(소설가, 문학평론가, 서울대학교 교수). 단편소설 '원주민촌의 축제'는 정신대(일본군 위안부) 문제를 본격적으로 다룬 최초의 소설이다. 단편소설 '원주민촌의 축제'에 대한 풀이는 〈두산백과사전〉에 등재되어 있다.

허만길은 시 창작에서 국어의 아름다움을 살리는 데 힘쓰면서, 시의 기본 정신으로 인생과 진리와 사랑에 대한 추구를 중시하고, 시의 기법으로 서정성과 상징성의 조화를 꾀하고 있다. 문학평론가이며 시인인 김남석(국회민족문화연구소장, 숙명여자대학교 교수 역임) 님은 허만길의 시에 대해 '시상의 건실성과 이미지의 정확성', '수사학의 다양한 구사', '숙달된 문학적인 인생관의 시적 여과' 등이 돋보인다고 평했다(한글문학 제9집 63~64쪽. 1989. 2. 20.). 허만길의 시에는 맑고 깨끗하고 초연한 청백 정신이 탁월하다는 평을 받아, 2011년 12월 23일 문예지 계간 〈문예춘추〉(발행 도서출판 씨알의 소리) 제정 제1회 '청백문학상'(심사위원: 시인 황금찬, 문학평론가 강범우, 시인 이양우)을 받았다. 허만길의 시집 〈아침 강가에서〉(2014)에는 허만길 시인의 민족 작가로서의 면목이 두드러짐과 더불어 맑고 아름다운 시상으로 시적 의미를 인생과 우주와 영혼과 애국 등으로 넓게 확장하고, 장시('방 만드는 사람들'), 산문시('미나의 고독'), 서정시, 서사시('완고와 보람'), 극시('생명 탄생 기원') 등 다양한 형태의 시적 역량이 발휘되어 있다는 평가를 받아, 2014년 11월 '월간 순수문학 작가상'(심사위원장: 서울대학교 명예교수 구인환)을 받았으며, 상패에는 허만길을 '민족 작가'라고 일컬었다.

허만길의 소설 대표작은 단편소설로서 '원주민촌의 축제', 장편소설로서 '천사 요레나와의 사랑'을 들 수 있다. 소설 '원주민촌의 축제'는 정신대(일본군 위안부) 문제를 다룬 최초의 단편소설이다. 소설 '천사 요레나와의 사랑'(1999)은 이 세상 가장 신비로운 곳에서 가장 신비로운 사랑을 만나게 되는 이야기를 통해 신과 우주와 인류의 본질적·이상적 궁극성을 해명하면서 인류 개체 및 공동체의 참삶의 길을 제시하고자 한 작품이다. 주인공은 신전장과 천사 요레나이며, 주요 배경은 하늘나라, 오스트레일리아 블루마운틴, 뉴질랜드, 남태평양의 마나 섬, 한국, 혼령 세계 등이다.

수필집으로 〈열네 살 푸른 가슴〉(발행 연인M&B, 서울. 2007. 6. 4.), 〈진리를 찾아 이상을 찾아〉(발행 연인M&B, 서울. 2007. 12. 21.), 〈빛이 반짝이는 소리〉(교육회상록. 발행 학예사, 서울. 1975. 10. 20.), 〈방송통신고등학교 학생과 졸업생에게 사랑을 보내며〉(발행 지식과 감성, 서울. 2021. 11. 18.), 〈저 푸른 별들에 제자들의 아픔과 소망이〉(교육회고록, 책과나무, 서울. 2022. 9. 5.) 등이 있다.

■ 고등학교 교사 재직 중 1968년(25살)부터 전국 규모의 우리말 사랑 운동 전개로 1976년 박정희 대통령의 국가적, 제도적 차원의 국어 순화 운동 승화 기여 및 국어 사랑 이론 정립

허만길은 서울 영등포여자고등학교 교사 재직 중 1968년(25살)부

터 우리말 사랑 운동을 전국 규모로 펼치면서, 1971년(28살) 문교부(교육부) 언어생활 연구위원 활동을 하고, 1974년부터 경복고등학교 우리말사랑하기회(국어계몽반) 운영을 통해 우리말 사랑 운동을 전국 규모로 펼쳤다.

1975년(32살) 대통령 특별보좌관(철학박사 박종홍) 자문 응대 등을 통해 1976년 박정희 대통령이 국어 순화 운동을 국가적, 제도적 차원으로 승화시키는 데 이바지했다. 국어 사랑의 이론 정립에 공헌하는 등 평생토록 국어 사랑에 열의를 기울였다. 이러한 일들은 학술지, 신문, 방송, 잡지 등에 널리 소개되었다. 자세한 내용은 허만길 저서 〈우리말 사랑의 길을 열면서〉(도서출판 문예촌. 2003. 5. 26.) 참고.

■ 1974년 방송통신고등학교 개설 초기부터 방송통신고등학교 교육 발전 노력 및 1978년 '방송통신고등학교 교가' 작사

허만길은 1974년 우리나라 방송통신고등학교 개설 초기 서울 경복고등학교 교사 재직 때부터 방송통신고등학교 교육 발전에 힘쓰고, 전국 방송통신고등학교 학생들의 용기와 의지와 희망을 북돋우기 위해 노력하였다.

1978년 5월 '방송통신고교생' 노래를 작사하여 화성태(서울 무학여자고등학교 음악과 교사) 님에게 작곡을 의뢰하였으며, 1978년 6월 25일 방송통신고등학교 서울지구동문회 주최 '제1회 방송통신고등학교 웅변대회'에서 문교부 관계관, 한국교육개발원장, 재학생, 졸업

생, 교사들이 참석한 가운데 이를 '방송통신고등학교 교가'로 채택하여 선포하였다.

한국교육개발원에서는 1978학년도 2학기(9월 시작)부터 라디오로 교과 수업 방송을 시작할 때 '방송통신고등학교 교가'를 서곡으로 방송하였다. '방송통신고등학교 교가'는 한국교육개발원 인터넷 홈페이지에 실리고, 2016년 12월 한국교육개발원 발행 '방송통신고등학교 40년사'에 허만길의 교가 제정 과정 회고가 실리었다. 허만길은 '방송통신고등학교 교가'를 음원과 동영상으로 제작하여 인터넷 유튜브(YouTube)에 등재하였는데, 가사와 악보도 실었다.

허만길은 방송통신고등학교 개설 후 최초의 방송통신고등학교 교육 논문 '방송통신고교 교육의 문제점과 개선 방향'(교육평론 1978년 9월호)을 발표하였다. 방송통신고등학교 서울지구동문회 활동을 격려하면서 1978년 제1회 방송통신고등학교 서울지구동문회 주최 방송통신고등학교 웅변대회 때부터 여러 차례 지도위원 및 심사위원장을 맡아 재학생과 졸업생이 화합하면서 모두가 용기와 의지와 희망을 다짐할 수 있도록 애쓰고, 특히 1986년과 1987년 전국 방송통신고등학교 웅변대회에서는 서울특별시교육위원회 교육감상과 교육감 기념품이 수여될 수 있도록 노력하여 결실을 이루었다.

방송통신고등학교 학생들이 직장 근로자로서 어려움을 겪을 경우 그들을 적극 보살피고, 업체 관리자와 협의하여 근로 학생의 인격과 권익을 보호하려고 애썼다. 허만길은 이러한 공로로 방송통신고등학교 서울지구동문회장 '감사패'를 받았다(1981년 6월 28일). 한국교육개발원 발행 〈방송통신고등학교 40년사〉 편찬 자문위원(2016)을 역임했다.

허만길은 2017년 4월 26일 전국 방송통신고등학교 50년사 편찬 발기인회 창립을 제안하였으며, 이에 전국 방송통신고등학교 총동문회는 2017년 5월 7일 서울 SW컨벤션센터에서 전국 방송통신고등학교 50년사 편찬 발기인 대회를 개최하였다. 발기인 대회에서는 전국 방송통신고등학교 총동문회 특별기구로 전국 방송통신고등학교 50년사 편찬위원회를 설치하기로 하고, '학교생활과 동문회 활동 중심'의 〈전국 방송통신고등학교 50년사〉(1974~2024년) 편찬을 준비해 가기로 했다.

자세한 내용은 허만길 수필집 〈방송통신고등학교 학생과 졸업생에게 사랑을 보내며〉 (발행 지식과 감성, 서울. 2021. 11.) 참고.

■ 1985~1986년 구로공단 근무 영등포여자고등학교 야간 특별학급 학생들의 지도와 인권 보호에 정성을 쏟고, 대우어패럴 노사분규 사태 퇴사 등으로 일자리와 잠자리를 잃은 160여 명의 학생들을 헌신적으로 도와 졸업의 영광으로 이끌었음.

허만길은 1985년 3월 1일부터 1987년 2월 28일까지 2년간 서울 영등포여자고등학교 야간 특별학급 교사로 근무하면서, 주로 한국수출산업공단(서울 구로공단)에서 기숙사 생활을 하며 낮에는 산업체에서 일하고 밤에는 야간 특별학급에서 공부하는 학생들을 헌신적으로 보살폈다.

1985년 구로공단 소재 주식회사 대우어패럴의 노사분규 사태로 일자리와 기숙사의 잠자리를 잃은 130여 명의 여학생들, 그리고 심한 불경기로 업체들의 폐업과 휴업에 따른 일자리와 잠자리를 잃은 약 30명의 여학생들이 방황할 때, 학업을 계속할 수 있도록 혼신의 노력을 기울여, 이들 모두가 졸업의 영광을 안을 수 있도록 이끌었다. 특히 서울특별시, 노동부 서울관악노동사무소 등의 협조를 받아 실직자 전원의 수업료를 장학금으로 지급하도록 하고, 이들의 식사, 잠자리, 재취업 등에 헌신적인 교육애를 발휘하였다.

특별학급 학생들의 용기를 북돋우기 위해 노래 '일하며 배우며'를 만들고(1985. 5. 15.), 공단과 업체 관계자들이 참관한 가운데 다양한 프로그램의 첫 특별학급 학생 문예 발표회를 개최하여(1986. 5. 12.) 눈물 어린 큰 감동과 자신감을 불러일으키고, 고향의 부모와 멀리 떨어져 지내는 미성년 학생들이 업체에서 어려움을 겪을 경우 업체 관리자와 협의하여 이들의 인격과 권익을 보호하는 데 힘썼다.

이러한 사실들은 서울특별시, 노동부, 한국수출산업공단(구로공단) 등에 미담으로 널리 알려져, 허만길은 1987년 3월 상공부장관 표창을 받았다. 자세한 내용은 허만길 수필 '특별학급 제자를 회상하며'(월간 교육관리기술 1988년 3월호 125~130쪽. 한국교육출판)와 허만길 수필집 〈저 푸른 별들에 제자들의 아픔과 소망이〉 (발행 책과나무, 서울. 2022. 9. 5.) 참고.

■ 문교부 국어과 편수관으로서 교육과정 개발, 어문 규정 개정, 어

문 정책 수립, 초등학교 국어과 교과서 분화 등 추진(1987년)

허만길은 1987년 문교부(교육부) 국어과 편수관으로서 국가 수준의 제5차 국어과 교육과정 개발을 추진하고, 우리나라 국어과 교육 역사상 처음으로 초등학교 국어과 교과서를 단일형 '국어'에서 '말하기·듣기', '읽기', '쓰기' 3책으로 분화하여(1987년 6월 문교부 확정. 1989년 3월부터 연차적 시행), 국어과 교육이 독해 일변도에서 벗어나 실질적이고 조화로운 국어과 교육이 이루어지도록 하는 데 기여하였다.

제5차 초등학교 국어과 교육과정 제정(1987년 6월 문교부 확정)과 관련하여 초등학교 국어과 교과서에 대한 한글 전용론 및 국한 혼용론의 열띤 논쟁을 극복하고(초등학교에서 1970년부터 16년간 한글 전용 교육을 실시해 온 정책을 계속 유지하기로 함), 제5차 국어과 교육과정 제정에 따른 새로운 국어과 교과서 편찬 연구에 힘을 기울였다.

허만길은 국어심의회를 공정하게 운영하면서 '한글 맞춤법' 개정(1988년 1월 1일 문교부 확정 고시) 및 '표준어 규정' 개정(1988년 1월 1일 문교부 확정 고시)을 추진하고, 국어 순화 정책을 효율적으로 운영하였다.

■ 해외 동포 모국어 교육 연구 및 강사 활동(1995~2004년)

허만길은 교육부 국제교육진흥원 주관 해외 동포용 '한국어' 교재 개발 연구위원(1995~1999. 5.) 및 한국교육과정평가원 주관 해외 동

포용 '한국어' 교재 개발 연구위원(1999. 6.~2002), 교육부 국제교육
진흥원 강사(1994. 5. 28.~2004)로서 해외 동포 초청 모국어 연수,
재외 한글학교 및 재외 교육 기관 근무 교원 초청 국어 연수, 귀국 학
생 교육 담당 교사 국어 교육 연수, 해외 파견 교육공무원 국어 교육
사전 연수 등의 강의, 교육부 국제교육진흥원 재외 동포 교육과정 심
의위원회 위원(2000. 2. 1.~2002. 1. 31.) 등의 활동을 통해 해외 동
포 모국어 교육에 이바지하였다.

■ 대한민국 광복 후 최초로 대한민국 상하이임시정부 자리 보존운
　동 전개 및 성과(1990년)

　허만길은 한국과 중국 사이에 정식 국교가 없던 시기에 문교부(교
육부) 중앙교육연수원 장학사로서 교원국외연수단을 인솔하여 중국
을 방문하면서, 1990년 6월 13일 대한민국 상하이임시정부 자리(마
당로馬當路)를 찾았으나, 아무 표적 하나 없이 퇴색된 집에 중국 사람
이 살고 있음을 보고, 연수단 앞에서 현장 즉흥시 '대한민국 상하이
임시정부 자리'를 읊고, 귀국 후 여러 언론의 협조를 받으며 대한민
국 광복 후 최초로 대한민국 상하이임시정부 자리 보존운동을 펼쳤
다. 중국 상하이 시장에게도 임시정부 자리에 어떤 표적을 세워 주고
특별한 관심으로 보전해 주기를 바란다는 편지를 보내는 등의 노력
으로 성과를 거두어, 마침내 그곳이 세계적인 명소가 되었다.
　허만길은 중국 당국으로부터 대한민국 상하이임시정부 청사는 김

구(金九) 선생이 중국을 떠날 때 중국인 친구에게 넘겨주었으며, 그 친구는 '고수희'(顧守熙, 구서우시) 님이라는 사실도 알아냈다.

대한민국 상하이임시정부 자리 보존운동 시초가 되는 시 '대한민국 상하이임시정부 자리'는 〈한국 시 대사전〉(발행 이제이피북, 서울. 2011) 등 여러 문헌에 수록되었다. (한국·중국·일본 시인 시화집) 〈동북아시집〉(편찬 한국현대시인협회. 발행 도서출판 천산, 서울. 2008)에는 한국어 시와 이를 문재구(文在球) 문학박사가 일본어로 번역한 시 '大韓民國の上海臨時政府の遺跡'가 수록되었다. 〈Poetry Korea〉 Volume 7(편찬 국제계관시인연합한국위원회 United Poets Laureate International Korea Committee. 발행 도서출판 오름, 대전. 2018)에는 한국어 시와 한국외국어대학교 정은귀(Chung Eun-gwi) 교수가 영어로 번역한 시 'The Site of the Korean Provisional Government in Shanghai'가 수록되었다. 허만길 시집 〈아침 강가에서〉(발행 도서출판 순수, 서울. 2014)에는 한국어 시와 일본어로 번역된 시가 수록되었으며, 〈월간 한국국보문학〉 2019년 3월호(도서출판 국보, 서울)에는 한국어 시와 영어로 번역된 시와 일본어로 번역된 시가 수록되었다.

시 '대한민국 상하이임시정부 자리'는 충청남도 보령시 '시인의 성지'(그전 이름: 시와 숲길 공원) 제1호 시비로 2010년 4월 23일 건립되었는데, 시비의 앞면에는 시 '대한민국 상하이임시정부 자리'와 이 시를 짓게 된 배경을 새기고, 뒷면에는 '허만길 약력'을 새겼다. 2015년 4월 25일 준공된 충남 보령시 '시인의 성지' '한국 문인 인물 자료 100년 보존 타임캡슐'에는 허만길의 약력과 자필 시 '대한민국 상하이임시정부 자리'와 주요 저서들을 보관하여 100년 뒤 2115년 4월 25일에 열어 보게 된다.

 * 허만길의 대한민국 상하이임시정부 자리 보존운동 과정과 성과 회고 주요 글: (1) 허만길 저서 〈정신대 문제 제기 및 대한민국 임시정부 자리 보존운동 회고〉(발행 주식회사 에세이퍼블리싱, 서울. 2010. 12. 21.), (2) 허만길 논문 〈허만길의 시 '대한민국 상하이임시정부 자리'와 대한민국 임시정부 자리 보존운동 성과〉(주간 한국문학신문 제321호 2017년 9월 13일 6쪽. 발행 주간한국문학신문사, 서울.), (3) 허만길 논문 〈허만길의 대한민국 임시정부 자리 보존운동〉(월간 신문예 2019년 3월호 51~60쪽. 발행 책나라, 서울. 2019. 3.) 등.

■ 정신대(일본군 위안부) 문제 제기(18살. 1961년부터) 및 정신대(일본군 위안부) 문제 최초 단편소설 '원주민촌의 축제'(1990년) 발표. '정신대 위령의 날' 제정 및 '국제 사람몸 존중의 날' 제정 제의 (1991년 11월 30일)

허만길은 일제의 대한민국 강점기에 한국과 일본에서 애국 독립 운동을 한 아버지 허찬도(1909. 6. 17.~1968. 12. 21.) 선생에게서 어릴 때부터 일제의 정신대(일본군 위안부) 이야기를 들어 온 것에 교훈을 받아, 첫 교직 생활을 한 18살(1961년)부터 정신대 문제를 꾸준히 주장하였다. 1965년 '한일협정'(*'한 · 일 간 기본 관계에 관한 조약', Treaty on Basic Relations between the Republic of Korea and Japan)에도 언급되지 않았던 일제의 정신대 문제를 그냥 역사의 뒷전에 묻히게 할 수 없다는 양심에서 정신대 문제를 효과적이고 대중적으로 제기하기 위해 정신대 문제를 주제로 한 최초의 단편소설 '원주민촌의 축제'('A Feast in the Village of Natives')를 1990년(47살) 10월 5일 〈한글문학〉 제12집 115~134쪽(편자 한글문학회 회장 안장현. 발행 미래문화사, 서울. 1990. 10. 5.)에 발표하였다. 이 소설은 정신대 문제를 국내외에 역사적 관심사로 불러일으키는 주요 발단을 이루었다. 단편소설 '원주민촌의 축제'는 2007년 〈두산백과사전〉에 등재되었다.

〈단편소설 '원주민촌의 축제'에 대한 평〉

단편소설 '원주민촌의 축제'는 발표 즉시 문인과 언론을 비롯하여 각계로부터 큰 관심을 끌면서, 잊혀 가던 정신대(일본군 위안부) 문제를 일깨우는 촉매 역할을 했다. 서울대학교 구인환(문학평론가, 소설가) 교수는 '원주민촌의 축제'는 "일제의 압정에 항쟁하며 독립의 열매를 키우던 치열한 삶이 해외 동포의 고국 방문이란 연결고리로 외손인 민속학도에 의해 그 신비가 벗겨지는 충격과 감동을 주는 작품이다. 추리적인 호기심을 자극하는 구성으로 치밀하게 서사의 핵을 구조화하는 기법이 좋다."고 했다(한글문학 제12집 136쪽. 1990. 10. 5.).

구인환 교수는 이 소설이 발표된 지 약 한 달 뒤 1990년 11월 초 제주도에서 개최된 한국소설가협회 세미나(세미나 종료일: 1990년 11월 6일경)가 있었는데, 소설가들은 허만길의 단편소설 '원주민촌의 축제'야말로 잃어버릴 뻔했던 한국 문학의 한 사명적 영역을 일깨워 준 훌륭한 작품이며 한국 소설가 모두가 관심을 가져야 할 작품이라고 평가했다는 것을 한글문학회 회장 안장현 님과 허만길 작가에게 전해 주었다.

시인 안장현 한글문학회 회장은 기회가 있을 때마다 단편소설 '원주민촌의 축제'는 "문학사에 길이 기록될 수작"이라고 극찬했다(주간교육신문 1991년 11월 18일). 이 작품은 1991년 한글문학회에서 주는 한글문학상 신인상 수상작으로 선정되었으며, 1991년 11월 30일 한글문학상 시상식에서도 안장현 한글문학회 회장은 인사말을 통해 이 작품에 대한 극찬을 되풀이했다.

⟨'정신대 위령의 날' 제정 및 '국제 사람몸 존중의 날' 제정 제의. 정신대 문제 제기 성과⟩

이 작품이 발표된 이듬해 1991년 11월 30일 한글문학상(신인상) 수상작으로 선정됨을 계기로 허만길은 "'정신대 위령의 날' 제정 및 '국제 사람몸 존중의 날' 제정 제의"(유인물. 1991. 11. 30.)를 각계에 하면서, 계속 일본군 위안부 문제를 역사적 관심사로 환기시킴과 동시에 정신대 희생자의 넋을 위로하자는 운동을 벌였다. 언론에서는 ⟨주간조선⟩(1991. 12. 15.), ⟨한국일보⟩(1992. 1. 6.), ⟨조선일보⟩(1992. 1. 18.), ⟨동아일보⟩(1992. 1. 21.), ⟨주간경향⟩(1992. 2. 9.), 국가안전보장회의와 비상기획위원회 공동 발행 ⟨비상기획보⟩(1992년 봄호. 1992. 3. 1.) 등이 크게 호응했다.

1992년 1월 언론에서 일제 때 12살 초등학교 어린이들마저 정신대에 끌려간 사실이 뚜렷이 드러났다고 하자, 그동안 허만길이 제기해 온 정신대 문제는 급속도로 국내외의 큰 관심을 끌게 되었다.

⟨정신대 문제 제기 활동 공로로 국가인권위원회 위원장 표창 수상(2004. 12. 10.)⟩

허만길은 정신대(종군 위안부) 문제 제기 활동과 산업체 근무 야간 특별학급 여학생들의 인격과 권익 보호 활동 공로를 인정받아, 2004년 12월 10일 제56주년 세계인권선언기념일에 국가인권위원회 위원장 표창을 받았다.

〈두산백과사전(주식회사 두산)에 단편소설 '원주민촌의 축제' 등재(등재일 2007. 3. 2.)〉

허만길의 단편소설 '원주민촌의 축제'는 2007년 3월 '두산백과사전'(주식회사 두산)에 등재되어, 설명되었다.

등재 항목(올림말)은 '원주민촌의 축제'[原住民村의 祝祭, A Feast in the Village of Natives]이다.

〈'한국현대문학 100주년 기념탑'(2008년 건립) 딸린 비에 정신대 문제 소설 이름 '원주민촌의 축제' 조각〉

사단법인 국제PEN한국본부와 사단법인 한국육필문예보존회(회장 이양우)는 공동으로 충남 보령시의 후원을 받아, 보령시에 2008년 11월 8일 '한국현대문학 100주년 기념탑'을 건립했다. '한국현대문학 100주년 기념탑' 앞의 작은 딸린 비 '빛나는 한국문단의 인물들'에는 허만길의 이름과 허만길의 정신대 문제 단편소설 이름 '원주민촌의 축제'를 새겼다.

> ### 허만길: 시인, 소설가.「원주민촌의 축제」

- **단편소설 '원주민촌의 축제' 재수록**: 허만길 저서 〈정신대 문제 제기 및 대한민국 임시정부 자리 보존운동 회고〉 158~186쪽 (발행 주식회사 에세이퍼블리싱, 서울. 2010. 12. 21.)

- 단편소설 '원주민촌의 축제' 3차 수록: 〈월간 신문예〉 2018년 7 · 8월호 84~105쪽(발행 도서출판 책나라, 서울. 2018. 7. 10.)
- 허만길의 정신대 문제 제기 과정과 성과 회고 주요 글: (1) 허만길 저서 〈정신대 문제 제기 및 대한민국 임시정부 자리 보존운동 회고〉(발행 주식회사 에세이퍼블리싱, 서울. 2010. 12. 21.). (2) 허만길 논문 〈정신대 문제 단편소설 '원주민촌의 축제'(1990년) 창작 과정과 성과〉(주간한국문학신문 제319호 2017년 8월 30일 6쪽. 발행 주간한국문학신문사, 서울). (3) 허만길 논문 〈정신대 문제 첫 단편소설 '원주민촌의 축제' 창작 과정과 성과〉(월간 신문예 제94호 2018년 7 · 8월호 106~112쪽. 발행 도서출판 책나라, 서울, 2018. 7. 10.)

■ 13년간 현대적 개념의 학교 진로 교육 도입 및 발전 활동 (1993~2005년)

허만길은 1993년부터 2005년까지 13년간 우리나라 학교 현장에 현대적 개념의 진로 교육 도입 및 발전을 위해 활약하였다.

서울특별시교육연구원 진로교육연구부 연구사(1993. 3. 1.~1994. 5. 16. *서울특별시교육연구원 진로교육연구부는 1990년 4월 개설) 로서 중등학교 교사용 〈진로 지도의 이론과 실제〉 발간 기획 및 보급, 진로 교육 심포지엄 개최 등의 업무를 시작으로 하여, 한국진로교육학회 창립 활동(1993. 11. 4. 창립), 한국진로교육학회 이사(2000~2005), 서울진로교육연구회 부회장 및 이사(1993. 3. 1.~2001. 2. 28.), 서울초·중등학교진로교육연구회 감사(2001. 3. 1.~2005. 2. 28. *2001년 3월 1일 '서울진로교육연구회'를 바꾼 이름), 서울특별시교원연수원 진로상담교사 자격연수 교육과정 편성위원(1996), 서울특별시교원연수원 진로상담교사 자격연수 강사(1996~1998), 서울특별시교육연구원 상담자원봉사연수 강사(1997), 서울특별시교육청 진로교육추진위원회 위원장(1997~1998), 서울특별시교육청 주관 중등학교 교원 대상 진로 교육 개선 논문 특별 공모 심사위원장(1998), 고등학교 교과서 〈진로상담〉 집필(공저. 발행 서울특별시교육청. 1999년 1월 초판), 고등학교 교과서 〈진로와 직업〉 편찬 연구위원(발행 대한교과서주식회사. 2003년 3월 초판), 한국직업능력개발원 전문가협의회 위원(2004), 서울특별시교육과학연구원 진로정보센터 운영 자문위원(2003), 한국직업능력개발원 교원 진로교육 직무연수 강사(2005) 등을 지내면서 학교 진로 교육 정책 수립, 학교 진로 교육 체제 확립, 종전의 중등학교 '교도부'를 1994년 10월 '진로상담부'로 변경하기 위한 노력, 중등학교 '진로상담부' 기능 확립, 교육 시책 담당자, 교원, 학부모, 학생의 진로 교육 인식 변화 활동, 교사용·학생용·학부모용 진로 교육 자료 개발, 진로 교육 관련 각종 연수회 기획 및 지도, 진로 교육 연수회 주제 발표, 체계적인 진로 교육 모형 개발, 진로 교육 논문 발표, 중학교 교감 및 중·고등학교 교장으로서 학교 현장 진로 교육의 선도적 역할(1994. 5. 17.~2005. 8. 31.), 우리나라 최초로 중학생용 〈나의 진로 선택 길잡이〉 책 개발(1996), 중학생용 진로 탐색 학습장 개발(2000), 고등학생용 진로 학습장 개발(2004), 서울 당곡고등학교 교장 재직 중 서울특별시교육청 지정 선도학교 운영으로 고등학생의 소질, 적성 계발을 위한 진로 교육 프로그램 개발 및 보급(2004. 3. 1.~2005. 2. 28.) 등을 통해 우리나라 학교 현장에 현대적 개념의 진로 교육 도입 및 발전을 위해 활약하였다.

■ 1970년대부터 환경 운동 및 환경 교육 솔선수범

허만길은 1970년대부터 환경 문제에 대해 많은 관심을 가졌는데, 1974년부터 5년간 경복고등학교 새마을 운동 담당 교사로서 자연 보호 운동을 벌이고, 경복고등학교 부설 방송통신고등학교 학생들과 자연 보호 운동에 앞장서고(1975~1978), 우리나라 쓰레기 종량제 법령 시행 첫해 1995년도에는 서울 강신중학교 교감으로서 서울특별시 청소사업본부 후원으로 서울특별시교육청 지정 자원 재활용 시범학교를 운영하였다. 1995년 노랫말 '우리 자연 우리 환경'을 만들어(작곡 정미진. 서울대학교 대학원 작곡과 졸업) 노래를 보급하였는데, 환경부 장관은 1995년 10월 23일 자 공문으로 허만길에게 '감사의 글'을 보내 주었고, 주간 〈동아환경신문〉(서울)은 1996년 1월 1일 신년 특집으로 첫 면에 '우리 자연 우리 환경' 노래를 싣고 그 속장에 허만길과의 면담 기사를 실었다.

'우리 자연 우리 환경' 노래는 2021년 성악가 송승연 노래로 인터넷 유튜브(YouTube)에 악보와 함께 등재되었다.

■ 고향 경상남도 의령과 관련한 연구, 문학 창작, 노래 제작

허만길은 2020년 11월 현재까지 고향 경상남도 의령과 관련한 연구논문과 평론 36편, 문학작품 33편, 노래 가사 7편, 비문과 현판 시 3편을 발표하였다. 이들에 대한 목록과 수록 문헌과 해설을 실은 논문 '허만길의 의령 관련 논문, 문학 작품, 노래 해설'은 의령문화원 발행 〈의령문화〉 제30호 77~107쪽(2021)에 수록되어 있다. '의령신문'은 이와 관련된 기사를 '의령신문' 2021년 6월 24일에 실으면서, 뒷날 허만길과 의령 연구에 소중한 자료로 활용될 전망이라고 했다.

그 뒤로도 허만길은 2022년 8월 현재까지 평론 '빛나는 칠곡초등학교 개교 100돌' (의령신문 2022. 3. 10.), 수필 '개교 100돌 칠곡초등학교, 졸업생들에게 사랑을 보내며' (의령신문 2022. 3. 24.), 축시 '칠곡초등학교 개교 100돌 축하' (의령신문 2022. 4. 14.), 평론 '의령신문 지면평가위원회 지면평가' (2021년 하반기 평가. 2022년 상반기 평가) 들을 발표하였다.

■ 저서

• 한국현대국어정책 연구(1994. 8. 25.)
• 음성언어교육의 영역설정 연구(1979. 8.)
• 우리말 사랑의 길을 열면서(2003. 5. 26.)
• 우리말 사랑의 길(1976. 6. 15.)

- 정신대 문제 제기 및 대한민국 임시정부자리 보존운동 회고(2010. 12. 21.)
- (장편복합문학) 생명의 먼동을 더듬어(*세계 최초 복합문학. 1980. 4. 26.)
- (시집) 당신이 비칩니다(2000. 12. 23.)
- (시집) 열다섯 살 푸른 맹세(2004. 11. 27.)
- (시집) 아침 강가에서(2014. 9. 1.)
- (장편소설) 천사 요레나와의 사랑(1999. 12. 20.)
- (깨달음 글) 인류를 위한 참얼음(1980. 8. 21.)
- (수필집) 열네 살 푸른 가슴(2007. 6. 4.)
- (수필집) 진리를 찾아 이상을 찾아(2007. 12. 21.)
- (수필집) 빛이 반짝이는 소리(1975. 10. 20.)
- (수필집) 방송통신고등학교 학생과 졸업생에게 사랑을 보내며 (2021. 11. 18.)
- (교육 회고록) 저 푸른 별들에 제자들의 아픔과 소망이(2022. 9. 5.)
- (고등학교 교과서) 진로 상담(공동 집필, 서울특별시교육청, 1999. 1. 초판)

■ 주요 논문

〈국어학, 언어학, 국어 교육, 언어 교육 분야〉

⊙ "역동언어학 및 역동유형 이론 구상"(The Conception of Dynamic Linguistics and Dynamic Pattern Theory), 한글 제148호 75~98쪽. 발행 한글학회, 서울. 1971. 12.

⊙ "음성 언어 교육의 원리", 난대 이응백 박사 회갑 기념 논문집 671~682쪽. 편집 난대 이응백 박사 회갑기념논문집간행회. 발행 보진재, 서울. 1983. 4. 30.

⊙ "광복 후의 문맹 퇴치 정책 연구", 교육한글 제7호 175~197쪽. 발행 한글학회, 서울. 1994. 9. 25.

⊙ " '글쎄'의 품사 범주와 통사적 의미", 남천 박갑수 선생 화갑기념논문집 243~262쪽. 엮음 한국어연구회. 발행 태학사, 서울. 1994. 10. 10.

⊙ "국어 정책", 국어교육학 사전. 서울대학교 국어교육연구소 엮음. 발행 대교출판. 1999. 3. 15.

⊙ "유잠자(類潛自: '유형화, 잠재화, 자동화'의 준말) 언어 교육론"(연재), 교육평론 1969년 7월호(통권 제129호)~1969년 10월호(통권 제132호), 1970년 2월호(통권 제136호), 1970년 4월호(통권 제138호). 발행 교육평론사, 서울.

⊙ "1950년대 한국 군대의 문맹 퇴치 활동", 비상기획보 제28호 1994년 여름호 34~37쪽. 발행 국가안전보장회의/비상기획위원회. 1994. 6. 1.

⊙ **"광복 직후의 우리말 도로 찾기 정책"**, 교육개발 1994년 9월호 통권 제91호 69～72쪽. 발행 한국교육개발원, 서울. 1994. 8. 30.

⊙ **"독서 교육의 영역별 내용과 실천 계획"**, 교육평론 1978년 5월호 통권 제235호 60～65쪽. 발행 교육평론사, 서울. 1978. 5. 1.

⊙ **"청소년들의 저속 가사에 비친 사회"**, 주부생활 1978년 8월호 164～167쪽. 발행 주부생활사, 서울. 1978. 8. 1.

⊙ **"국어 교육의 문제점과 그 해결 방향"**, 말과 글 제4호 6～11쪽. 발행 한국교열기자회, 서울. 1978. 12. 15.

⊙ **"이름말로 본 국어 순화 실태"**, 수도교육 1981년 9월호 통권 제66호 29～32쪽. 발행 서울특별시교육연구원. 1981. 9. 1.

⊙ **"예절로서의 곱고 아름다운 말씨"**, 국어생활 1987년 가을호 통권 제10호 30～40쪽. 발행 대한민국 학술원 부설 국어연구소, 서울. 1987. 9. 25.

⊙ **"역대 국민학교 1학년 말하기 교육 요소 분석 연구"**, 남사 이근수 박사 환력기념논총 443～457쪽. 엮음 남사 화갑기념논총간행위원회. 발행 반도출판사, 서울. 1992. 4. 15.

⊙ **"공무원 연수와 국어"**, 교육연수 제1호 176～183쪽. 발행 교육부 중앙교육연수원, 서울. 1992. 12. 31.

⊙ **"공무원 우리말 잘 쓰기 규범"**, 교육평론 1993년 6월호 71～75쪽. 발행 주간교육신문사, 서울. 1993. 6. 1.

⊙ **"공무원 국어 생활의 반성 및 향상 방안"**, 국어교육 81 · 82합병호 279～297쪽. 발행 한국국어교육연구회, 서울. 1993. 8. 31.

⊙ **"말글 정책은 국민 정신 가짐에 영향 미침을 알아야"**, 세종성왕 육

백 돌 438~440쪽. 발행 세종대왕기념사업회, 서울. 1999. 5. 15.

⊙ "겨레말의 중요성과 어문 규정", 2002년 해외 파견 교육 공무원 직무 교육 교재 211~229쪽. 발행 교육부 국제교육진흥원. 2001. 12.

⊙ "중등학교 국어과 교육의 실제 −제7차 국어과 교육과정 시행과 관련하여− ", 서울교육 2002년 봄호 통권 제166호 78~83쪽. 발행 서울특별시교육과학연구원. 2002. 3. 15.

⊙ "재외 국민의 모국어 사랑 교육", 2004년 해외 파견 교육 공무원 직무 연수 교재 335~362쪽. 발행 교육인적자원부 국제교육진흥원. 2003. 11. 28.

⊙ "체계적이고 다양한 국어 정책 수립 및 구현을", 말과 글 2004년 가을호 통권 제100호 154~158쪽. 발행 한국어문교열기자협회, 서울. 2004. 9. 30.

〈문학 분야〉

⊙ "복합문학의 유래와 개념", 허만길 저서 〈정신대 문제 제기 및 대한민국 임시정부 자리 보존운동 회고〉 129~157쪽. 발행 주식회사 에세이퍼블리싱, 서울. 2010. 12. 21.

⊙ "Origin and Concept of Complex Literature", 허만길 저서 〈정신대 문제 제기 및 대한민국 임시정부 자리 보존운동 회고〉 190~199쪽. 발행 주식회사 에세이퍼블리싱, 서울. 2010. 12. 21.

⊙ "Interpretation of the Short Novel 'A Feast in the Village of Natives' ", 허만길 저서 〈정신대 문제 제기 및 대한민국 임시정부 자리 보존운동 회고〉 200~208쪽. 발행 주식회사 에세이퍼블리싱, 서울.

2010. 12. 21.

⊙ "정신대(일본군 위안부) 문제 제기 회고", 허만길 저서 〈정신대 문제 제기 및 대한민국 임시정부 자리 보존운동 회고〉 11~80쪽. 발행 주식회사 에세이퍼블리싱, 서울. 2010. 12. 21.

⊙ '대한민국 상하이 임시정부 자리 보존운동 회고', 허만길 저서 〈정신대 문제 제기 및 대한민국 임시정부 자리 보존운동 회고〉 81~128쪽. 발행 주식회사 에세이퍼블리싱, 서울. 2010. 12. 21.

⊙ "허만길의 시 '대한민국 상하이 임시정부 자리'와 대한민국 임시정부 자리 보존운동 성과", 주간한국문학신문 제321호 2017년 9월 13일 6쪽. 발행 주간한국문학신문사, 서울.

⊙ "한범수 시인 시의 시간과 선문답과 인간미의 미학", 한범수 시집 〈헤어질 때 잡은 당신 손이 따뜻했어요〉 155~171쪽. 발행 순수문학사, 서울. 2018. 5. 5.

⊙ "안예진 시인의 시 재능과 시의 특성", 안예진 시집 〈첫사랑 당신〉 118~147쪽. 발행 순수문학사, 서울. 2018. 5. 11.

⊙ 정신대 문제 첫 단편소설 '원주민촌의 축제' 창작 과정과 성과, 월간 신문예 제94호 2018년 7·8월호 106~112쪽. 발행 도서출판 책나라, 서울. 2018. 7. 10.

⊙ "복합문학의 개념과 기대", 월간 한국국보문학 2018년 9월호 118~125쪽. 발행 도서출판 국보, 서울. 2018. 9. 1.

⊙ "문학비에 나타난 허만길 문학 세계 이해", 월간 한국국보문학 2019년 1월호 102~121쪽. 발행 도서출판 국보, 서울. 2019. 1. 1.

⊙ "허만길의 대한민국 임시정부 자리 보존운동", 월간 신문예 2019

년 3월호 51~60쪽. 발행 책나라, 서울. 2019. 3. 8.

⊙ **"채선엽 시인의 시의 세계 −아름다운 마음씨의 감정 이입과 성실한 삶의 미학−"**, 채선엽 시집 〈연둣빛 보석〉 103~123쪽. 발행 순수문학사, 서울. 2019. 11. 1.

⊙ **"이근우 시인의 시의 세계 −형이상학적 사색과 애국과 청렴한 삶의 미학−"**, 이근우 시집 〈구름과 경계 없이〉 128~148쪽. 발행 인천대학교 출판부, 서울. 2020. 3. 13.

⊙ **"이기봉 시인의 시의 세계 −고국과 부모 생각, 이민 생활 정서, 자연 찬미 −"**, 이기봉 시집 〈시애틀의 봄비〉 85~109쪽, 발행 순수문학사, 서울. 2020. 11. 1.

⊙ **"석미애 시인의 시의 세계 −소중한 추억 되새김, 끊임없이 새로운 꿈 추구, 광안대교 애정−"**, 석미애 시집 〈아네모네는 속삭입니다〉 107~130쪽, 발행 순수문학사, 서울. 2021. 6. 1.

⊙ **"배정화 시인의 시의 세계 − 자연 찬미, 자연 속 인간 투사, 진정한 환자 사랑 −"**, 배정화 시집 〈나는 사랑을 주는 자〉, 발행 도서출판 넓은 마루, 서울. 2022. 11. 15.

〈진로 교육 분야〉

⊙ **"중학교 진로 교육 강화 방향"**, 진로교육연구 제3집 13~24쪽. 발행 서울진로교육연구회. 1995. 12. 1.

⊙ **"고등학교 진로 교육 활성화를 위한 지원 체제 방안"**, 1996년 진로 교육 세미나 자료집 '교육 개혁안에 따른 고등학교 진로 교육' 77~92쪽. 발행 서울특별시교육연구원. 1996. 6. 14.

◉ **"학교 진로 교육 계획의 주요 영역"**, 교과서 연구 제27호 58~60 쪽. 발행 한국2종교과서협회(*2종교과서: 검인정교과서), 서울. 1997. 4. 1.

◉ **"열린 학습 사회의 진로 지도 실제"**, 중등학교 교감 자격 연수 교 재 311~322쪽. 발행 서울특별시교원연수원. 1997. 5.

◉ **"중학교 진로 교육 기회의 확보와 운용"**, 서울교육 1997년 여름호 48~51쪽. 발행 서울특별시교육연구원. 1997. 6. 10.

◉ **"학교 진로 교육 계획 수립 방향"**, 1997학년도 중등학교 진로상담 교사 자격 연수 교재 393~408쪽. 발행 서울특별시교원연수원. 1997. 12.

◉ **"미래 사회의 전망"**, 고등학교 과정 직업 학교 교과서 '진로 상담' 59~84쪽. 발행 서울특별시교육청. 1999. 1.

◉ **"국가 인적 자원 개발과 중등학교 진로 교육"**, 진로 교육 연구 제 13호 39~60쪽. 발행 한국진로교육학회. 2001. 6. 1.

◉ **"고등학교의 체계적 진로 교육 방향"**, 교육 마당 21. 2005년 2월 호 110~112쪽. 발행 교육인적자원부. 2005. 2. 1.

◉ **"고등학교의 체계적 진로 교육 프로그램 개발 활용 -당곡고등학교 선도학교 운영 사례 중심으로- "**, 중등 교원 진로 지도의 실제 직 무 연수 교재 174~197쪽. 발행 한국직업능력개발원. 2005. 1. 25.

〈교육 일반 분야〉

◉ **"개선돼야 할 대학 입시 출제 경향"**, 교육평론 1975년 2월호 84~87쪽. 발행 교육평론사. 서울. 1975. 2. 1.

◉ **"대학 입시 출제 경향과 개선점"**, 교육평론 1975년 6월호 62~65쪽. 발행 교육평론사, 서울. 1975. 6. 1.

◉ **"대학 입시 출제 경향 개선에 부침"**, 교육평론 1975년 11월호 28~31쪽. 발행 교육평론사, 서울. 1975. 11. 1.

◉ **"고등학교 평준화 보완 방안"**, 교육평론 1977년 7월호 통권 225호 80~83쪽. 발행 교육평론사, 서울. 1977. 7. 1.

◉ **"카운츠(George S. Counts)의 진보적 교육 사상"**, 교육연구 1978년 8월호 61~66쪽. 발행 한국교육생산성연구소 교육연구사, 서울. 1978. 8. 1.

◉ **"방송통신고등학교 교육의 문제점과 개선 방향"**, 교육평론 1978년 9월호 통권 제239호 38~43쪽. 발행 교육평론사, 서울. 1978. 9. 1.

◉ **"이질 학급 학습 지도 및 과열 과외 해소 방안"**, 교육평론 1980년 4월호 65~72쪽. 발행 교육평론사, 서울. 1980. 4. 1.

◉ **"인간 교육의 정착 방안"**, 교육평론 1994년 12월호 100~104쪽. 발행 주간교육신문사, 서울. 1994. 12. 1.

◉ **"학교 폭력의 실상과 그 예방 교육 방안"**, 교장학 토론회 보고서 165~185쪽. 발행 서울대학교 교육행정연수원. 1997. 8. 23.

◉ **"21세기 대비 단위 중학교 운영 모형 연구"**, 교육평론 1998년 1월호 85~92쪽. 발행 주간교육신문사, 서울. 1998. 1. 1.

〈그 밖의 분야〉

◉ **"자기 수양"**, 한국청소년연맹 한별단(고등학생단) 교재 〈한별의 생

활〉 16~19쪽. 한국청소년연맹. 1985. 5. 1.

◉ **"정신 수련"**, 한국청소년연맹 한별단(고등학생단) 교재 〈한별의 생활〉 20~32쪽. 한국청소년연맹. 1985. 5. 1.

◉ **"김해 허씨(許氏)의 의령 정착 과정"**, 의령신문 2012년 3월 23일 2쪽. 의령신문사, 경남 의령군.

◉ **"의령군 가례를 몹시 사랑한 허원보의 삶"**, 의령신문 2012년 7월 13일 3쪽. 의령신문사, 경남 의령군.

◉ **"의령군 가례를 사랑한 허원보의 자녀와 인척"**, 의령신문 2012년 9월 28일 3쪽. 의령신문사, 경남 의령군.

◉ **"조선 전기 허원보의 의령군 가례 이주에 따른 지명 형성"**, 의령신문 2012년 12월 27일 3쪽. 의령신문사, 경남 의령군.

◉ **"의령군 가례면의 역사적 명소를 표적 있게 하자"**, (1) 의령신문 2013년 7월 12일 4쪽. 의령신문사, 경남 의령군. (2) 칠곡초등학교 개교100주년 기념문집 〈다시 보는 100년, 100년의 추억을 담다〉 52~57쪽. 발행 칠곡초등학교 개교100주년기념사업추진위원회, 경남 의령군. 2022. 5. 1.

◉ **"의령군 칠곡면의 일곱 골짜기를 설정하면서"**, (1) 의령신문 2013년 9월 13일 3쪽. 의령신문사, 경남 의령군. (2) 칠곡초등학교 개교100주년 기념문집 〈다시 보는 100년, 100년의 추억을 담다〉 52~57쪽. 발행 칠곡초등학교 개교100주년기념사업추진위원회, 경남 의령군. 2022. 5. 1.

◉ **"조선 전기 허원보의 의령 이주에 따른 나라 사랑 기여와 지명 형성 연구"**, 의령문화 제23호 12~19쪽. 의령문화원, 경남 의령군.

2014. 1.

- ⊙ "우리 고유 음악에 큰 빛 남긴 악성 우륵 – 우륵의 시와 춤의 재능도 조명되어야 –", 월간 순수문학 2014년 3월호 147~149쪽. 월간 순수문학사, 서울. 2014. 3. 1.

- ⊙ "의령군 가례면 백암정(白巖亭)의 유래와 가치", 의령신문 2014년 12월 26일 4쪽. 의령신문사, 경남 의령군.

- ⊙ "시인 허만길의 의령 사랑 시와 악보 모음", 의령문화 제24호 116~123쪽. 의령문화원, 경남 의령군. 2015. 1. 25.

- ⊙ "허찬도(許贊道) 선생의 항일 독립운동과 선각적 계몽활동", 의령신문 제371호 2015년 2월 27일 4쪽. 의령신문사, 경남 의령군.

- ⊙ "곽재우 아버지 곽월의 혼인과 강응두에 관한 연구", 의령신문 제374호 2015년 3월 20일 6쪽. 의령신문사, 경남 의령군.

- ⊙ "의령의 우륵 기념사업 과제와 방안", 2015년 학술 세미나 의령의 인물 악성 우륵에 대한 연구 75~93쪽. 발행 우륵문화발전연구회, 경남 의령군. 2015. 5. 29.

- ⊙ "의령읍 만천리 노재성 님 부인 강윤희 여사 열녀, 효부 행실", 의령신문 제392호 2015년 8월 7일 3쪽. 발행 의령신문사, 경남 의령군.

- ⊙ "의병장 곽재우와 의령의 관계–", 재경 의령군향우회 60년사 416~419쪽. 발행 재경의령군향우회, 서울. 2015. 9. 1.

- ⊙ "허찬도 –항일 애국독립운동가, 선각적 계몽 활동가–", 재경 의령군향우회60년사 164~165쪽. 발행 재경의령군향우회, 서울. 2015. 9. 1.

- "〈재경 의령군향우회 60년사〉 서평", 의령신문 제402호 2015년 10월 30일 4쪽. 발행 의령신문사, 경남 의령군.

- "허만길 인물자료 100년 타임캡슐에 보존", 의령신문 제404호 2015년 11월 13일 3쪽. 발행 의령신문사, 경남 의령군.

- "의령 자굴산의 부르는 말과 한자 표기음의 일치성 및 어원 연구", 의령문화 제25호 16~34쪽. 발행 의령문화원, 경남 의령군. 2016. 1. 31.

- "의령의 우륵 기념사업 방향과 개선점", 2017년 제6회 의령 우륵 학술 세미나 자료집 의령인 악성 우륵 147~168쪽. 발행 우륵문화발전연구회, 경남 의령군. 2017. 9. 16.

- "우륵의 이해와 의령의 우륵 기념사업 방향", 2019년 제8회 의령 우륵 탄신기념 학술세미나 논문집 12~25쪽. 발행 우륵문화발전연구회, 경남 의령군. 2019. 5. 25.

- "허원보 선생 후손으로서 백암정(白巖亭) 복원을 고마워하며", 의령신문 2019년 12월 26일 6쪽. 발행 의령신문사, 경남 의령군.

- "진주의 4.19혁명 상황과 허만길의 선언문 회고", 월간 한국국보문학 2020년 4월호 63~97쪽. 발행 도서출판 국보, 서울. 2020. 4. 1.

- "허만길의 의령 관련 논문, 문학작품, 노래 해설", 의령문화 제30호 77~107쪽. 발행 의령문화원. 2021. 2. 1.

- "허만길의 삶과 교육과 학문과 문학", 의령문화 제31호 34~70쪽. 발행 의령문화원. 2022. 2. 1.

- "빛나는 칠곡초등학교 개교 100돌", 의령신문 2022년 3월 10일.

발행 의령신문사, 경남 의령군.

⊙ **"허만길의 의령 관련 논문, 문학 작품, 노래 작사 및 제작 목록"**,
칠곡초등학교 개교 100돌 기념 허만길 문집 16~19쪽(2022. 5. 6.)

■ 단편소설

⊙ **'원주민촌의 축제'**, 한글문학 제12집 115~134쪽. 편자 한글문학
회. 발행 미래문화사. 서울. 1990. 10. 5.

⊙ **(*2차 발표) '원주민촌의 축제'**, 허만길 저서 〈정신대 문제 제기 및
대한민국 임시정부 자리 보존운동 회고〉 158~186쪽. 발행 에세
이퍼블리싱(북랩), 서울. 2010. 12.

⊙ **(*3차 발표) '원주민촌의 축제'**, 〈월간 신문예〉 제94호 2018년
7 · 8월호 84~105쪽. 발행 도서출판 책나라, 서울. 2018. 7.

⊙ **'꽃망울'**, 월간 '유아교육자료' 1991년 3월호 100~103쪽. 발행 한
국교육출판, 서울.

⊙ **'채색된 사람들'**, 한글문학 제13집 165~184쪽. 엮은이 한글문학
회, 발행 도서출판 한누리, 서울. 1991. 4.

⊙ **'충격'**, 한글문학 제15집 239~253쪽. 엮은이 한글문학회. 발행
도서출판 한누리, 서울. 1992. 5.

⊙ **'진아 자매의 자굴산 축제'**, 한국소설(The Korea Novel) 166호 2013
년 5월호 84~96쪽. 발행 한국소설가협회. 2013. 5. 1.

⊙ **'선생님의 사랑'**, 한국소설 206호 2016년 9월호 63~82쪽. 발행

한국소설가협회, 서울. 2016. 9.

■ 주요 수필

⊙ "일제 강점기 애국 항일 활동을 한 아버지 허찬도 선생의 교훈",
허만길 저서 〈정신대 문제 제기 및 대한민국 임시정부 자리 보
존운동 회고〉 11~25쪽. 발행 주식회사 에세이퍼블리싱, 서울.
2010. 12. 21.

⊙ "어머니의 마음자락", ⑴ 한글문학 제11집 121~125쪽. 편자 한
글문학회 회장 안장현. 발행 도서출판 한누리, 서울. 1990. 5.
20. ⑵ (*재수록) 청다문학 사화집 제2호 199~205쪽. 발행 청다
문학회, 서울. 2009. 1. 10.

⊙ "과로로 휴직했던(1980년) 이야기", 허만길 저서 〈우리말 사랑의
길을 열면서〉 318~347쪽. 발행 문예촌, 서울. 2003. 5. 26.

⊙ "(산업체 근무 학생) 특별학급 제자를 회상하며", 교육관리기술
1988년 3월호 125~130쪽. 발행 한국교육출판사, 서울. 1988. 3. 1.

⊙ "정신대 희생자 넋을 생각하며", 비상기획보 1992년 봄호 통권 제
19호 56~59쪽. 발행 국가안전보장회의/비상기획위원회. 1992.
3. 1.

⊙ "오는 봄, 맞이하는 봄 속에 소녀 정신대 생각", 교육신보 1992년
1월 27일 3쪽. 발행 교육신문사, 서울.

⊙ "방송통신고등학교 학생들의 향학열을 돕던 생각", 나라사랑 제

103집 180~185쪽. 발행 외솔회(외솔 최현배 박사 기념 모임), 서울. 2002. 3. 23.

- ⊙ **"외솔 최현배 박사와의 만남 회고"**, ⑴ 허만길 저서 〈우리말 사랑의 길을 열면서〉 34~51쪽. 발행 문예촌, 서울. 2003. 5. 26. ⑵ 나라사랑 제108집 226~243쪽. 발행 외솔회(외솔 최현배 박사 기념 모임), 서울. 2004. 9. 23.

- ⊙ **"국어학자 외솔 최현배 박사님과의 만남"**, 월간 신문예 2021년 7·8월호 22~38쪽. 발행 도서출판 책나라, 서울. 2021. 7. 1.

- ⊙ **"서울 영원중학교, 세계적 청소년 문제 작가 존 마스든 초청 강연 회고"**, 교육평론 2000년 7월호 48~51쪽. 발행 주간교육신문사, 서울. 2000. 7. 1.

- ⊙ **"2000년 사하 공화국 교육부 장관의 학교(서울 영원중학교) 방문 회고"**, 청다문학 사화집 제4호 171~176쪽. 발행 청다문학회, 서울. 2011. 1. 31.

- ⊙ **"2001년 전후 서울 영원중학교 교장 재직 시절"**, 문화 영등포 제8호 35~39쪽. 발행 영등포문화원, 서울. 2013. 7. 20.

- ⊙ **"서울 당곡고등학교 교직원들과 새해 떡국을 먹던 날"**, 서울 교육의정 회보 제2호 22~25쪽. 발행 서울특별시교육의정회. 2004. 4. 1.

- ⊙ **"문예춘추 제1회 청백문학상 수상(2011년) 소감"**, 문예춘추 2012년 봄호 49~53쪽. 발행 씨알의 소리, 서울. 2012. 3. 16.

- ⊙ **"의령군 칠곡면 애향비 생각"**, 의령신문 제340호 2013년 12월 25일 3쪽. 발행 의령신문사, 경남 의령군.

⊙ **"1950년대 칠곡초등학교 학창 시절 돌아봄"**, 의령신문 제353호 2014년 7월 11일 7쪽. 발행 의령신문사, 경남 의령군.

⊙ **"한국 문단 경영의 거장 이양우 시인님"**, 이양우 회고록 '황혼연설' 7~9쪽. 발행 문예춘추, 서울. 2015. 3. 23.

⊙ **"의령예술단의 노고를 생각하며"**, 의령신문 제381호 2015년 5월 15일 3쪽. 발행 의령신문사, 경남 의령군.

⊙ **"허만길 작사 방송통신고등학교 교가 제정 과정"**(허만길 구술 녹취), 방송통신고등학교 40년사 35~36쪽. 발행 한국교육개발원, 서울. 2016. 12.

⊙ **"1950년대 초등학교 학창 시절 기억"**, (전자책) 한국문학방송 앤솔러지 제65집 2017년 11월호 82~88쪽. 발행 한국문학방송, 서울. 2017. 1. 15.

⊙ **"방송통신고등학교 교가를 작사한 마음"**, 월간 순수문학 통권 284호 2017년 7월호 83~87쪽. 발행 월간순수문학사, 서울. 2017. 7. 1.

⊙ **"한국가곡연구소의 의령군민문화회관 공연의 경이로움"**, 의령시사신문 제55호 2017년 7월 16일 8쪽. 발행 의령시사신문사, 경남 의령군.

⊙ **"푸른 삶과 문학 활동 48년"**, 한국소설 2019년 4월호 157~174쪽. 발행 한국소설가협회, 서울. 2019. 4. 1.

⊙ **"아기 외손녀와 외할아버지의 일기"**, 월간 한국국보문학 2021년 2월호 194~220쪽. 발행 도서출판 국보, 서울. 2021. 2. 1.

⊙ **"젊은 교육자의 휴직"**, 월간 한국국보문학 2021년 11월호 26~42쪽. 발행 도서출판 국보, 서울. 2021. 11. 1.

⊙ "개교 100돌 칠곡초등학교 졸업생들에게 사랑을 보내며", 의령신
　문 2022년 3월 24일 8쪽. 발행 의령신문사, 경남 의령군.

■ 번역된 작품 · 외국어로 된 글

⊙ 허만길 시 '대한민국 상하이임시정부 자리'
* 1990년 6월 13일 대한민국 상하이임시정부 자리 방문 현장 즉흥
　시. 허만길의 대한민국 상하이임시정부 자리 보존운동 시초의 시
* 일본어로 번역되어, 한국 · 일본 · 중국 시인 사화집 〈동북아 시집
　〉(東北亞詩集, ANTHOLOGY OF CONTEMPORARY KOREAN
　CHINESE JAPANESE POETS)　633~634쪽(편찬 한국현대시인
　협회 Korean Modern Poets Association. 발행 도서출판 천산, 서울.
　2008. 10. 29.)에 실림.
　　번역 제목: '大韓民國の上海臨時政府の遺跡'(大韓民國人 許萬吉
　詩 / 文在球 譯)
　　번역 문재구(文在球): 문학박사. 시인
* 허만길 시집 〈아침 강가에서〉104~105쪽(발행 도서출판 순수, 서
　울. 2014. 9. 1.)에 일본어로 번역된 시 '大韓民國の上海臨時政府
　の遺跡'(大韓民國人 許萬吉 詩 / 文在球 譯) 실림.
* 영어로 번역된 시 'The Site of the Korean Provisional Government in
　Shanghai (Hur Man-gil / Trans. Chung Eun-Gwi) 〈Poetry Korea〉
　Volume 7. 193~195쪽(United Poets Laureate International Korea

Committee, Daejeon, Republic of Korea. 2018. 12. 1.)에 실림.

번역 Chung Eun-Gwi(정은귀): Ph.D. State University of New York, USA (Literature). Professor, Hankuk University of Foreign Studies(한국외국어대학교 교수)

* 〈3.1운동 및 대한민국임시정부 수립 100주년 기념 특별초대 시〉(한국어 · 일어 · 영어 대역 시) '대한민국 상하이임시정부 자리/大韓民國の上海臨時政府の遺跡/The Site of the Korean Provisional Government in Shanghai'가 〈한국국보문학〉 2019년 3월호 112~120쪽(발행 도서출판 국보, 서울. 2019. 3. 1.)에 실림.

◉ 허만길 시 '아침 강가에서'

* 허만길 시집 〈당신이 비칩니다〉 44쪽(발행 도서출판 영하, 서울. 2000. 12. 23.) 실린 시.
* 영어로 번역되어, 〈제3회 세계한글작가대회 기념 한영대역 대표작 선집(시집)〉 668쪽(한국어), 669쪽(영어) (발행 국제PEN한국본부, 서울. 2017. 9. 1.)에 실림.

〈The Collection of Poems in Korean/English to Celebrate the 3rd International Congress of Writers Writing in Korean〉 669쪽 (The Korean Centre of PEN International, Seoul, Republic of Korea. September 1, 2017)

번역 시 제목: 'At the Morning Riverside' (Hur Man-gil / Trans. Chung, Eun-Gwi)

번역 Chung, Eun-Gwi(정은귀): Ph.D. State University of New

York, USA (Literature). Professor, Hankuk University of Foreign Studies(한국외국어대학교 교수)

* 영어로 번역된 시 'At the Morning Riverside' (Hur Man-gil / Trans. Chung Eun-Gwi) 〈Poetry Korea〉 Volume 6. 213쪽(Edited by United Poets Laureate International Korea Committee. Published by Orum Publisher, Daejeon, Republic of Korea. *2017. 12. 1.)에 실림.

* 〈문예춘추 Munyechunchu Literature〉 2018년 봄호 247쪽에 한국어 시 '아침 강가에서', 248쪽에 영어로 번역된 시 'At the Morning Riverside' (Hur Man-gil / Trans. Chung, Eun-Gwi) 실림(발행 씨알의 소리, 서울. 2018. 3. 5.)

◉ 허만길 시 '남태평양에서'

* 영어로 번역되어 〈Poetry Korea〉 Volume 7. 198~199쪽(Edited by United Poets Laureate International Korea Committee, 국제계관시인연합 한국위원회. Published by Orum Publisher, Daejeon, Republic of Korea. * December 1, 2018)에 실림.

  번역 시 제목: 'In the South Pacific' (Hur Man-gil / Trans. Kim Yong-jae)

  번역 Kim Yong-jae(김용재): Poet. Ph.D. in Literature. 국제계관시인연합 한국본부 회장 (The Chairman of United Poets Laureate International Korea Center). 국제PEN한국본부 이사장(The President of International PEN Korea Center). 전 대전대학 영문학

과 교수. 전 미국 남가주대학교 객원교수(Former Visiting Professor at University of Southern California, USA)

⊙ 허만길 시 '겨울 사랑'

* 영어로 번역되어, 〈참여문학〉 2015년 여름호 48~49쪽(발행 문예촌, 서울. 2015. 6. 25.)에 실림.

'The Participant Literature', the Summer Issue, 2015. 48~49쪽 (Munyechon Publishers, Seoul, Korea. June 25, 2015)

번역 시 제목: 'Love in Winter' (Hur Man-gil / Trans. Hur Man-gil)

번역 Hur Man-gil(허만길): The Author(시 지은이)

⊙ 허만길 시 '본다이 아침 해변'

* 영어로 번역되어 〈제4회 세계한글작가대회 기념 영문 대표작 선집, The Collection of Poetry & Prose in English to Celebrate the 4th International Congress of Writers Writing in Korean〉 77쪽(Published by The Korean, International PEN. Published in November 30, 2018)에 실림.

번역 시 제목: 'Bondi Beach in the Morning' (Hur Man-gil / Trans. Chung Eun-Gwi)

번역 Chung Eun-Gwi(정은귀): Ph.D. State University of New York, USA (Literature). Professor, Hankuk University of Foreign Studies. 한국외국어대학교 교수

⊙ 허만길 시 '초겨울의 미션 베이'

* 영어로 번역되어 〈Poetry Korea〉 Volume 8. 130~131쪽(Edited by United Poets Laureate International Korea Center, 국제계관시인연합 한국본부. Published by Orum Publisher, Daejeon, Republic of Korea. December 30, 2019)에 실림.

  번역 시 제목: 'Mission Bay in Early Winter' (Hur Man-gil / Trans. Kim Yong-jae)

  번역 Kim Yong-jae (김용재): Poet. Ph.D. in Literature. 국제계관시인연합 한국본부 회장 (The Chairman of United Poets Laureate International Korea Center). 국제PEN한국본부 이사장(The President of International PEN Korea Center). 전 대전대학 영문학과 교수. 전 미국 남가주대학교 객원교수(Former Visiting Professor at University of Southern California, USA)

⊙ 허만길 시 '함박눈'

* 영어로 번역되어 〈Poetry Korea〉 Volume 8. 133쪽(Edited by United Poets Laureate International Korea Center, 국제계관시인연합 한국본부. Published by Orum Publisher, Daejeon, Republic of Korea. December 30, 2019)에 실림.

  번역 시 제목: 'Snowflakes' (Hur Man-gil / Trans. Kim In-Young)

  번역 Kim In-Young (김인영): Colorado University. BA. USA. Pittsburg University. MA. USA. 서강대학교 문학박사. 국제PEN

한국본부 번역위원회 위원 (Translation committee member of PEN Korea). 국제계관시인연합 한국본부 사무총장(Korea Secretary-general of UPLI Korea Center)

◉ 허만길 시 '젊은 날의 4.19혁명'

* 영어로 번역되어 〈Poetry Korea〉 Volume 9. 59~61쪽(Edited by United Poets Laureate International Korea Center, 국제계관시인연합 한국본부. Published by Orum Publisher, Daejeon, Republic of Korea. *June 30, 2020)에 실림.

번역 시 제목: 'April 19 Revolution in the Memories of My Youth' (Hur Man-gil / Trans. Kim Yong-jae)

번역 Kim Yong-jae (김용재): Poet. Ph.D. in Literature. 국제계관시인연합 한국본부 회장 (The Chairman of United Poets Laureate International Korea Center). 국제PEN한국본부 이사장(The President of International PEN Korea Center). 전 대전대학 영문학과 교수. 전 미국 남가주대학교 객원교수(Former Visiting Professor at University of Southern California, USA)

◉ 허만길 시 '악성 우륵 찬가'

* 영어로 번역되어 〈Poetry Korea〉 Volume 10. 2020. 129쪽(Edited by United Poets Laureate International Korea Center, 국제계관시인연합 한국본부. Published by Orum Publisher, Daejeon, Republic of Korea. December 22, 2020)에 실림.

번역 시 제목: 'A Hymn to Ureuk, the Great Musician of Korean Antiquity' (Hur Man-gil / Trans. Kim In-Young)

번역 Kim In-Young (김인영): Colorado University. BA. USA. Pittsburg University. MA. USA. 서강대학교 문학 박사. 국제PEN 한국본부 번역위원회 위원 (Translation committee member of PEN Korea). 국제계관시인연합 한국본부 사무총장(Korea Secretary-general of UPLI Korea Center)

⊙ 허만길 시 '의령 아리랑'

* 영어로 번역되어 〈Poetry Korea〉 Volume 10. 2020. 132~133쪽 (Edited by United Poets Laureate International Korea Center, 국제계관시인연합 한국본부. Published by Orum Publisher, Daejeon, Republic of Korea. *December 22, 2020)에 실림.

번역 시 제목: 'Uiryeong Arirang' (Hur Man-gil / Trans. Kim Yong-jae)

번역 Kim Yong-jae (김용재): Poet. Ph.D. in Literature. 국제계관시인연합 한국본부 회장 (The Chairman of United Poets Laureate International Korea Center). 국제PEN한국본부 이사장(The President of International PEN Korea Center). 전 대전대학 영문학과 교수. 전 미국 남가주대학교 객원교수(Former Visiting Professor at University of Southern California, USA)

⊙ 허만길 시 '백두산 바라보며'

* 영어로 번역되어 〈Poetry Korea〉 Volume 12. 2021. 156쪽(Edited

by United Poets Laureate International Korea Center, 국제계관시인
연합 한국본부. Published by Orum Publisher, Daejeon, Republic of
Korea. December 1, 2021)에 실림.

번역 시 제목: 'Looking at Baekdusan Mountain' (Hur Man-gil /
Trans. Kim Yong-jae).

번역 Kim Yong-jae (김용재): Poet. Ph.D. in Literature. 국
제계관시인연합 한국본부 회장 (The Chairman of United Poets
Laureate International Korea Center). 국제PEN한국본부 이사장(The
President of International PEN Korea Center). 전 대전대학 영문학
과 교수. 전 미국 남가주대학교 객원교수(Former Visiting Professor
at University of Southern California, USA)

◉ 허만길 시 '내 아내여서 행복이네'

* 영어로 번역되어 〈Poetry Korea〉 Volume 12. 2021. 160-161쪽
(Edited by United Poets Laureate International Korea Center, 국제
계관시인연합 한국본부. Published by Orum Publisher, Daejeon,
Republic of Korea. *December 1, 2021)에 실림.

번역 시 제목: 'My Wife Makes Me Happy' (Hur Man-gil / Trans.
Kim In-Young)

번역 Kim In-Young(김인영): Colorado University. BA. USA.
Pittsburg University. MA. USA. 서강대학교 문학박사. 국제PEN
한국본부 번역위원회 위원 (Translation committee member of PEN
Korea). 국제계관시인연합 한국본부 사무총장(Korea Secretary-

general of UPLI Korea Center)

◉ 허만길 논문 'Origin and Concept of Complex Literature', 허만길
저서 〈정신대 문제 제기 및 대한민국 임시정부 자리 보존운동 회
고〉 190~199쪽(발행 에세이퍼블리싱, 서울. 2010. 12. 21.)

◉ 허만길 논문 'Interpretation of the Short Novel <A Feast in the
Village of Natives〉 ', 허만길 저서 〈정신대 문제 제기 및 대한민국
임시정부 자리 보존운동 회고〉 200~208쪽(발행 에세이퍼블리싱,
서울. 2010. 12. 21.)

■ 허만길 관련 문헌 등재

◉ 〈기네스북〉(*한국어 번역판. 발행처 신아사, 서울. 1991. 2. 25.)의
'한국 편'(302쪽)에 '허만길(1943년 3월 21일생) 최연소 중학교 교
원 자격증 취득(18살. 1961년 4월 10일) 및 최연소 고등학교 교원
자격증 취득(19살. 1962년 12월 6일)' 등재 풀이(*영국 기네스본부
Guinness PLC 발행 '기네스북 The Guinness Book of Records' 번역본
에 '한국 편' 첨가)

◉ 〈대한민국 5,000년사〉 제7권 '한국 인물사' 1009쪽(엮은이 역사편
찬회. 펴낸곳 역사편찬회 출판부, 서울. 1991. 4. 10.)에 '허만길'
등재 풀이

⊙ 〈대한민국 현대 인물선〉 **1401쪽**(발행 대한민국현대인물편찬회, 서울. 1991. 7. 1.)에 '허만길' 등재 풀이

⊙ 〈한국을 움직이는 인물들〉(**Who's Who in Korea**) **2527쪽**(발행 중앙일보사, 서울. 1997. 12. 20.)에 '허만길' 등재 풀이

⊙ 〈두산세계대백과사전〉(CD-ROM판. 발행 두산동아출판사, 서울. 2001. 9.)에 허만길 창시 '복합문학(複合文學, Complex Literature)' 등재 풀이

⊙ 〈두산백과사전〉(발행 주식회사 두산, 서울. 2001. 9.)에 허만길 창시 '복합문학(複合文學, Complex Literature)' 등재 풀이

⊙ 〈한국 시 대사전〉 **3293~3295쪽**(발행 을지출판공사, 서울. 2004. 12. 1.)에 '허만길' 등재. 허만길 소개 및 대표 시 9편 실음.

⊙ 〈국가 상훈 인물 대전〉 제5권 '현대사의 주역들' **1525쪽**(발행 국가상훈편찬위원회, 서울. 2005. 6. 20.)에 '허만길' 등재 풀이

⊙ 〈두산백과사전〉(발행 주식회사 두산, 서울. 2007. 3. 2.)에 허만길의 정신대(종군 위안부) 문제 단편소설 '원주민촌의 축제[原住民村의 祝祭, A Feast in the Village of Natives]' 등재 풀이

⊙ 〈한국 시 대사전〉(**The Encyclopedia of Korean Poetry**) **3295~3296쪽**(발행 이제이피북 Ejpbook, 서울. 2011. 3. 31.)에 '허만길' 등재. 허만길 소개 및 대표 시 5편 수록

⊙ 〈대한민국 문인방목(文人榜目)〉 **69쪽**(발행 한국문학방송, 서울. 2016. 8. 15.)에 허만길 문인 등단 사항 등재

⊙ 〈방송통신고등학교 40년사〉 **35~36쪽**(발행 한국교육개발원, 서울. 2016. 12.)에 허만길 작사 '방송통신고등학교 교가'(작곡 화성태)와

허만길 회고 '방송통신고등학교 교가 제정 과정' 등재

⊙ 〈한국문학인대사전〉 (발행 한국작가협회. 서울. **2022. 11. 30.**)에 '허만길' 등재 소개

■ 허만길 시비, 비문, 현판시

⊙ **개화예술공원(충남 보령시)**에 허만길 시비 '당신이 비칩니다' 건립 (2009. 11. 30.)

⊙ **시인의 성지(그전 이름: 시와 숲길 공원. 충남 보령시 주산면)** 애국 동산에 허만길 시비 '대한민국 상하이임시정부 자리' 건립(2010. 4. 23.). 뒷면에 허만길 약력

⊙ **시인의 성지(충남 보령시 보령시) '한국문인 인물상 시비'**에 허만길 시비에 시 '아침 강가에서', 허만길 인물상, 약력 조각(2012. 5. 12.)

⊙ **경남 의령군 칠곡면 '애향비'**(2001. 8. 15. 건립)에 허만길 시 '내 고향 칠곡' 조각

⊙ **충남 보령시 주산면 '시인의 성지'의 '한국현대문학 100주년 기념 탑'**(2008. 11. 건립) 딸린 비 '빛나는 한국문단의 인물들'에 '허만길' 과 정신대(종군 위안부) 문제 단편소설 제목 '원주민촌의 축제' 등 재(건립자: 사단법인 국제펜클럽한국본부/사단법인 한국육필문예보 존회. 2008. 11.)

⊙ **시인의 성지(충남 보령시 주산면) '한국 육필문학의 숨결 큰비석'**에

허만길의 육필로 성명 "허만길", 생년월일. 출생지 "일본 교토 오쿠보", 성장지 "경남 의령군", 등단지 〈한글문학〉(1989년 2월 20일), 장르 "시인, 소설가, 복합문학 창시자", 대표작 "복합문학 '생명의 먼동을 더듬어'", 주요 시 제목과 시구 "시 제목: 대한민국 상하이임시정부 자리. 시구: 내 조국, 내 겨레 얼룩진/거룩한 자리" 조각(2011. 6. 18.) 기록

⊙ 시인의 성지(충남 보령시 주산면) '한국 현대문학 등단 연대표 비석'에 허만길 대표작 기록(2011. 11.)

허만길: 시인. 1989년 〈한글문학〉 등단. 저서 (복합문학) 〈생명의 먼동을 더듬어〉, 시집 〈열다섯 살 푸른 맹세〉 외 다수

⊙ 시인의 성지(충남 보령시 주산면)에 안예진 시인 시비 '당신의 사랑' 뒷면 허만길 문학박사 비문 '안예진 시인 문학 재능 기림' 조각(2018. 2. 21. 건립)

⊙ 경상남도 의령군 칠곡면 산남리 121번지 청죽묘원(靑竹墓園) 묘비에 허만길 시 '허흔도 선생을 기림' 조각(2017. 11.)

⊙ 경상남도 의령군 칠곡면 '존저암'(存箸庵. 조선 전기 참봉 허수許琇 재실)에 허만길 현판 시 '칠곡 존저암' 부착(2016. 1. 7.)

■ 서울특별시 공모 서울 지하철 역 승강장 게시 허만길 시

⊙ 허만길 시 '그리운 목소리': 2009년 12월부터 3년간
⊙ 허만길 시 '서울의 새 아침': 2012년 12월부터 3년간

◉ 허만길 시 '함박눈': 2015년 12월부터 3년간

◉ 허만길 시 '여름 밤하늘': 2021년 12월부터 3년간

■ 작곡된 허만길 시

◉ **'우리 자연 우리 환경'**(시 허만길. 작곡 정미진. 1995년 작곡)

* 1995년 10월 12일부터 '우리 자연 우리 환경' 카세트 음악녹음테이프 및 악보로 노래 보급

* 1995년 10월 23일 환경부장관의 '감사드림' 공문 받음(문서번호: 환교67030-409, 1995. 10. 23.)

* 악보 수록: (1) 〈주간교육신문〉 1995년 11월 13일(발행 주간교육신문사, 서울). (2) 허만길 시집 〈열다섯 살 푸른 맹세〉(발행 푸른사상사, 서울. 2004. 11.)

* 2021년 7월 성악가 송승연(숙명여자대학교 대학원 성악과 졸업. 플라워싱어즈 중창단원) 노래로 음원 제작

* 인터넷 유튜브(YouTube) 등재(박성진. 2021. 9. 23.)

◉ **'악성 우륵 찬가'**(시 허만길. 작곡 이종록. 2016년 작곡)

* 악보 수록: 이종록 작곡집 〈꽃들의 이야기〉(발행 도서출판 문학공원, 서울. 2016. 7.)

* 〈가곡동인 15집〉 CD음반 수록(제작 C&C, 서울. 2016. 8.)에 소프라노 김순영 노래로 실림.

* 〈연합뉴스〉, 〈중앙일보〉, 〈충주교차로신문〉, 〈뉴시스〉, 〈영등
  포투데이신문〉 등 40여 언론에 보도되고, 충청북도 충주시청 문
  화예술 담당부서에서 시와 악보와 음반을 보관하여 활용함.
* 인터넷 유튜브(YouTube) 등재(채선엽. 2020. 7. 20.)

⊙ '의령 아리랑'(시 허만길. 작곡 정미진. 2013년 작곡)
* 〈허만길 작사 의령 사랑 노래 4곡집〉 CD음반(제작 허만길. 2014.
  4.), 〈허만길 작사 의령 노래 6곡집〉 CD음반(제작 허만길. 2016.
  4.)에 테너 이재욱, 소프라노 이승옥 노래로 실림.
* 의령문화원, 의령예술촌, 의령예술단 등에 〈허만길 작사 의령 노
  래 6곡집〉 CD음반 및 악보 보관.
* 악보 수록: (1) 〈의령군보〉 제253호 2014년 2월 26일(경남 의령군
  공보담당 발행). (2) 허만길 시집 〈아침 강가에서〉(발행 도서출판
  순수, 서울. 2014. 9.). (3) 〈의령문화〉 제24호(발행 의령문화원,
  경남 의령군. 2015. 1.)
* 인터넷 유튜브(YouTube) 등재(채선엽. 2020. 6. 23.)

⊙ '백두산 바라보며'(시 허만길. 작곡 이종록. 2020년 작곡)
* 악보 수록: 이종록 작곡집 〈나 억새로 태어나도 좋으리〉 93~95
  쪽(발행 문학공원, 서울, 2020. 1. 15.)
* 〈Composer Lee Jong-Rok Songs. Vol. 38〉(작곡가 이종록 가곡 제
  38집) 음반(제작 C&C, 서울. 2020. 2. 5.)에 소프라노 최윤정 노
  래로 실림.

* 인터넷 유튜브(YouTube) 등재(채선엽. 2020. 2. 8.)

⊙ '**내 아내여서 행복이네**'(시 허만길. 작곡 이종록. 2021년 작곡)
* 악보 수록: 이종록 작곡집 〈그곳에 가면〉 52~55쪽(발행 씨엔씨미디어, 서울, 2021. 8. 31.)
* 〈Composer Lee Jong-Rok Songs. Vol. 47〉(작곡가 이종록 가곡 제47집) 음반(제작 C&C, 서울. 녹음 장충레코딩스튜디오, 서울. 2021. 8. 19.)에 바리톤 박승혁 노래로 실림,
* 인터넷 유튜브(YouTube) 등재(박성진. 2021. 9. 3.)

⊙ '**진주 비봉산**'(시 허만길. 작곡 이종록. 2020년 직곡)
* 악보 수록: 이종록 작곡집 〈나 억새로 태어나도 좋으리〉 221~224쪽(발행 문학공원, 서울, 2020. 1. 15.)
* 〈Composer Lee Jong-Rok Songs. Vol. 39〉(작곡가 이종록 가곡 제39집) 음반(제작 C&C, 서울. 녹음 장충레코딩스튜디오, 서울. 2020. 2. 5.)에 소프라노 최윤정 노래로 실림.
* 바리톤 유지훈(국립합창단 단원) 노래로 음원(음악파일) 제작 (2020. 2. 27.)
* (1) 최윤정 노래 인터넷 유튜브(YouTube) 등재(채선엽 2020. 3. 2.). (2) 유지훈 노래 인터넷 유튜브(YouTube) 등재(채선엽. 2020. 3. 2.)
* '**해운대 달밤**'(시 허만길. 작곡 이종록. 2017년 작곡)
* 악보 수록: 이종록 작곡집 〈그대 가슴에 들국화〉(발행 문학공원,

서울, 2017. 3. 20.)

* 〈Composer Lee Jong-Rok Songs. Vol. 33〉(작곡가 이종록 가곡 제
  33집) 음반(제작 C&C, 서울. 2017. 3. 20.)에 테너 박진형 노래
  로 실림.

* 인터넷 유튜브(YouTube) 등재(세계로부천방송. 2019. 6. 25.)

◉ '우정의 자리'(시 허만길. 작곡 신동민. 2013년 작곡)

* 악보 수록: (1) 〈한겨레 가곡집〉 제7집(발행 한겨레작곡가협회, 서
  울. 2013. 12.). (2) 허만길 시집 〈아침 강가에서〉(발행 도서출판
  순수, 서울. 2014. 9.)

* 〈한겨레 가곡집 제7집〉 CD음반(제작 한겨레작곡가협회, 서울.
  2013. 12.)에 바리톤 유훈석 노래로 실림.

* 인터넷 유튜브(YouTube) 등재(임병주. 2019. 5. 17.)

◉ '여의도 꽃길'(시 허만길. 작곡 이일구. 2014년 작곡)

* 〈가곡동인 제10집〉 가곡음반(제작 C&C, 서울. 2014. 10. 10.)에
  소프라노 이현민 노래로 실림.

* 인터넷 유튜브(YouTube) 등재(채선엽. 2020. 6. 5.)

◉ '한강 샛강다리'(시 허만길. 작곡 이종록. 2015년 작곡)

* 악보 수록: 이종록 작곡집 〈잃어버린 조가비〉(발행 문학공원, 서
  울. 2015. 7.)

* 〈Composer Lee Jong-Rok Songs. Vol. 28〉(작곡가 이종록 가곡 제

28집) 음반(제작 C&C, 서울. 2015. 7.)에 소프라노 이미성 노래
로 실림.

* 인터넷 유튜브(YouTube) 등재(채선엽. 2020. 2. 5.)

◉ '서울 메낙골공원'(시 허만길. 작곡 김성봉. 2015년 작곡)

* 허만길 시인이 〈한국문학방송〉(DSB) 지원으로 2015년 10월 김성
봉 작곡 및 김성봉 노래(대중가요)로 음원 제작

* 인터넷 유튜브(YouTube) 등재(한국문학방송DSB. 2015. 10. 7.)

◉ '자굴산'(시 허만길. 작곡 오혜란. 2012년 작곡)

* 자굴산은 경남 의령군 위치

* 악보 수록: (1) 전국자굴산모임연합회 2012년 정기총회 회의자
료. (2) 허만길 시집 〈아침 강가에서〉(발행 도서출판 순수, 서울.
2014. 9.). (3) 〈의령문화〉 제24호(발행 의령문화원, 경남 의령군.
2015. 1.)

* 허만길 시인이 2012년 7월 소프라노 이승옥 노래로 〈자굴산〉 CD
음반과 카세트 음악녹음테이프를 제작하였으며, 〈허만길 작사 의
령 사랑 노래 4곡집〉 CD음반(제작 허만길 2014. 4.)과 〈허만길
작사 의령 노래 6곡집〉 CD음반(제작 허만길. 2016. 4.)에 실림,

* 인터넷 유튜브(YouTube) 등재(채선엽. 2020. 6. 28.)

◉ '금지샘 사랑'(시 허만길. 작곡 오혜란. 2013년 작곡)

* 금지샘은 경남 의령군 자굴산에 위치

* 악보 수록: (1) 허만길 시집 〈아침 강가에서〉(발행 도서출판 순수, 서울. 2014. 9.). (2) 〈의령문화〉 제24호(발행 의령문화원, 경남 의령군. 2015. 1.)

* 허만길 시인이 2013년 8월 1일 대중가요 가수 이장호 노래로 〈금지샘 사랑〉 CD음반을 제작하였으며, 〈허만길 작사 의령 사랑 노래 4곡집〉 CD음반(제작 허만길. 2014. 4.)과 〈허만길 작사 의령 노래 6곡집〉 CD음반(제작 허만길. 2016. 4.)에 실림.

* 인터넷 유튜브(YouTube) 등재(채선엽. 2020. 7. 11.)

◉ '칠곡 사랑'(시 허만길. 작곡 정미진. 2011년 작곡)

* 칠곡은 허만길 시인의 고향 경상남도 의령군 칠곡면을 가리킴.

* 악보 수록: (1) 허만길 시집 〈아침 강가에서〉(발행 도서출판 순수, 서울. 2014. 9.). (2) 〈의령문화〉 제24호(발행 의령문화원, 경남 의령군. 2015. 1.)

* 허만길 시인이 2011년 7월 소프라노 송승연 노래로 〈칠곡 사랑〉 CD음반과 카세트 음악녹음테이프를 제작하였으며, 〈허만길 작사 의령 사랑 노래 4곡집〉 CD음반(제작 허만길. 2014. 4.)과 〈허만길 작사 의령 노래 6곡집〉 CD음반(제작 허만길. 2016. 4.)에 실림,

* 인터넷 유튜브(YouTube) 등재(채선엽. 2020. 3. 11.)

◉ '의령을 위하여'(시 허만길. 작곡 진형운. 2014년 작곡)

* 악보 수록: 〈의령문화〉 제24호(발행 의령문화원, 경남 의령군. 2015. 1.)

* 〈허만길 작사 의령 노래 6곡집〉 CD음반(제작 허만길. 2016. 4.)
에 테너 이재욱 노래로 실림.

* 인터넷 유튜브(YouTube) 등재(채선엽. 2020. 6. 29.)

◉ **'한우산 철쭉꽃'**(시 허만길. 작곡 오혜란. 2014년 작곡)

* 한우산은 경남 의령군에 위치

* 악보 수록: (1) 〈의령문화〉 제24호(발행 의령문화원, 경남 의령군.
2015. 1.). (2) 〈의령시사신문〉 2015년 1월 15일(의령군 의령읍)

* 〈허만길 작사 의령 노래 6곡집〉 CD음반(제작 허만길. 2016. 4.)
에 테너 이재욱 노래로 실림.

* 인터넷 유튜브(YouTube) 등재(채선엽. 2020. 7. 2.)

◉ **'방송통신고등학교 교가'**(시 허만길. 작곡 화성태. 1978년 작곡)

* 허만길 시인이 서울 경복고등학교 교사 재직 중 1974년부터 한국
교육개발원에서 총괄 운영하고 전국의 많은 공립고등학교 부설로
교육하는 방송통신고등학교 학생들의 용기와 의지와 희망을 북돋
우기 위해 1978년 5월 '방송통신고교생'이라는 제목으로 작사하
여 화성태 무학여자고등학교 음악과 교사에게 작곡을 의뢰한 것
이 1978년 6월 25일 방송통신고등학교 서울지구동문회 주최 제1
회 방송통신고등학교 웅변대회에서 많은 관계자들이 참석한 가운
데 '방송통신고등학교 교가'로 채택됨.

* 한국교육개발원 인터넷 홈페이지에 〈방송통신고등학교 교가〉가
올려 있으며, 한국교육개발원 발행 〈방송통신고등학교 40년사

〉(2016년)에 그 악보와 허만길 시인(문학박사)의 '방송통신고등학교 교가 제정 과정 회고'가 실려 있음.

* 악보 수록: (1) '방송통신고교생'이라는 제목으로 생2부 합창 악보가 〈교육평론〉 제239호 1978년 9월호 43쪽(발행 교육평론사, 서울. *서울대학교중앙도서관 보관)에 수록됨. (2) 한국교육개발원 인터넷 홈페이지. (3) 허만길 시집 〈열다섯 살 푸른 맹세〉(발행 푸른사상사, 서울. 2004. 11. 27.). (4) 〈방송통신고등학교 40년사〉 35~36쪽(발행 한국교육개발원. 2016. 12.). (5) 허만길 수필집 〈방송통신고등학교 학생과 졸업생에게 사랑을 보내며〉 1쪽(발행 지식과 감성, 서울. 2021. 11. 18.)

* 2017년 11월 29일 교가 작사자 허만길 문학박사가 개인 경비로 음반 제작 회사에 의뢰하여 〈방송통신고등학교 교가〉를 유지훈 성악가(국립합창단 단원) 노래로 음원(음악파일)을 제작함.

* 인터넷 유튜브(YouTube) 등재(신경희. 2017. 1. 7. / 채선엽. 2020. 2. 22.)

⊙ '칠곡초등학교동문 기림'(시 허만길. 작곡 허흔도. 2012년 작곡)
* 허만길의 모교 칠곡초등학교는 1922년 개교하였으며, 경남 의령군 칠곡면에 위치

* 악보 수록: (1) (의령군 칠곡면) 칠곡초등학교 총동문회 2013년 정기총회 회의자료. (2) 허만길 시집 〈아침 강가에서〉(발행 도서출판 순수, 서울. 2014. 9. 1.). (3) 〈의령문화〉 제24호(발행 의령문화원, 경남 의령군. 2015. 1.). (4) 칠곡초등학교 개교100주년 기념문집 〈

다시 보는 100년, 100년의 추억을 담다〉 94쪽(발행 칠곡초등학교
개교100주년기념사업추진위원회, 경남 의령군. 2022. 5. 1.)

* 2021년 7월 성악가 송승연(숙명여자대학교 대학원 성악과 졸업. 플
라워싱어즈 중창단원) 노래로 음원 제작

* 인터넷 유튜브(YouTube) 등재(채선엽. 2021. 7. 13.)

◉ **'꽃송이 어린이'**(시 허만길. 작곡 박임전. 1978년 작곡): 동요

◉ **'일하며 배우며'**(시 허만길. 작곡 화성태. 1985년 작곡)

* 허만길 시인이 영등포여자고등학교 특별학급(산업체 근무자를 위
한 야간 교육 학급) 교사로 근무하면서 특별학급 학생들을 격려하
기 위해 1985년 5월 15일 '스승의 날'에 제자들에게 선사한 노래

• 악보 수록: 허만길 시집 〈열다섯 살 푸른 맹세〉(발행 푸른사상사,
서울. 2004. 11.)

◉ **'오경인 선생 송축가'**(시 허만길. 작곡 박판길. 1977년 작곡)

* 허만길 시인이 서울 경복고등학교 교사 재직 중 1977년 8월 경복
고등학교 오경인(전 서울특별시교육감) 교장 정년퇴임기념 송축가
로 지은 시

* 악보 수록: 〈오경인 교장 정년퇴임기념문집 교단 반세기〉(1977. 8.)

◉ **'곱여섯둘덟의 노래'**(서울 경복고등학교 1976년도 제2학년 8반 학급
노래. 시 허만길. 작곡 남상훈. 1976년 작곡)

* 곱여섯둘덟'은 '1976년(일곱여섯) 제2학년(둘) 8반(여덟)'에서 따온 말임.
* '곱여섯둘덟의 노래'가 작곡되었던 때로부터 39년째 되는 2014년 3월 11일 그때의 학급 동창 모임 '곱여섯둘덟모임'이 테너 이재욱 노래로 〈곱여섯둘덟의 노래〉 CD음반을 제작함.
* 악보 수록: 허만길 시집 〈열다섯 살 푸른 맹세〉(발행 푸른사상사, 서울. 2004. 11. 27.)
* 인터넷 유튜브(YouTube) 등재(채선엽. 2020. 4. 29.)

■ 허만길 자료 및 저술 보관 타임캡슐

  충남 보령시 주산면 시인의 성지(그전 이름: 시와 숲길 공원) 한국현 대문학 100주년기념탑 옆 '한국문인인물자료 100년 보존 타임캡슐'에 허만길 인물 사진, 자필 시 '대한민국 상하이임시정부 자리', 허만길 약력, 허만길 저서, 서울대학교 석사학위 논문 인쇄 지형, 순수문학 작가상 상패 사진 등 보관(2015년 4월 25일 봉인. 2115년 4월 25일 개봉)

Biography of Hur Man-gil (August 2022)

- His Life, Research, Education, and Literature -

· Birth and Family

Hur Man−gil's surname is Hur and given name is Man−gil. His nationality is the Republic of Korea (South Korea). Hur Man−gil (許萬吉. March 21, 1943 −) is a Korean Master of Arts in Education (with Korean Language Arts education major) at Seoul National University, Ph.D. in Literature (with Korean linguistics and literature major) at Hongik University, Complex Literature (複合文學) founder in 1971 (at age 28), Poet (debut through 'Hangeul Literature' in 1989), Novelist (debut through 'Hangeul Literature' in 1990), Essayist, and Educator (since age 18).

He was born on March 21, 1943 in 30 Okubonai (大久保内), Oaja (大字), Okubomura (大久保村), Kusegun (久世郡), Kyotofu (京都府), Japan, as his father did an independence movement in Korea and Japan when Japan colonized Korea.

He was the second child of Hur Chan-do (許贊道. the previous name: 許己龍 Hur Gi-ryong. June 17, 1909 - December 21, 1968) and Roh Gap-seon (his mother. 盧甲先. September 12, 1908 - July 31, 1998). He had an elder sister Hur Maeng-jun (June 4, 1933 - February 27, 1960) and a younger sister Hur Maeng-im (Feburary 2, 1946 - May 26, 1985).

He was raised in 260 Dosan-ri, Chilgok-myeon, Uiryeong-gun, Gyeongsangnam-do, Korea from July 1944, 16 months after birth. That was because he, his mother, and his elder sister moved to his father's hometown in Korea. Since then he had lived there until March 1955 when he graduated from Chilgok Elementary School.

His father Hur Chan-do was the second son of six siblings born to Hur Jong-seong (June 2, 1891 - August 31, 1951) and Choe Seong-gyeong (January 14, 1889 - February 13, 1964). During the Japanese occupation of Korea, in 1919 at the age of 10, Hur Chan-do participated in 3.1 Independence Movement with his father Hur Jong-seong. Hur Jong-seong was detained by the police and Hur Chan-do was chased by the police for a long time.

In 1936 at the age of 27, Hur Chan-do installed a water

pump in Jangjae Pond in Jinyang-gun, Gyeongsangnam-do, to ease farmers' concerns about drought. However, during the trial operation stage, Japanese Kuroda (黑田), the head of Police Box in Jiphyeon-myeon, Jinyang-gun, deliberately obstructed with violence. So he hit Kuroda and spent two months in prison at Jinju Police Station in Gyeongsangnam-do.

In 1940 at the age of 31, Hur Chan-do lived with a Korean colleague on the second floor of a house in Mimiharacho (耳原町), Sakaisi (堺市), Osakafu (大阪府), Japan. He worked at Asahi Ironworks, a munitions factory in Sakaisi while being called Koyama (湖山).

Hur Chan-do organized the Asahi Ironworks Korean Social Meeting (朝日鐵工所 朝鮮人和親會) which consisted of Koreans, and served as chairman. He led an alliance strike of Koreans and brought the munitions factory to a standstill. It was reported in the Japanese newspaper. In the middle of the winter night, he was arrested by the police and escaped by fighting them while being escorted to the police station.

Hur Chan-do fled far away and moved his wife and daughter from Korea to Japan in 1941. On March 21, 1943, his son Hur Man-gil was born in 30 Okubonai, Okubomura.

When Hur Chan-do worked as a laborer at Okubo Airfield in Kyotofu, he was forced into the military in September 1943 with his brother-in-law Ha Man-haeng. While being trained at Sigaken (滋賀縣) Training Center, he suffered from dysentery and was treated in the hospital room. Through constant discussions with the head of military doctors, he awakened the injustice of the Japanese invasion of Korea and returned home after five months (around February 1944) with the help of the military doctor head. His brother-in-law escaped in the port of Maasru shortly before boarding a warship. Hur Chan-do sent his family to his hometown in Korea in July 1944, and encouraged Koreans' spirit of resistance to Japan living in Japan until Korea became independent.

The above-related contents were described in detail in Hur Man-gil's Complex Literature 'Searching for the Dawn of Life' (1980).

His elder sister (Hur Maeng-jun) died in 1960 at the age of 26, leaving her two-year-old daughter (Ha Sun-hui. 1958 -). So her daughter became Hur Man-gil's family. His younger sister (Hur Maeng-im) also died at the young age of 39, leaving her three sons (Kim Sung-kak, Kim In-kak, Kim Soon-kak), so Hur Man-gil used to pray often that they would grow up healthy.

Hur Man-gil married Park Jee-jun (February 19, 1944 -
), an elementary school teacher, in Busan, and has an elder
daughter Hur Ah-kyung (her husband: Kim Dong-hyun.
her daughter: Kim Bo-mi), a son Hur Ye-rang (his wife:
Jung Mi-jin. his son: Hur Su-min or Matthew Hur), and a
younger daughter Hur Da-ryung (her husband: Lee Jeong-
taek. her daughters: Lee Won-young, Lee Hyun-young).

Hur Man-gil was raised in 260 Dosan-ri, Chilgok-
myeon, Uiryeong-gun, Gyeongsangnam-do, Korea from
July 1944 to March 1955. After that he lived in Jinju,
Gyeongsangnam-do (April 1955 - March 1961) and Busan
(March 1961 - November 1967). He has lived in Seoul,
Korea since November 1967 until now in 2022.

- *Early Life and Education*

Hur Man-gil's father, Hur Chan-do returned to his
hometown in Korea from Japan shortly after the liberation
of Korea in August 1945. But he lived as poor farmer. Hur
Man-gil learned Chinese characters at Seodang (a private
small school for the Chinese classics) since he was 3 years
old.

In 1950, when Hur Man-gil was in the second grade of

Chilgok Elementary School, the building of the school was burned down due to the Korean War. In 1953, at the age of 10, when he was in the fifth grade of elementary school, when the soldiers who joined the army were killed and the remains returned to their hometown, he read a memorial address on behalf of the students at a memorial ceremony set up at the Chilgok-myeon office.

He received the Uiryeong Superintendent's Award as top honors graduating from Chilgok Elementary School in March 1955. He graduated from Jinju Middle School in March 1958, and Jinju Normal School (a national high school to train elementary school teachers) in March 1961, in Jinju-si, Gyeongsangnam-do, helping his father who worked at the barber shop in Jinju Bongnae Elementary School.

He was the first chairman of the middle school book committee and read a lot of books. He was at the top of about 470 students in the mock high school entrance exam held just before graduating from middle school, and received the Academic Encouragement Award which was given with donations from teachers at the graduation ceremony.

In addition, he won the honor prize, the three-year perfect attendance prize, and the merit award as the chairman of the book committee. In particular, teachers in the research department in charge of library affairs wrote in a book presented to Hur Man-gil, "Congratulations on your graduation. We praise Hur Man-gil's sincere humanity with this book. March 3, 1958. Department of Research, Jinju Middle School"

He graduated from Jinju Normal School (a national high school to train elementary school teachers) as valedictorian and was appointed as an elementary school teacher in Busan on March 31, 1961, at the age of 18. It was his first start as an educator.

He graduated from Dong-A University (night class) with Korean Literature major in 1967, while working as an elementary and middle school teacher in Busan. He received a Master's degree in education from Seoul National University in 1979 with Korean Language Arts Education major, and a doctorate in literature from Hongik University in 1994 with Korean Linguistics and Literature major.

· *At the age of 17, in 1960, leading the April 19 Revolution as the president of Student Council at Jinju Normal School*

Hur Man-gil led the April 19 Revolution as the president

of both Student Council and Steering Committee of the Student National Defense Corps at Jinju Normal School (a national high school to train elementary school teachers) in Jinju city, Kyeongsangnam-do, in 1960, at the age of 17. He read the declaration in front of the citizens leading the protesters. The April 19 Revolution is mass protests in South Korea against president and the First Republic in 1960.

He wrote in detail the process of the April 19 Revolution in Jinju in his thesis, 'Retrospection of the Situation of the April 19 Revolution in Jinju and Hur Man-gil's Declaration' (April 2020 issue of Korea Gukbo Literature). He published the poem 'April 19 Revolution in the Memories of My Youth' in the March and April 2020 issue of 'PEN Literature' published by PEN International, Korea Center.

· *Acquisition of the youngest middle school teacher certificate at the age of 18 and the youngest high school teacher certificate at the age of 19 by state implementation*

Hur Man-gil passed the state-run middle school teacher qualification examination for Korean Language Arts major with the highest score, and the state-run high school qualification examination for Korean Language Arts major with the highest score. He obtained the Certificate of

Middle School Teacher for Korean Language Arts major as the youngest at the age of 18, in 1961, and the Certificate of High School Teacher for Korean Language Arts major as the youngest at the age of 19, in 1962. He was listed in 'Korean Part' of 'The Guinness Book of Records' published as Korean version with translating the English original into Korean and addition of 'Korean Part' as the youngest middle school teacher certificate acquirer and the youngest high school teacher certificate acquirer (Sinasa Publisher, Seoul, Korea. 1991).

- *Efforts to find the basic and core enlightenment*

Hur Man-gil has been in search of the ultimate reason of life and the universe since childhood, and on August 21, 1964, at the age of 21, he reached his basic and core enlightenment centering on Cham (眞, Truth) as the essential and ideal ultimate nature.

He sets Absolute Being (the chief root of creation. the top root of all abstract and concrete manifestations. the supreme god of the heavenly nation and all universes), Cham (Truth. the essential and ideal ultimate nature that is fundamentally inherent in all creation), Hanhim (Great-Power. the fundamental force of reason, power, and action given to direct, indirect creation), and Won-gi (Prenergy. the most primitive source of creation) as four absolute concepts in his enlightenment.

The above details were shown in his books, 'Cham (Truth) Obtainment for Mankind' (Siinsa Publisher, Seoul, Korea. 1980) and 'Looking for Truth and Ideal' (Yeonin M&B Publisher, Seoul, Korea. 2007).

- *Research activities in various fields including Korean linguistics, language education, Complex Literature conceptualization, literature review, career education, field-oriented education research, etc.*

Hur Man-gil received a Master's degree in education with Korean language arts education major from Seoul National University in Seoul in 1979, and a doctorate in literature with Korean linguistics and literature major from Hongik University in Seoul in 1994.

He tried to research hard. In July 1966, at the age of 23, he won the first prize in the secondary school teacher's department of the 10th National Education Research Conference hosted by the Korean Education Association (later renamed Korean Federation of Teachers' Associations) as the youngest person in the history of the conference.

He has achieved a lot of research results in various fields such as Korean language policy, Korean linguistics, dynamic language theory, oral language education, Korean language arts education, Korean language love theory, Complex Literature conceptualization, literature review, career education, educational philosophy, and field-oriented education research.

He also published many papers on historical figures (Confucian scholar Hur Won-bo, righteous army general Gwak Jae-woo, Gayageum music founder Ureuk, scholar Gang Eung-doo, independence activist Hur Chan-do, virtuous woman and faithful daughter-in-law Kim Yun-hee, etc.), etymology and origins of various regions belonging to his hometown Uiryeong-gun, Gyeongsangnam-do.

His research book, 'A Study on the Modern Korean Language Policies in Korea' (1994) has been evaluated very importantly by academia. This study is the first comprehensive research result of Korean language policies at the government level for half a century from the restoration of Korean independence in 1945. It establishes the theory of Korean language policy, discovers numerous materials unknown to the academic world, systematically reviews Korean language policies, and suggests future Korean language policy directions.

It includes the policy of recovering Korean language that was lost during the Japanese colonial period, the policy of the illiteracy eradication, the policy of various language regulations, the policy of the exclusive use of Hangeul, the policy of Korean language purification, the policy of Korean language arts education, the policy of Korean dictionary compilation, and many others.

His theses on oral language education, 'A Study on the Establishment of Oral Language Education Areas' (1979) and 'The Principles of Oral Language Education' (1983) are also noteworthy.

· *Development and achievements of the Korean language purification movement*

Hur Man-gil promoted nationwide Korean Language Purification Movement with his students and contributed to establish theories of love for Korean Language from 1968, at age 25, serving as a high school teacher. He helped President Park Chung-hee promote Korean Language Purification Movement in 1976 through advising Ph.D. Park Jong-hong, special advisor to the president. * Foreign languages including Japanese, and slang were rampant in

Korea for a long time since Korea's liberation from Japanese colonial rule in 1945, so Hur Man-gil began to campaign to purify the Korean language.

Details related to the above were presented in his books, 'Opening a Way of Our Korean Language Love (Munyechon publishing. Seoul. 2003)', and 'The Way of Love for Our Korean Language' (Hagyesa publishing. Seoul. 1976).

- *Founding of Complex Literature*

Hur Man-gil founded 'Complex Literature' for the first time in the literature history on September 1, 1971, and on the same date published a part of 'Searching for the Dawn of Life' ('생명의 먼동을 더듬어' in Korean), the first work in this genre, in a monthly magazine 'Gyoyuk Sinpung' (the meaning: New Trend of Education). Parts of this work were published serially from the September 1971 issue of 'Gyoyuk Sinpung' to the November 1971 issue, until the magazine publication was discontinued.

The author Hur Man-gil made it clear in the preface that this work takes the form of 'Complex Literature' and briefly described the characteristics of this genre.

In fact, he finished writing 'Searching for the Dawn of Life' at 0:43 on October 26, 1969, at the age of 26, about two years before its first part publication. It was 1967, at the age of 24 when he thought of writing a work that has form of 'Complex Literature', and started writing the book. In 1971, at his age of 28, part of the work was published and introduced to the world.

Later, when he published this work as a book on April 26, 1980, he described in the preface the definition, utility (or usefulness), and significance of Complex Literature with his motivation for founding it in a rather detailed manner.

As the founder of Complex Literature, Hur Man-gil wishes that the genre will be defined or explained as following:

"Complex Literature (복합문학, 複合文學): A form of literature founded by Korean Hur Man-gil (허만길, 許萬 吉: 1943-. Poet, Novelist, Ph.D.) in 1971 and formed with complex genre using various subgenres of literature such as poetry (lyric, epic, dramatic), novels (including short stories), plays, scenarios, and essays (including diaries, letters, etc.) in completing a literature work. He thought that the aspect of the novel could play a pivotal role in the development of a Complex Literature. He expected that Complex Literature could give change, vitality, and freshness to literature and a synergistic effect in presenting the theme of a work. Hur Man-gil published parts of his first Complex Literature, 'Searching for the Dawn of Life' serially from the September 1971 issue of Korean monthly 'Gyoyuk Sinpung' (the meaning: New Trend of Education) to the November 1971 issue, and its whole work in the book form on April 26, 1980."

'Complex Literature' founded by Hur Man-gil was registered and explained in the 'Doosan Encyclopedia' (Doosan Corporation, Seoul) on September 1, 2001. The registered item in the encyclopedia is '복합문학'(複合文學, Complex Literature).

- *Literature activities as poet, novelist, and essayist*
Hur Man-gil who founded 'Complex Literature' on September 1, 1971, at the same time, publishing a part of 'Searching for the Dawn of Life'('생명의 면동을 더듬어' in Korean), the first work in this genre, also made debut as a poet through 'Hangeul Literature' with poetry 'Words from Flowers and Autumn', 'Warm Hearts Together', and 'On Days When It's Autumn' in 1989, and as a novelist through 'Hangeul Literature' with the short story (the short novel) 'A

Feast in the Village of Natives' in 1990, which is regarded as the first short story on the Korean comfort women for Japanese soldiers during World War II.

He worked hard to revive the beauty of Korean language, and to pursue the significance of life, truth, and love in creating poetry.

In 1989, Sookmyung Women's University professor Kim Nam-seok, a literary critic, commented that Hur Man-gil's poems stand out for 'the soundness of the poetical thought', 'the accuracy of the image', 'the various uses of the rhetoric', and 'the poetic filtration of a view of life'.

In 2011, his poems were praised for their pure, clear, and transcendental spirit, as a result, he received the Integrity Literature Award ('청백문학상' in Korean) from literature journal 'Munyechunchu' (Seoul).

In 2014, marking the 100th anniversary of Korean modern literature, Hur Man-gil received the Monthly Pure Literature Writer Award given by the Monthly Pure Literature Publishing with the title of the National Writer for his poetry collection 'At the Morning Riverside' (2014). This poetry collection shows various poetic forms such as lyric poetry, epic poetry ('Stubbornness and Reward'), dramatic poetry ('Wish for the Birth of Life').

His notable poetry includes 'The Site of the Korean Provisional Government in Shanghai', 'Looking at Baekdusan Mountain', 'April 19 Revolution in the Memories of My Youth', 'My Youth', 'People Who Make Rooms', 'Even though Meeting Night at Night', 'In the South Pacific', 'At the Morning Riverside', 'Snowflakes', 'When Early Summer Flutters', 'The Ginkgo at Guryongsa Temple', 'All are String and Strength to Each Other', 'Mission Bay in Early Winter', 'If There's a Name You Want to Call', 'You Shine', and 'Drizzle'.

His best known short story is 'A Feast in the Village of Natives' published in 1990, regarded as the first short story on the Korean comfort women for Japanese soldiers during World War II.

His novel 'Love with Angel Yorena' published in 1996 is also noteworthy. This work aims to show the way to the true life of human beings and communities. The Novel tries to brighten the essential and ideal ultimate nature of God, the universe, and mankind through the story of meeting the most mysterious love in the most mysterious place in the world. The important backgrounds are the heaven, the Blue Mountains in Australia, New Zealand, Mana Island, Korea, and the spiritual world, featuring the head of Shrine and angel Yorena.

He wrote a lot of essays including 'The Heart of Mother', 'The Story of a Leave of Absence from My Teaching Work', 'Meeting with Korean Linguist Ph.D. Choi Hyun-bae', and 'The diary of a Baby Granddaughter and Grandfather'. He published several essay collections, 'The Sounds of the Brilliant Light' (1975), 'Blue Heart of 14 Years Old' (2007), 'Looking for Truth and Ideal' (2007), 'Sending Love to Students and Graduates of Open High School' (2021), and 'The Pain and Hope of the Disciples in Those Blue Stars' (2022).

- *Publishing of the first short story on the issue of Korean comfort women for the Japanese military during World War II*
Hearing from his father, Hur Chan-do who was a Korean independence activist, about the Korean comfort women for the Japanese military during World War II, Hur Man-gil was very interested in the comfort women issue.

As a teacher since 1961, at age 18 and a public official of the Ministry of Education, the Republic of Korea since 1987, at age 43, he continued to inform people of problems of the Korean comfort women for Japanese soldiers during World War II. Keeping in mind that the issue should not be buried in the past, he published a short story (a short novel) on the comfort women, 'A Feast in the Village of Natives' in 'Hangeul Literature' volume 12 (Miraemunhwasa Publisher, Seoul) on October 5, 1990, at age 47. The work is regarded as the first short story on the issue.

He was awarded a citation from the Chairperson of the National Human Rights Commission of the Republic of Korea on the 56th anniversary of the Universal Declaration of Human Rights on December 10, 2004, for raising the Japanese Military Sexual Slavery issue and the protection of the human rights of night special class girls who work in industries during the day..

His short story 'A Feast in the Village of Natives' was registered and explained in the 'Doosan Encyclopedia' (Doosan Corporation, Seoul, Korea) in March 2007. The registered item in the encyclopedia is '원주민촌의 축제' (原住民村의 祝祭, A Feast in the Village of Natives). One of the memorial stones in front of the central tower of the 'Monument Commemorating 100 Years of Korean Modern Literature' at 'Poets' Sacred Place' in Jusan—myen, Boryeong—si, Chungcheongnam—do, Korea has the name 'Hur Man—gil' and the title of his short story 'A Feast in the Village of Natives' inscribed in Korean.

Details related to the above were described in Hur Man—

gil's book, 'Memoirs of Raising Comfort Women Problems during World War II and the Preservation Campaign for the Korean Provisional Government Place in Shanghai' (Essay Publishing, Seoul. 2010).

- **Preservation campaign for the Korean Provisional Government Place in Shanghai, China**

Hur Man–gil developed the preservation campaign for the Korean Provisional Government Place in Shanghai, China from June 13, 1990 for the first time since the restoration of Korean independence on August 15, 1945, and got good results.

He visited China from June 7 to June 13, 1990, leading the Korean Overseas Training Group of School Teachers as the Government School Inspector at the National Institute for Educational Research & Training, the Ministry of Education, the Republic of Korea, before Korea established the diplomatic relation with China.

On June 13, 1990, at the end of their training, they visited the place where the Korean Provisional Government in Shanghai was located during the Japanese occupation of Korea. The place did not have any sign of showing its history even though it was 45 years after the Korean liberation.

He recited his improvised poem 'The Site of the Korean Provisional Government in Shanghai' in front of the training group on the bus. Listening to the poem, all the trainees were solemn. Hur Man-gil's improvised poem became a cue for the preservation movement of the Korean Provisional Government site in Shanghai.

As soon as he returned to Korea, he started a preservation movement of the site of Korean Provisional Government in Shanghai including Korean historical sites overseas.

Newspapers published it as articles such as 'The Korean Provisional Government site in Shanghai with no sign', 'What a shame for the address of former Korean Provisional Government site even not to be confirmed', 'Let's exert ourselves to preserve the site of the Korean Provisional Government', and 'the site of the Korean Provisional Government in Shanghai should be permanently preserved'.

He wrote a letter to the Mayor of Shanghai, China on July 28, 1990 and sent it by express mail. He asked the mayor to set a sign for the site of the Korean Provisional Government and to manage the historical site with special attention.

The many people who read his article in the newspaper

encouraged him with agreement. Shortly afterward, the government of the Republic of Korea officially asked the Chinese government to help preserve the Korean Provisional Government site. On this, the Chinese government purchased the provisional government building to restore in cooperation with Korean companies.

In March 1993, two years and eight months after he started the preservation movement, Chinese government established the Management Office of the Historic Site of the Korean Provisional Government in Madang-lu, Shanghai. Since then, the restored building has been systematically managed and in April of the same year, it was open to the public. And it became an international attraction.

His poem 'The Site of the Korean Provisional Government in Shanghai' was published in the book 'The Encyclopedia of Korean Poetry' (Ejpbook Publishing, Seoul. 2011), his poetry book, 'At the Morning Riverside' (Pure Literature Publishing, Seoul, 2014), and others.

The poem was translated into Japanese by Korean Ph.D. Mun Jae-goo in 2008, and it was published in 'The Anthology of Contemporary Korean • Chinese • Japanese Poets' (Ed. Korean Modern Poets Association. Cheonsan

Publishing, Seoul, Korea. Oct. 29, 2008.).

Also the poem was translated into English with the title 'The Site of the Korean Provisional Government in Shanghai' by Professor Chung Eun-gwi at Hankuk University of Foreign Studies in Seoul. And it was published in 'Poetry Korea' Volume 7, 2018. (Ed. United Poets Laureate International Korea Committee. Orum Publisher, Daejeon, Korea. 2018. 12.). The poem was engraved on a poetry stone monument with Hur Man-gil's profile in Poets' Sacred Place (the previous name: The Poetry and Forest Road Park) in Jusan-myeon, Boryeong si, Chungcheongnam-do, Korea, on April 23, 2010, where the 100th Anniversary Tower of Korean Modern Literature is located.

A time capsule of Korean Writers was built in Poets' Sacred Place on April 25, 2015, and contained his profile, his poem 'The Site of Korean Provisional Government in Shanghai' in his own handwriting, and his major works in it. This capsule will be open on April 25, 2115, a hundred years later.

Details related to the above were described in Hur Man-gil's book, 'Memoirs of Raising Comfort Women Problems during World War II and the Preservation Campaign for the Korean Provisional Government Place in Shanghai (Essay

Publishing, Seoul. 2010).

- *Achievements as a researcher at the Ministry of Education,*
Korea

In 1987 (at age 44), Hur Man-gil was appointed as a Korean Language Arts researcher at the Ministry of Education, the Republic of Korea. He was in charge of revising Hangeul spelling system (confirmed on January 1, 1988), enacting Korean standard language regulations (confirmed on January 1, 1988), promoting Korean language purification, enacting the 5th Korean Language Arts curriculum at the national level, and compiling Korean Language Arts textbooks for students.

In particular, he made efforts such that Korean language education in elementary schools could be effective and harmonious. So, for the first time in the history of elementary school education in Korea, he proposed so that Korean Language Arts textbooks should be divided into three-type books, 'Speaking-Listening', 'Reading', and 'Writing' from single-type textbooks centered on reading comprehension, and time allocation presented for each subject in the curriculum. It was confirmed in June 1987 and implemented annually from March 1989.

- *Activities for introducing and developing career education in schools with a modern concept for 13 years (1993 - 2005)*

Since Hur Man—gil was appointed as a researcher at the Career Education Research Department of the Seoul Metropolitan Institute of Education Research in March 1993, for 13 years until retirement as a high school principal in August 2005, he tried to introduce and settle career education with a modern concept in the school fields of Korea.

He participated in the founding of the Seoul Career Education Research Association and the Korean Society for the Study of Career Education, and worked as an executive of those organizations. Also he worked as the chairperson of the Career Education Promotion Committee of the Seoul Metropolitan Office of Education.

He published many papers on career education, and gave lectures on career education to teachers and parents, and planned the publication of many career education materials for teachers, parents, and students. He planned various symposiums and seminars related to career education.

He served as the chairperson of the Theses Review Committee of Career Education Improvement for secondary school teachers organized by the Seoul Metropolitan Office of Education, and operated a leading school for career education as a high school principal. He co-authored the high school textbook 'Career & Counseling' (published by Seoul Metropolitan Office of Educationin. 1999) and worked as a compilation researcher for the high school textbook 'Career and Occupation' (published by Korea Textbook Co., Ltd, Seoul. 2003)

▪ *Devoted educational love for his students*

As an educator, Hur Man-gil gave a lot of devoted educational love to his students, leaving many touching stories.

While working as the night special class teacher affiliated with Yeongdeungpo Girls' High School in Seoul for two years from March 1985 (at the age of 42) to February 1987, Hur Man-gil devoted himself to students who worked for the companies in the Korea Export Industry Corporation (or called 'Seoul Guro Industrial Complex') during the day and studied in the night special classes.

However, most of the students came to Seoul from the countryside and lived in the company's dormitories. So if the company was closed, the students had no choice but to lose their jobs and sleeping places.

At that time, the recession was serious. So some companies were closed, leaving about 30 students wandering. In addition, due to the labor-management dispute at Daewoo Apparel Co., Ltd. on June 24, 1985, more than 130 students lost their jobs, and among them, the students who lived in dormitories had to lose their beds. When more than 160 female students wandered around due to these things, he made every effort to help them continue their studies. He eventually tried to get all of them to earn high school diplomas about 8 months later (in the case of 3rd grade), or a year and 8 months later (in the case of 2nd grade).

During this period, he visited numerous companies feeling dizzy and tried to help students get re-employed. He earnestly proposed to the Seoul Metropolitan Government so that all of them could receive scholarships and pay tuition fees to the school. And such efforts were successful.

For the first time, he guided special class literary presentations consisting of various programs, and impressed all students, teachers, and company managers with tears. When underage students living far away from their hometown parents had difficulties in their companies, he tried very hard to protect their human rights in consultation with company managers.

Hur Man－gil's devoted educational love was widely known, and he received the Citation of the Minister of Commerce and Industry, the Republic of Korea in March 1987.

Details related to the above were recorded in Hur Man－gil's book, 'The Pain and Hope of the Disciples in Those Blue Stars' (2022).

Here is another example of his touching stories.

While working as a teacher of Kyeongbok High School in Seoul, he also served as a teacher of Open High School (방송통신고등학교) affiliated with the school since it was established in 1974, when he was 31 years old. Even after leaving Kyeongbok High School in 1979, he continued to pay special affection to Open High School students and graduates across the country.

Each Open High School in Korea was affiliated with the general high school respectively. As of 2021, there were 42 Open High Schools in Korea. Students usually have studied through broadcasting classes and on Sundays school attendance classes.

He wrote lyrics for Open High School students nationwide

and made it into 'Open High School Song' in 1978 through requesting the composer to compose it. In the same year, he first published a paper on the problems and improvement directions of Open High School education, and tried to make them come true.

He guided the hosting of the oratorical competition by the Seoul District Alumni Association of Open High Schools to encourage Open High School students across the country, and was the chairperson of the judging committee for many years from 1978.

In 2024, it will mark the 50th anniversary of the establishment of Korea's Open High School. In preparation for this, He proposed the compilation of a 50-year history book of Open High School in Korea, and presented the book's structure.

Details related to the above were stated in Hur Man-gil's book, 'Sending Love to Students and Graduates of Open High School in Korea' (2021).

- *Major Career* (*August 2022*)

Elementary, middle, and high school teacher (1961, at age 19 – 1986, at age 43). Researcher of Korean Language Arts at the Ministry of Education, the Republic of Korea

(1987). Researcher of Spokesperson and Public Relations Office at the Ministry of Education, the Republic of Korea (1988). Government School Inspector at the National Institute for Educational Research & Training, the Republic of Korea (1988 - 1992). Researcher at the Career Education Research Department of the Seoul Metropolitan Institute of Education Research (1993 - 1994). Principal of Dangok High School (2002 - 2005) in Seoul. Chairperson of the Career Education Promotion Committee of the Seoul Metropolitan Office of Education (1997 - 1998). Board Director of the Korean Society for the Study of Career Education (2000 - 2005). Research Committee Member & Deliberation Council Member of the Development of 'Korean Language' textbooks for Overseas Koreans at the National Institute for International Education Development (1995 - 1999). Research Committee Member of the Development of 'Korean Language' textbooks for Overseas Koreans at the Korea Institute of Curriculum and Evaluation (1999 - 2002). Research Committee Member of Korean Language Arts Textbook Compilation at the Korea Educational Development Institute (1987 - 1996). Appraisal Committee Member for Korean Standard Language of the Korean Language Research Institute of the National Academy of

Sciences, the Republic of Korea (1987). Lecturer at the National Institute for International Education Development (1994 - 2004). Writing Committee Member of 'Korean Language Education Dictionary' of the Korean Language Education Research Institute of Seoul National University (published in 1999). Vice-president of the Hangeul Literature Society (1994 - 2003). Board Director of the Korean Writing Instruction Society (1976 - 1978).

▲ (As of 2022) Board Director of PEN International, Korea Center (2017 -). Board Director of the Korea Modern Poets Association (2014 -). Central Committee Member of the Korea Novelists Association (2016 -). Member of the Korean Writers' Association (2001 -). Member of the Korean Language Society (1967 -). Leading Member of the Museum of Korea Contemporary Literature at Poets' Sacred Place in Boryeong-si, Korea (2020 -). Editorial Adviser of The Monthly Korea Gukbo Literature (2021 -). Advisor of the Korea New Literature Society (2019 -).

- *Awards*
  - Yellow Stripes Order of Service Merit (2005. the President of the Republic of Korea)
  - Presidential Citation (1991. the President of the

Republic of Korea)

- Citation of the Chairperson of the National Human Rights Commission of the Republic of Korea (2004. on the 56th anniversary of the Universal Declaration of Human Rights): for raising the Japanese Military Sexual Slavery issue as a major achievement.
- Citation of the Minister of Commerce and Industry, the Republic of Korea (1987): for the contribution to take care of the night special class students who work in industries during the day.
- Citation of the Director General of the Korean Language Society (1988. Seoul, Korea)
- Munyechunchu Literature Award for the Integrity of Poetry (2011. Literary Magazine 'Munyechunchu', Seoul, Korea)
- Pure Literature Award for Writers (2014. the Monthly Pure Literature, Seoul, Korea)

- *Published Books*
- A Study on the Modern Korean Language Policies in Korea (1994)
- A Study on the Establishment of Oral Language Education Areas (1979)

- Opening a Way of Our Korean Language Love (2003)
- The Way of Love for Our Korean Language (1976)
- Memoirs of Raising Comfort Women Problems during World War II and the Preservation Campaign for the Korean Provisional Government Place in Shanghai (2010).
- 〈Complex Literature〉 Searching for the Dawn of Life (1980. The first work of Complex Literature in the world)
- 〈Collection of Poems〉 You Shine (2000)
- 〈Collection of Poems〉 Blue Vow of 15 Years Old (2004)
- 〈Collection of Poems〉 At the Morning Riverside (2014)
- 〈Novel〉 Love with Angel Yorena (1999)
- 〈Contents of attained truths〉 Cham (Truth) Obtainment for Mankind (1980)
- 〈Collection of Essays〉 Blue Heart of 14 Years Old (2007)
- 〈Collection of Essays〉 Looking for Truth and Ideal (2007)
- 〈Collection of Essays〉 The Sounds of the Brilliant Light (1975)
- 〈Collection of Essays〉 Sending Love to Students and Graduates of Open High School in Korea (2021).

- ⟨Memoirs of Education⟩ The Pain and Hope of the Disciples in Those Blue Stars (2022)
- ⟨High School Textbook⟩ Career and Counseling (joint work. 1999)

• *Short Stories (Short Novels)*

'A Feast in the Village of Natives' (1990), 'Colored People' (1991), 'Jagulsan Mountain Festival of Jina Sisters' (2013), 'The Shock' (1992). 'Teacher's Love', 'Flower Buds' (1991), etc.

• *Poems Translated into English*

'The Site of the Korean Provisional Government in Shanghai', 'Looking at Baekdusan Mountain', 'In the South Pacific', 'Mission Bay in Early Winter', 'April 19 Revolution in the Memories of My Youth', 'A Hymn to Ureuk, the Great Musician of Korean Antiquity', 'Uiryeong Arirang', 'My Wife Makes Me Happy', 'At the Morning Riverside', 'Snowflakes', 'Love in Winter', 'Bondi Beach in the Morning', 'You Shine', etc.

• *Poetry Used in Lyrics*

'Looking at Baekdusan Mountain', 'Our Nature, Our

Environment', 'A Hymn to Ureuk, the Great Musician of Korean Antiquity', 'The Place of Friendship', 'Yeouido Flower Road', 'Saetgang Bridge of Hangang River', 'Uiryeong Arirang', 'Jagulsan Mountain', 'Haeundae Moon Night', 'Jinju Bibongsan Mountain', 'My Wife Makes Me Happy', 'Open High School Song', etc.

- *Hur Man-gil's Poetry Stone Monuments*
- 'The Site of the Korean Provisional Government in Shanghai' (at Poets' Sacred Place in Jusan-myeon, Boryeong-si, Chungcheongnam-do, Korea, where the 100th Anniversary Tower of Korean Modern Literature is located)
- 'At the Morning Riverside' (at Poets' Sacred Place in Jusan-myeon, Boryeong-si, Chungcheongnam-do, Korea, where the 100th Anniversary Tower of Korean Modern Literature is located)
- 'You Shine' (at Gaehwa Art Park, Seongju-myeon, Boryeong-si, Chungcheongnam-do, Korea)
- 'My Hometown Chilgok' (on the Monument of Hometown Love, Chilgok-myeon, Uiryeong-gun, Gyeongsangnam-do, Korea)

- *Hur Man-gil's materials preserved in Time Capsule for 100 years*

Time Capsule of Korean Writers was built in Poets' Sacred Place (the previous name: the Poetry and Forest Road Park) in Jusan-myeon, Boryeong-si, Chungcheongnam-do, Korea, on April 25, 2015, where the 100th Anniversary Tower of Korean Modern Literature is located. It contains Hur Man-gil's profile, his poem 'The Site of Korean Provisional Government in Shanghai' in his own handwriting, his major works, his plaque photo of Pure Literature Award for Writers, and paper mold for printing of his Seoul National University Master's degree thesis, etc. This time capsule will be open on April 25, 2115, a hundred years later.

책 소개

〈주간 한국문학신문〉 2022년 1월 1일(토)

(발행 주간한국문학신문사, 서울)

허만길 문학 박사 수필집
〈방송통신고등학교 학생과 졸업생에게 사랑을 보내며〉 발간

1974년 개교 초기부터 헌신적 교육활동과 격려활동 회고
교육현장의 생생한 모습 담은 역사적 의미도 커

허만길 문학 박사(시인)가 수필집 〈방송통신고등학교 학생과 졸업생에게 사랑을 보내며〉를 도서출판 '지식과 감성'을 통해 발간하였다. 허만길 박사는 31살이던 1974년 방송통신고등학교 개설과 동시에 서울 경복고등학교 교사로서 5년간 방송통신고등학교 교육을 겸무하였으며, 그 이후에도 줄곧 전국의 방송통신고등학교 재학생과 졸업생들에게 특별한 애정과 관심을 기울여 왔는데, 이 책에는 그의 헌신적 교육활동과 격려활동이 잘 나타나 있다.

방송통신고등학교는 제때에 고등학교에 진학하지 못한 국민에게 교육기회를 주고자 1974년에 개설된 교육체제인데, 교육형식은 한국교육개발원에서 실시하는 방송 강의와 일요일에 각 고등학교 부설 방송통신고등학교에 출석하는 수업으로 이루어져 왔다. 방송통신고등학교는 처음 서울 8개교, 부산 3개교 설치를 시작으로 1990년에는 전국에 50개교, 2021년에는 전국에 42개교가 설치되었고, 2020년 2월 현재 누적 졸업생 수는 252,652명이다.

이 책은 특별한 교육체제인 방송통신고등학교 개교 초기부터의 교육현장의 생생한 모습을 담고 있다는 점에서 교육 역사에 남기는 의미도 크다.

허만길 박사는 개교 4년 뒤 1978년 5월에는 전국의 방송통신고등학교 학생들에게 용기와 의지와 희망을 북돋우기 위해 '방송통신고교생' 노래를 작사하여 작곡을 의뢰하였으며, 이는 그해 6월 25일 방송통신고등학교 서울지구동문회 주최 '제1회 방송통신고등학교 웅변대회'에서 '방송통신고등학교 교가'로 채택되어, 한국교육개발원에서 라디오 수업 방송을 시작할 때 서곡으로 활용되었고, 지금까지 전국의 재학생과 졸업생이 애창하고 있다. 허만길 박사는 방송통신고등학교 교육 현장 문제를 다룬 최초의 논문 '방송통신고등학교 교육의 문제점과 개선 방향'을 〈교육평론〉 1978년 9월호에 발표하여 큰 관심을 끌면서 정책에 반영될 수 있도록 노력하였다.

방송통신고등학교 서울지구동문회 활동을 격려하면서 1978년 제1회 방송통신고등학교 서울지구동문회 주최 방송통신고등학교 웅변대회 때부터 지도위원 및 심사위원장을 맡아 재학생과 졸업생이 화합하면서 모두가 용기와 의지와 희망을 다짐할 수 있도록 애쓰고, 1986년과 1987년 전국 방송통신고등학교 웅변대회에서는 서울특별시교육위원회 교육감상과 교육감 기념품이 수여될 수 있도록 노력하여 결실을 이루었다.

1979년 2월에는 경복고등학교 부설 방송통신고등학교 2학년 학생들의 '경복 방통인의 헌장' 제정을 지도하고, 이를 다른 학교 학생들도 거울로 삼을 수 있도록 힘썼다. 학생들이 직장 근로자로서 어려움을 겪을 경우 그들을 적극 보살피고, 업체 관리자와 협의하여 근로학생의 인격과 권익을 보호하려고 애썼다.

2024년에는 방송통신고등학교 개교 50주년이 되는데, 허만길 박사는 이에 대비하여 2017년 4월 전국 방송통신고등학교 50년사 편찬 발기인회 창립을 제안하였으며, 이에 전국 방송통신고등학교 총동문회는 2017년 5월 전국 방송통신고등학교 50년사 편찬 발기인 대회를 개최하였다. 허만길 박사는 이 책에서 학교생활과 동문회 활동 중심의 〈방송통신고등학교 50년사〉 내용 구성도 예시하고 있다.

허만길 박사는 힘들게 배움의 길을 찾아 방송통신고등학교를 졸업하고, 뜻깊게 살아온 9명의 졸업생도 소개하고 있는데, 이는 어렵고 힘들게 살아가는 사람들에게 큰 용기를 줄 것이라고 했다.

허만길 박사가 육체적 정신적 과로로 휴직 상태에서 겪어야 했던 시련의 회고 대목과 학생들에게 용기와 의지와 희망을 불러일으킨 교훈들은 책을 읽는 이들의 가슴을 뭉클하게 파고들 것이다.

주간 한국문학신문

http://korea-news.kr

2022년 1월 1일 〈토〉 《제527호》

허만길 문학박사 수필집
〈방송통신고등학교 학생과 졸업생에게 사랑을 보내며〉 발간
1974년 개교초기부터 헌신적 교육활동과 격려활동 회고
교육현장의 생생한 모습 담은 역사적 의미도 커

▲ 허만길 문학박사

허만길 문학박사(시인)가 수필집 〈방송통신고등학교 학생과 졸업생에게 사랑을 보내며〉를 도서출판 '지식과 감성'을 통해 발간하였다. 허만길 박사는 31살이던 1974년 방송통신고등학교 개설과 동시에 서울 경복고등학교 교사로서 5년간 방송통신고등학교 교육을 겸무하였으며, 그 이후에도 줄곧 전국의 방송통신고등학교 재학생과 졸업생들에게 특별한 애정과 관심을 기울여 왔는데, 이 책에는 그의 헌신적 교육활동과 격려활동이 잘 나타나 있다.

방송통신고등학교는 제때에 고등학교에 진학하지 못한 국민에게 교육기회를 주고자 1974년에 개설된 교육체제인데, 교육형식은 한국교육개발원에서 실시하는 방송 강의와 일요일에 각 고등학교 부설 방송통신고등학교에 출석하는 수업으로 이루어져 왔다. 방송통신고등학교는 처음 서울 8개교, 부산 3개교 설치를 시작으로 1990년에는 전국에 50개교, 2021년에는 전국에 42개교가 설치되었고, 2020년 2월 현재 누적 졸업생 수는 252,652명이다.

이 책은 특별한 교육체제인 방송통신고등학교 개교 초기부터의 교육현장의 생생한 모습을 담고 있다는 점에서 교육역사에 남기는 의미도 크다.

허만길 박사는 개교 4년 뒤 1978년 5월에는 전국의 방송통신고등학교 학생들에게 용기와 의지와 희망을 북돋우기 위해 '방송통신고교생' 노래를 작사하여 작곡을 의뢰하였으며, 이는 그해 6월 25일 방송통신고등학교 서울지구동문회 주최 '제1회 방송통신고등학교 웅변대회'에서 '방송통신고등학교 교가'로 채택되어, 한국교육개발원에서 라디오 수업방송을 시작할 때 서곡으로 활용되었고, 지금까지 전국의 재학생과 졸업생이 애창하고 있다. 허만길 박사는 방송통신고등학교 교육 현장 문제를 다룬 최초의 논문 '방송통신고등학교 교육의 문제점과 개선 방향'을 〈교육평론〉 1978년 9월호에 발표하여 큰 관심을 끌면서 정책에 반영될 수 있도록 노력하였다.

방송통신고등학교 서울지구동문회 활동을 격려하면서 1978년 제1회 방송통신고등학교 서울지구동문회 주최 방송통신고등학교 웅변대회 때부터 지도위원 및 심사위원장을 맡아 재학생과 졸업생이 화합하면서 모두가 용기와 의지와 희망을 다짐할 수 있도록 애쓰고, 1986년과 1987년 전국 방송통신고등학교 웅변대회에서는 서울특별시교육위원회 교육감상과 교육감 기념품이 수여될 수 있도록 노력하여 결실을 이루었다.

1979년 2월에는 경복고등학교 부설 방송통신고등학교 2학년 학생들의 '경복 방통인의 헌장' 제정을 지도하고, 이를 다른 학교 학생들도 거울로 삼을 수 있도록 힘썼다. 학생들이 직장 근로자로서 어려움을 겪을 경우 그들을 적극 보살피고, 업체 관리자와 협의하여 근로 학생의 인격과 권익을 보호하려고 애썼다.

2024년에는 방송통신고등학교 개교 50주년이 되는데, 허만길 박사는 이에 대비하여 2017년 4월 전국 방송통신고등학교 50년사 편찬 발기인회 창립을 제안하였으며, 이에 전국 방송통신고등학교 총동문회는 2017년 5월 전국 방송통신고등학교 50년사 편찬 발기인 대회를 개최하였다. 허만길 박사는 이 책에서 학교생활과 동문회 활동 중심의 〈방송통신고등학교 50년사〉 내용 구성도 예시하고 있다.

허만길 박사는 힘들게 배움의 길을 찾아 방송통신고등학교를 졸업하고, 뜻깊게 살아온 9명의 졸업생도 소개하고 있는데, 이는 어렵고 힘들게 살아가는 사람들에게 큰 용기를 줄 것이라고 했다. 허만길 박사가 육체적 정신적 과로로 휴직 상태에서 겪어야 했던 시련의 회고 대목과 학생들에게 용기와 의지와 희망을 불러일으킨 교훈들은 책을 읽는 이들의 가슴을 뭉클하게 파고들 것이다.